A LIVRARIA ENTRE MUNDOS

EDWARD UNDERHILL

A LIVRARIA ENTRE MUNDOS

Tradução
Vic Vieira Ramires

HARLEQUIN
Rio de Janeiro, 2025

Copyright © 2025 by Edward Underhill. Todos os direitos reservados.
Copyright da tradução © 2025 by Vic Vieira por Editora HR LTDA. Todos os direitos reservados.

Título original: *The In-Between Bookstore*

Todos os direitos desta publicação são reservados à Casa dos Livros Editora LTDA. Nenhuma parte desta obra pode ser apropriada e estocada em sistema de banco de dados ou processo similar, em qualquer forma ou meio, seja eletrônico, de fotocópia, gravação etc., sem a permissão dos detentores do copyright.

COPIDESQUE Theo Araújo
REVISÃO Yonghui Qio e Lui Navarro
DESIGN DE CAPA Karina Pamplona
DIAGRAMAÇÃO Abreu's System

Dados Internacionais de Catalogação na Publicação (CIP)
(Câmara Brasileira do Livro, SP, Brasil)

Underhill, Edward
 A livraria entre mundos / Edward Underhill; tradução Vic Vieira. – 1. ed. – Rio de Janeiro: Harlequin, 2025.

 Título original: The In-Between Bookstore.
 ISBN 978-65-5970-479-8

 1. Romance norte-americano I. Título.

25-247027 CDD-813.5

Índice para catálogo sistemático:
1. Romances : Literatura norte-americana 813.5
Bibliotecária responsável: Aline Graziele Benitez – CRB-1/3129

Harlequin é uma marca licenciada à Editora HR Ltda. Todos os direitos reservados à Editora HR LTDA.

Rua da Quitanda, 86, sala 601A – Centro
Rio de Janeiro/RJ – CEP 20091-005
Tel.: (21) 3175-1030
www.harpercollins.com.br

Para Laura, por tudo

CAPÍTULO UM

12 DE AGOSTO

O bairro de Lower East Side em Manhattan não é o tipo de lugar em que bares sempre têm placas. Se você não consegue encontrar um bar sem placa (ou, ocasionalmente, nenhuma entrada óbvia), é provável que você não seja descolado o suficiente para estar naquele lugar para começo de conversa. E que deveria voltar para Midtown com o restante dos turistas.

Moro em Nova York há doze anos, mas ainda não sou descolado o bastante para encontrar os bares ocultos. Talvez o fato de que eu só saia quando estou com amigos seja parte do problema, e Olivia é quem sempre decide para onde vamos. Eu não me surpreenderia se ela decidisse comemorar o aniversário em um bar sem placas, por isso fico aliviado ao ver o letreiro neon em uma janela ligeiramente abaixo do nível da rua, em que se lê SPEAK EASY.

Todo ano, Olivia insiste em encontrar um estabelecimento em que nunca fomos para sua festa de aniversário, só porque, cinco anos atrás, Ian fez um comentário casual sobre como um dia nós ficaríamos velhos, nos acomodaríamos e começaríamos a frequentar os mesmos lugares de sempre… E Olivia não resiste a um desafio. Jamais. Ainda mais no dia em que ela está completando 30 anos — o que, tenho certeza, é o que o Ian de Cinco Anos Atrás teria chamado de "velha".

Na época em que ele disse aquilo, todo mundo riu. Por que alguém iria sempre ao mesmo lugar quando se tem a cidade de Nova York inteira para explorar?

Mas cá estou eu, prestes a fazer 30 anos, e, para ser sincero, eu toparia ficar *velho e me acomodar*. Parte de mim preferia estar na cama assistindo a um programa de culinária no meu notebook.

Apesar de eu provavelmente me sentir assim porque o dia foi uma merda. Talvez, se hoje não tivesse sido uma merda, eu pudesse reunir um pouco mais de entusiasmo para o Speak Easy.

Preciso parar de ficar enrolando na calçada.

Respiro fundo. Passo a mão pelo cabelo ondulado curto mas rebelde, que deve estar todo arrepiado graças à sauna que é Manhattan em agosto. Ajeito os óculos sobre o nariz, porque estou suado e grudento e eles têm deslizado desde que saí do escritório da RoadNet. Pela última vez.

Ajeito a bolsa-carteiro, que está mais pesada do que de costume, e entro no bar.

O ar-condicionado acima da porta está no máximo e me causa um arrepio bem-vindo na espinha… por cinco segundos, até que eu esteja fora de alcance e adentre a multidão. São quase 18h30 de uma sexta-feira, o happy hour está a todo vapor, e todo mundo na cidade está desesperado por ar-condicionado. O estabelecimento é uma cacofonia de conversas e risadas, e uma música jazz ligeiramente distorcida, mas agitada, sai dos alto-falantes. O Speak Easy está apostando tudo em um visual 1920, a época da Lei Seca. Os lustres com franjas têm luzes fracas, as paredes são painéis de mogno e veludo vermelho e os garçons estão usando colete.

Os clientes, em sua maioria, não seguem esse estilo; há muita calça jeans preta, tatuagens e piercings, no limiar entre despojado e classudo. Pelos faciais questionáveis, mas sem dúvida descolados. Há mais de um cara casualmente usando suspensórios. É o suprassumo do Lower East Side. Metade dessas pessoas deve ter estudado em alguma faculdade de arte ou, pelo menos, quer se vestir como se tivesse.

Eu com certeza não sou descolado o suficiente para este bar. Posso ter múltiplos diplomas em Literatura Que Ninguém Se Importa, mas não tenho uma tatuagem sequer, os furos nas minhas orelhas se fecharam há quase dez anos e estou usando uma camisa polo rosa-claro.

— Darby!

Do alto dos meus 1,64 metros, demoro um pouco para encontrar Olivia em meio à multidão, acenando de uma mesa nos fundos, com sofá. Ela está usando uma tiara festiva com um número trinta de plástico.

— Com licença. Perdão... — Avanço com dificuldade pela multidão até a mesa. — Oi, pessoal. Desculpa o atraso.

— É, estávamos começando a nos perguntar...

Olivia gesticula para Joan, que abre caminho para que Olivia possa se levantar e me envolver em um abraço.

Do outro lado da mesa, Ian questiona:

— Por onde você andou?

Chorando em um banco no parque Washington Square por vinte minutos, tentando me livrar da tristeza.

— Eu só... tive um contratempo. — Dou um sorriso forçado. — Feliz aniversário.

— Obrigada, meu amor.

Olivia volta a se sentar enquanto eu abraço Joan e então deslizo para o lado de Ian, deixando minha bolsa debaixo da mesa.

— Tá bom, o Darby chegou, então... — Ian lança um olhar muito intenso a Olivia — podemos, por favor, pedir a comida? Estou a um passo de comer isso.

Ele pega um dos cardápios da mesa e o agita no ar. Ian é designer de video games freelancer, só veste calça quando sai de casa e frequentemente fica tão absorto no que está fazendo que se esquece de almoçar. Quase toda vez que saímos, ele aparece morto de fome e não faz ideia do porquê.

Olivia revira os olhos.

— Tá, tá, vamos pedir.

Ela pega o cardápio das mãos de Ian.

Agora eu me sinto um pouco culpado. Devia ter mandado mensagem. Inventado alguma desculpa esfarrapada sobre metrô atrasado se não queria admitir que estava choramingando. Eu costumo chegar *muito* cedo. Sou muito pilhado com essas coisas.

— Não precisava esperar por mim.

Olivia faz um gesto de dispensa.

— Precisávamos de todo mundo para votar. — Ela vira o cardápio, exibindo-o. — Vamos de batata frita sexy, ou a mais sexy ainda?

Ian a fita, inexpressivo, como se isso não fizesse o menor sentido em meio à fome e à irritação.

— O quê?

— Foi por isso que ela escolheu este bar — diz Joan, encarando o celular.

Tenho grandes suspeitas de que ela está checando o e-mail. Joan Chu entrou no nosso grupo de amigos quando começou a namorar Olivia, há três anos, e, de todos nós, tem o emprego mais adulto: ela é advogada. Trabalha com direito imobiliário, mas com os mocinhos, o que significa que não recebe um monte de dinheiro, mas que ainda vai ao tribunal usando calça social e um blazer de verdade. Ela também confere o e-mail com frequência, mesmo quando está no modo Joan Queer Punk, com o cabelo preso em um coque para exibir as laterais raspadas e trajando uma autêntica jaqueta de motoqueiro — porque Joan realmente é motoqueira.

Ela combina muito com este bar.

— Não, só achei que parecia um lugar legal — declara Olivia, na defensiva. Então acrescenta: — Mas também olhei o cardápio na internet e pensei: "Eu *preciso* descobrir o que é uma batata frita sexy".

Ian semicerra os olhos enquanto encara o cardápio.

— Ok, bom… Batata frita *mais sexy ainda* é a versão gay da batata frita sexy, né? Quer dizer, essa é a única explicação…

— Acho que a diferença é o queijo — diz Joan, sem desviar o olhar do celular.

— Então é basicamente batata *poutine* canadense — diz Ian, que cresceu em Toronto. — Vamos pedir as duas. Agora. *Comida.*

— Tá bom, tá bom — concorda Olivia, jogando as longas tranças para trás. — Batata frita sexy, mais sexy ainda e um balde de cerveja?

— Temos drinques — diz Ian, apontando para o próprio copo pela metade.

— Mas cerveja e batata frita são um clássico — rebate Olivia.

— Enfim, se deixarmos o Darby tomar um drinque, ele vai ficar trêbado. Lembra do aniversário da Joan no ano passado?

Isso é meio injusto.

— Foi um drinque e meio — corrijo. — E eu não fiquei *tão* bêbado assim.

— Tá — diz Ian. — Cerveja e batata frita. Que seja. Só me arranjem alguma coisa pra comer.

— Pode deixar.

Joan se levanta da mesa e guarda o celular no bolso, desaparecendo na multidão, em direção ao balcão do bar.

Olivia se apoia nos cotovelos, olhando para mim.

— E aí, você ficou preso no trabalho de novo?

Droga. Eu sabia que isso aconteceria. *Metrô atrasado.* Por que só não usei essa desculpa?

Porém, agora é tarde demais, porque, se o metrô tivesse mesmo atrasado, eu teria dado de ombros e dito isso despretensiosamente. Mas enrolei muito, e as sobrancelhas de Ian já estão desaparecendo sob o cabelo loiro-avermelhado porque ele sabe que aconteceu alguma coisa.

Esfrego as mãos na minha calça jeans. Minhas palmas estão suando.

— Eu… meio que fui demitido.

Olivia me encara. Assim como Ian. Se isso fosse um filme, haveria um silêncio mortal agora. Mas é a vida real num bar de Manhattan, então a voz rouca de Louis Armstrong prossegue cantando baixinho e alguém ali perto solta uma gargalhada.

O que parece perfeito a seu próprio modo.

Olivia é a primeira a se recuperar.

— Você foi *demitido*?

— Merda — xinga Ian. — O que aconteceu?

— Ok, o pedido foi feito — diz Joan, ressurgindo. — Quem foi demitido?

— Você foi rápida — comento, numa tentativa desesperada de mudar de assunto.

Mas Joan não cai nessa.

— É, não passo despercebida. Você foi demitido?

Estou começando a me arrepender de ter usado a palavra *demitido*.

— Bom, foi mais tipo… Eu fui cortado.

— Eles cortaram mais alguém? — indaga Joan, seríssima. — Quer dizer, se houver alguma chance de isso ter acontecido porque você é trans… Sei que estou no direito imobiliário, mas conheço uma pessoa que lida com casos de discriminação…

— Não, não, não teve nada a ver com isso. — Estou fazendo tudo errado. — Acho que ninguém da empresa sequer sabe que sou trans. E não foi só eu. A empresa está falindo.

Estou com aquele frio na barriga de novo; o mesmo que senti quando Greg Lester, o CEO da RoadNet (apesar de ele preferir o título Pensador Líder), deu a notícia essa manhã. Como se de repente estivesse descendo com tudo numa montanha-russa.

— Então foi todo mundo mandado embora. Acabou.

Agora estão todos me encarando.

— Eles não te avisaram nem nada? — Olivia parece pronta para ir atrás do Greg Lester e arrancar a cabeça dele fora como se fosse um boneco do Ken. — Quer dizer — prossegue ela —, como é que uma empresa vai à falência e ninguém sabe que isso está rolando?

Dou de ombros. É uma das centenas de pensamentos deprimentes que passaram pela minha cabeça enquanto eu tentava me recompor no Washington Square antes de caminhar até aqui.

Alguns outros destaques:

Por que eu pensei que elaborar propostas de financiamento para uma empresa que está literalmente remapeando as ruas para outras empresas que projetam carros autônomos era uma opção de emprego estável?

Por que alguém achou que a RoadNet merecia algum dinheiro como start-up quando o Google Maps… existe?

Por que eu ao menos não peguei algumas das barrinhas de cereais quando estava saindo?

— É por isso que start-ups são terríveis — diz Ian, cofiando a barba no queixo. Ele só lembra de se barbear cerca de uma vez por semana. — Eu estava lendo uma matéria que falava sobre como eles não sabem se gerenciar como empresas de verdade. São só um bando de héteros machões que se acham gênios e têm muito dinheiro. Tudo golpista.

— Mas nos conte, Ian — diz Joan de modo brando —, como você realmente se sente a respeito disso?

Ele a encara, furioso.

— Tá, tá, mas foi por isso que eu recusei aquele emprego na Rizzl, lembra?

Olivia joga a cabeça para trás e grunhe. Ian nos lembra da oferta que recebeu daquela empresa mais vezes do que se lembra de fazer a barba. Rizzl foi uma start-up de video game do Vale do Silício que tentou chamar Ian para trabalhar com eles há vários meses. Ele se deleitou em recusá-los e ficou ainda mais feliz quando a empresa afundou um mês depois, após vir à tona que tinham pegado muitas ideias de designers de jogos independentes e nunca pagado por elas.

— O que você vai fazer? — pergunta Joan.

— Eu provavelmente poderia te arranjar um trabalho no Starbucks — diz Olivia. — Sempre estamos contratando.

É uma boa oferta, mas de alguma forma só faz eu me sentir ainda pior.

— Hum, obrigado, mas não tenho ideia de como fazer um *latte*.

Ela dá de ombros.

— Posso te ensinar. Ou talvez você possa lavar pratos ou algo assim em algum comedy club. Quer dizer, eu sei que não é glamoroso nem nada, mas já seria alguma coisa.

Olivia tem levado uma vida de artista sem grana em Nova York desde que terminamos a pós-graduação. Ela é barista de dia e humorista de stand-up à noite. Nós já fomos a várias das apresentações dela, semana após semana, só para dar um pouquinho de audiência. Em todos os comedy clubs, costuma ter um rodízio dos mesmos dez humoristas: nove caras brancos e Olivia, a única mulher negra.

Mas ela é boa. Na verdade, é muito engraçada.

E não faço ideia de como não está se afundando em dívidas.

— Não sei — respondo. Dizer isso soa bastante covarde. — Com o novo aluguel e tal, eu provavelmente deveria tentar encontrar algo…

Mas não consigo dizer "algo que pague melhor". Não é como se antes eu estivesse recebendo muita grana na RoadNet. Acontece que nem start-ups querem pagar bem quem elabora as propostas de financiamento.

Mas ainda assim aceitei o trabalho. Porque pagava um pouco melhor do que os empregos de iniciante no mercado editorial, mesmo que esse tenha sido meu sonho quando eu estava na pós-graduação. E parecia menos incerto do que botar meu diploma de literatura pra jogo e tentar conseguir um cargo de professor assistente.

Eu disse a mim mesmo que isso era o bastante. Que era um emprego aqui, em Nova York. Daí fui contratado, então isso significava que eu devia ir fundo.

Joan mordisca o lábio.

— E você tem certeza de que a administração do seu apartamento te avisou trinta dias antes, certo?

Ela já me perguntou isso pelo menos umas três vezes desde que a administração do meu prédio informou que aumentaria o aluguel da quitinete minúscula onde moro, há duas semanas.

— Sim, tenho certeza.

— Droga. — Ela faz uma careta. — Odeio quando eles realmente seguem as regras.

— Foi aqui que pediram batata frita sexy?

Um dos garçons, um cara forte com as mangas da camisa social dobradas até os cotovelos, revelando várias tatuagens nos antebraços, se aproxima da nossa mesa com uma bandeja. Ele serve duas porções grandes de batata frita, um balde de cerveja, quatro pratos e quatro copos.

— Bom apetite.

Ian parte pra cima, pegando um prato e um punhado do que eu imagino que seja a batata frita sexy, levando em conta a falta de queijo.

— Puta merda! — exclama ele, enfiando as batatas na boca. — Isso é incrível.

E essa é a única permissão de que precisamos, porque de repente estamos atacando as batatas fritas e enchendo os copos de cerveja e ignorando tudo o que eu acabei de dizer. Os próximos minutos se resumem a nós comendo, bebendo e comparando a batata frita sexy com a mais sexy ainda. ("Isso é literalmente *poutine*", insiste Ian).

Quando acabamos com a comida, Joan estende uma última batata na direção de Olivia como se estivesse oferecendo um presente.

— Está na hora. Não temos velas, mas faça um pedido.

Olivia solta uma risadinha, pegando a batata.

— Eu falo em voz alta?

— Não se for sobre querer transar mais tarde — diz Ian.

Joan bufa.

— Ela não precisa de um pedido para isso.

Olivia dá uma cotovelada na namorada.

— Tá bom, tá bom. Desejo que a gente consiga exatamente o que quer antes de eu fazer 31 anos.

Ela enfia a batata na boca.

Ian ergue o copo, sorrindo.

— Vago e riponga, nota dez.

Olivia o olha feio.

Mas sinto meu estômago revirar. Não porque acabei de perder o emprego ou porque o aluguel está prestes a aumentar horrores. Nem mesmo porque a ideia de encontrar um novo emprego ou um novo apartamento faz eu querer me esconder debaixo da mesa.

É mais pelo fato de que não consigo imaginar a próxima festa de aniversário da Olivia. Não faço ideia de como vou sobreviver ao próximo ano. Não sei como Ian e Joan estão brindando como se nada disso os assustasse — como se eles tivessem recebido um manual de instrução e eu, não.

Sei que eu provavelmente conseguiria outro trabalho redigindo propostas de financiamento, em algum momento. E que provavelmente poderia encontrar *algum* lugar para morar.

Mas devo ser a pessoa mais superficial e egoísta do mundo, porque, sendo sincero… não quero nada disso. Não quero arranjar outro emprego sem graça, fazendo algo que convenci as pessoas de que sei fazer, seguindo uma vida que não tem nada a ver comigo.

— Talvez eu devesse para Oak Falls — digo, deixando as palavras escaparem antes de me dar conta.

Por um momento, todo mundo fica em silêncio.

Ian me encara por cima do copo de cerveja.

— Você tá de brincadeira.

— Espera, aquela *Oak Falls*? — indaga Olivia. — Em Illinois? Tá falando sério?

Joan franze o cenho.

— Você disse que odiava aquele lugar.

Abro a boca, pronto para dizer: "Isso não é verdade".

Mas talvez seja. Falei a ela que odiava Oak Falls? Que odiava a cidade onde cresci? Que odiava Illinois?

Acho que sim. Eu queria sair de lá quando terminei o ensino médio, estava pronto para ir a qualquer outro lugar. Havia experimentado a vida fora de Oak Falls quando estudei em um internato no norte de Nova York durante o primeiro semestre do último ano do ensino médio. Não me inscrevi para nenhuma faculdade em Illinois, mesmo que minha mãe tenha dito para eu fazer isso, para eu ter uma universidade estadual como segunda opção.

Mas até mesmo Chicago parecia perto demais. Eu não queria a possibilidade de dirigir até em casa nos fins de semana.

Então talvez eu odiasse mesmo aquele lugar quando fui embora.

Mas uma partezinha de mim se incomodou com o comentário de Joan. Ficou na defensiva. Não sei se eu estava brincando ou não, mas me irrita o fato de o Ian ter presumido que sim. Não sei por que a ideia de repente me ocorreu. *E se eu fosse embora de Nova York e voltasse para Oak Falls?*

Talvez seja porque dá para alugar uma casa enorme em Oak Falls pelo valor que eu pago em um apartamentozinho aqui. A quitinete minúscula que eu não teria sido capaz de pagar mesmo *antes* de perder o emprego do qual nem consigo me convencer de que estou triste por ter perdido.

— Darby — diz Olivia, apoiando a cerveja na mesa e me encarando com intensidade. — Vamos dar um jeito nisso. Vou olhar os anúncios de apartamento na Craigslist. Quer dizer, funcionou para o Ian.

Ian mora em uma quitinete em Williamsburg que Olivia, de fato, encontrou para ele na Craigslist. Tenho convicção de que Ian só é capaz de pagar o lugar porque um de seus jogos meio que vendeu bastante ano passado.

— Ou eu posso perguntar na Legal Aid — sugere Joan. — Ver se alguma pessoa precisa de alguém pra dividir apartamento.

Agora eu realmente quero me esconder debaixo da mesa. Não é como se meus amigos não tivessem me ajudado antes. Quer dizer, Olivia e Ian me deram uma mão na mudança para o apartamento atual. Joan me trouxe uma sacola cheia de remédios para gripe quando fiquei doente ano passado, literalmente fazendo a entrega em sua moto como uma deslumbrante deusa lésbica do alívio das cavidades nasais. Somos uma pequena rede de apoio. Mas, de alguma forma… isso parece diferente.

— Não, tudo bem. Não quero morar com estranhos. — Sinto que estou começando a inventar desculpas. — Enfim, vocês não precisam resolver meus problemas.

— Mas morar com estranhos é tipo um rito de passagem — insiste Joan, recostando-se no estofado de couro do banco. — Na verdade, é inacreditável que você ainda não tenha vivido isso.

Um calor sobe pela minha nuca.

— Eu gosto de ter meu próprio espaço.

Mas soa mesquinho assim que isso sai da minha boca. Como se eu estivesse esperando demais de Nova York. Joan morou com três estranhos até se mudar com Olivia. E as duas ainda moram com um dos ex-namorados do Ian. O que deveria ser esquisito, pois Olivia e Ian já namoraram, mas nosso grupo é um estereótipo queer ambulante. Lógico que Olivia e Joan moram com o ex do Ian. Lógico que Joan e Ian são amigos.

— Ninguém em Nova York tem espaço — diz Olivia. — É por isso que existe o Central Park.

Ela abre um sorriso largo, mas, quando eu não sorrio de volta, solta um suspiro.

— Tá bom, desculpa. Vamos dar um jeito nisso. Sessão de brainstorming no salão de estudos esse fim de semana? Podemos ficar no Think Coffee perto da NYU, como nos velhos tempos.

Ela mexe as sobrancelhas para mim, mas isso não faz eu me sentir melhor. Não quero pensar nos *velhos tempos* — Olivia, Ian e eu enfiados num canto do Think, rodeados por hordas de estudantes, procurando por estágios, vagas de emprego e programas de mestrado e sentindo como se tudo fosse possível.

— É — digo, mas o tom é de desânimo. — Sim.

— Qual é, Darby! — Ian me lança um olhar que nitidamente diz: "Cara, eu te amo, mas…". — Você não pode ir embora de Nova York a menos que seja para um lugar maneiro… tipo Londres.

— Ahh, ou Paris — acrescenta Olivia.

(Ela tem sonhado em ir a Paris desde que nos conhecemos.)

— O que você estaria fazendo se estivesse em Oak Falls agora? — questiona Joan.

Assistindo a Frasier *com minha mãe, o sr. Ranzinza largado sobre nosso colo.*

Lendo fanfic no meu notebook à noite com a janela aberta enquanto vagalumes brilham no jardim.

Passeando pelas ruas na garupa da bicicleta de Michael porque estamos morrendo de tédio e não tem mais nada para fazer.

Não. Essas são as coisas que eu fazia no ensino médio. Quando estava desesperado para *ir embora* de Oak Falls.

Balanço a cabeça.

— Você tem razão. — Dou um gole na cerveja. — Só estou sendo idiota, me ignorem. Enfim, a gente devia estar falando do aniversário da Olivia.

Joan solta um gritinho animado, e Olivia abre um sorriso largo e mexe na tiara.

— Estou prontíssima pra vocês cantarem pra mim.

Ian balança a cabeça.

— Não vamos cantar pra você em público.

— Ah, vão, sim!

— Por que você está tão determinada a fazer a gente passar vergonha?

— Você é insuportável!

E Joan começa a cantar aos berros:

— *Parabéns pra você...*

Então eu a acompanho e, por fim, Ian se junta a nós com um revirar de olhos.

Cantamos "Parabéns pra você" para Olivia, como fizemos todos os anos desde que conheci Olivia e Ian na universidade, desde que Joan completou nosso grupo quando apareceu em um dos stand-ups de Olivia.

Como eles farão por mim daqui a quase três semanas. Porque algumas coisas nunca mudam, mesmo que Olivia sempre insista em comemorar em novos lugares.

Mas, ainda assim, não consigo sorrir sem que pareça forçado.

Não consigo me livrar da sensação de que estou prestes a fazer 30 anos e tudo que tenho é um cheque de seguro-desemprego, uma conta bancária no vermelho, dois diplomas inúteis e uma cidade que nunca me pareceu um lar.

E, no fim das contas, só posso culpar a mim mesmo.

CAPÍTULO DOIS

12 DE AGOSTO

Morar no último andar de um prédio de cinco andares sem elevador tem suas vantagens. Ou… uma vantagem. É um pouquinho mais barato do que morar em um prédio de cinco andares com elevador.

Não é muito fácil lembrar disso quando estou me arrastando pelos cinco lances de escada com uma dor de cabeça latejante. Levei mais de uma hora para chegar em casa depois de sair do Lower East Side, graças à obra de sexta-feira à noite no metrô, que me fez esperar vinte minutos. E, mesmo que o vagão estivesse congelante, ainda estava quente e úmido do lado de fora no momento em que saí, e isso, além da combinação de álcool e batata frita sexy, me deixou pronto para vomitar. Por que eu achei que conseguiria beber *dois* copos inteiros de cerveja?

Destranco a porta e, pela primeira vez, fico grato pelo apartamento ter um total de vinte e quatro metros quadrados porque, assim que largo a bolsa, só preciso dar sete passos para atravessar o lugar e me jogar na cama.

Nossa.

Por um minuto maravilhoso, eu fico ali deitado, fingindo que nada mais existe. Somos apenas eu e minha antiga cama da IKEA, que definitivamente está afundando no meio. Não importa. É confortável.

Mas não posso ficar aqui, porque o ar-condicionado está fora de alcance e o apartamento parece um forno, mesmo às dez da noite.

Então me levanto da cama e vou cambaleando até o aparelho, enfiado na única janela do apartamento, na outra extremidade do cômodo, e diminuo a temperatura. Arranco os sapatos, tiro a camisa e a jogo no cesto de roupa suja enfiada no canto. O mesmo cesto que uso desde a faculdade, que é baixo e largo — exatamente do formato errado para Nova York. Nesta cidade, tudo é estreito e alto, incluindo os apartamentos. Minha quitinete pode até ser minúscula, mas o pé-direito é de três metros. O anúncio na Craigslist descrevia isso como um grande atrativo: "Pé-direito alto, que deixa o local mais espaçoso e arejado".

Honestamente, quando me mudei para cá, também achei que o teto alto era uma enorme vantagem. Eu havia acabado de terminar a faculdade, estava começando o mestrado e, sim, este apartamento era minúsculo e ficava a cinquenta minutos de metrô da NYU, mas era *meu*. Era o início de uma nova vida. Assim como Nova York foi o início de uma nova era quando entrei na faculdade. A própria definição de *possibilidade*. Aqui, finalmente, eu podia ser eu mesmo — todas as partes que me constituem — e me perder no ruído, na multidão e na sensação de que todo mundo ao meu redor estava fazendo *alguma coisa*.

Mas agora...

Agora é como se o ruído estivesse ficando cada vez mais alto e meu apartamento estivesse encolhendo. Quer dizer, a cozinha mal é uma cozinha. Parece mais a versão adulta de um daqueles conjuntos de brinquedo que te dão quando criança — do tipo em que a pia, o micro-ondas e o forno estão todos juntos em uma coisa só, talvez com uma faixa estreita de bancada e um único armário, se você tiver sorte.

Bebo um copo de água, o que faz com que eu me sinta um pouco menos enjoado, e esfrego as têmporas, olhando para a bolsa-carteiro largada no chão. Eu poderia deixar a organização para o dia seguinte. Eu poderia me jogar na cama e ignorar tudo até de manhã.

Mas, de algum jeito, tenho convicção de que se eu a deixar ali, cheia de tudo que eu trouxe para casa do escritório da RoadNet, vou apenas me sentir pior ao separar tudo amanhã.

Então, tiro minha caneca da NYU, que só comprei porque todas as outras pessoas no trabalho tinham canecas que diziam STANFORD OU HARVARD OU COLUMBIA. Retiro todos os meus cadernos. Minhas pastas de folhetos aleatórios das reuniões aleatórias. Gráficos elegantes prometendo lucros que nitidamente nunca se concretizaram. Onde vou guardar todas essas coisas? Acho que não posso só me livrar de tudo. Eu talvez devesse triturar parte disso.

E sabe-se lá quando vou encontrar um triturador agora, então... para debaixo da cama.

Elevei a cama sobre blocos quando me mudei para cá porque esse é o verdadeiro segredo para morar nos apartamentos minúsculos de Nova York: esconder as coisas debaixo da cama. Coloque a cama sobre blocos e tenha ainda mais espaço.

E, sinceramente, esconder as coisas — neste caso, todas as provas do meu último fracasso — parece uma ótima ideia.

Estico o braço para debaixo da cama e puxo a primeira caixa de papelão que encontro. Todas as caixas aqui são sobras da mudança. Eu não me desfaço delas, só para garantir. O que acabou sendo inteligente no fim das contas, já que, a não ser que eu magicamente consiga um ótimo trabalho assalariado nas próximas três semanas, passarei meu trigésimo aniversário me mudando.

Abro as abas da caixa e guardo os cadernos e pastas, pressionando tudo sobre uma jaqueta de inverno e alguns livros aleatórios.

Quando estou empurrando a caixa de volta para debaixo da cama, percebo os dizeres em tinta preta desbotada na lateral.

LIVRARIA ENTRE MUNDOS
OAK FALLS, IL

Meu coração se sobressalta. Livraria Entre Mundos. A livraria independente na qual trabalhei durante o verão depois do penúltimo ano do ensino médio, o verão depois do último ano e muitos fins de semana entre um e outro. Era a única livraria de Oak Falls, de propriedade de um velhinho esquisito chamado Hank, que usava óculos de lentes amareladas e só deve ter me contratado porque eu já passava muito tempo lá. A Livraria Entre Mundos era um dos lugares para os quais Michael ia de bicicleta, comigo me equilibrando na garupa. Nós passávamos horas só perambulando pelo estabelecimento, sentados no chão entre as estantes e folheando os volumes como se fosse uma biblioteca.

Na verdade, talvez fosse muito irritante, mas Hank nunca pareceu se incomodar.

Pego meu celular, abro o Google, digito "Michael Weaver".

Mas não aperto em pesquisar. Assim como evito há anos.

Por que eu procuraria pelo cara que costumava ser meu melhor amigo até a festa de aniversário dos meus 17 anos? O cara que decidiu, quando voltei de um semestre no norte de Nova York, que havia seguido em frente e não se importava mais comigo?

Depois daquele semestre, no último ano do ensino médio, éramos apenas a Livraria Entre Mundos e eu. Sentado atrás do balcão com minhas roupas largas e cabelo curto, aceitando qualquer turno extra que Hank quisesse me dar porque eu não tinha mais nada para fazer. Lendo sempre que não havia clientes por perto — o que era boa parte do tempo —, porque pelo menos me perder em uma história sobre outra pessoa era uma distração do fato de que eu me sentia deslocado e sozinho.

Uma pessoa que os outros enxergavam como uma garota, que sabia, mesmo naquela época, que *garota* me fazia sentir todo errado.

Não fiz nada em relação a isso até a faculdade. Até conhecer Olivia, e então Ian, e de repente a ideia de comprar um binder, sair do armário, ir ao centro LGBTQ+ em Manhattan e realmente *transicionar*... nada disso parecia mais tão inalcançável, tão paralisante.

Aperto a tecla de apagar, tirando Michael Weaver da barra de pesquisa. Eu me levanto, jogo o celular na cama e visto uma velha camiseta esgarçada.

Esqueci que havia roubado caixas do depósito da Livraria Entre Mundos. No último verão em que trabalhei lá, peguei sorrateiramente uma a uma, depois de cada turno, e as usei para empacotar as coisas para a faculdade. Então, no fim da estação, arrumei todas aquelas caixas na traseira de uma caminhonete, um verdadeiro calhambeque que minha mãe havia me dado pela formatura, e dirigi até a NYU.

Já voltei para Oak Falls antes, para visitar a casa da minha mãe. Fui para lá durante algumas férias da faculdade. Mas, em algum momento, a caminhonete morreu e as passagens de avião eram caras, então, em vez de viajar, passei a ligar para minha mãe. Ela nunca reclamou.

Daí, em um verão, consegui estágio em um jornal. E no verão seguinte, trabalhei em uma revista. E de repente eu estava na pós-graduação, concentrado naqueles sonhos de dar aula, trabalhar no mercado editorial, talvez escrever algo e então...

Nem me lembro de todos os "e então". Mas nunca voltei à Livraria Entre Mundos, mesmo quando visitei minha mãe durante a faculdade. Parecia parte de uma vida passada, e eu estava me esforçando muito para viver a minha nova vida.

Minha mãe me visitou de vez em quando em Nova York. Mas ela queria fazer todas as atividades típicas de turista, e eu ficava morrendo de vergonha, porque as pessoas que moram em Nova York *nunca* fazem esse tipo de coisa. Então, por fim, paramos de fazer isso também. E agora...

Pego meu celular de novo. Desta vez, quando abro a pesquisa do Google, digito "Livraria Entre Mundos".

Livraria Entre Mundos
Rua Principal, 33
Oak Falls, IL

De acordo com o Google, ainda está lá.

Vou para a lista de contatos no celular e, antes que eu pense duas vezes, aperto em *Mãe*.

Ouço chamar três vezes. Então ela atende:

— É a bunda do Darby?

Essa não era a resposta que eu estava esperando.

— Mãe?

Um segundo de silêncio.

— Ah! Darby!

— Por que você falou da minha bunda?

— Achei que você tinha ligado por engano, com o celular no bolso da calça!

Ela parece na defensiva, como se essa fosse uma desculpa razoável. Não consigo decidir se dou risada ou me sinto meio ofendido.

— Mãe. Isso não existe. Ninguém mais liga sem querer porque esbarrou em algum lugar.

— Ah, isso definitivamente não é verdade. Outro dia mesmo eu estava falando com Jeannie Young… Lembra dela? Você derrubou um dos flamingos dela quando estava aprendendo a dirigir. Enfim, a Jeannie me contou outro dia que tinha ligado sem querer para o neto.

Isso é informação demais para meu cérebro absorver, em meio à bebida e à dor de cabeça.

— Quem tem flamingos?

— Jeannie Young. Você lembra dela! Você costumava vender biscoitos sem sexo pra ela.

— Meu Deus.

Meu rosto vira uma fornalha. Eu havia feito parte das Escoteiras por alguns anos quando era criança, até minha mãe decidir que era longe demais para me levar de carro até a tropa mais próxima. Quando eu saí do armário, pedi a ela para usar o pronome masculino "ele" mesmo quando falasse de mim quando criança, e ela levou isso tão a sério que se recusa a referenciar qualquer coisa feminina no meu passado. Mas minha mãe também ainda não compreendeu o termo *gênero neutro*, o que significa que os biscoitos de escoteira viraram *biscoitos sem sexo*.

Pelo menos quando ela fala comigo. Espero que não se refira a eles dessa maneira com mais ninguém.

— Aliás, Jeannie finalmente se livrou daquele bando de flamingos horrorosos — diz minha mãe. — Tivemos alguns meses de paz, e aí você não vai adivinhar com o que ela os substituiu.

Esfrego a testa.

— O quê?

— Pinguins! — Ela soa exasperada. — Agora ela tem uns pinguins tão cafonas no quintal. Botou até mesmo um pinguim inflável com um chapéu de Papai Noel no último Natal. Não sei onde a Jeannie arranja essas coisas. Não é como se a loja de jardinagem tivesse essas coisas feias. — Ela suspira. — Enfim. Então você não me ligou por engano. O que aconteceu?

— Por que você acha que aconteceu alguma coisa?

— Porque você nunca me liga, Darby.

Minha mãe não diz isso com qualquer maldade. Nem mesmo como se estivesse tentando fazer eu me sentir culpado. É apenas uma observação casual.

Mas eu me sinto culpado mesmo assim. Porque é verdade. Eu não ligo para ela há…

Bom, não consigo me lembrar da última vez que liguei para ela. O que não é um bom sinal.

— Desculpa, mãe. Acho que estive…

— Ocupado — completa ela com leveza, mas faz com que eu me sinta ainda pior, porque é exatamente o que eu ia dizer. — Não tem problema. Que barulho terrível é esse?

— Ah, droga. Desculpa.

O ar-condicionado ainda está rugindo, congelando no máximo. Deve parecer que estou falando de dentro de uma betoneira.

— Um segundo…

Giro o botão e o aparelho se aquieta com um tremor. Mergulhamos em um silêncio repentino. Ou o mais próximo que se pode chegar do silêncio na cidade de Nova York. Tem uma sirene passando em algum lugar lá fora, e mais um trem chegando à estação de metrô a uma quadra daqui com os freios rangendo.

— Bom — diz minha mãe —, se está tudo bem, talvez possamos conversar amanhã? Está ficando meio tarde agora. O sr. Ranzinza e eu estávamos prestes a ir deitar.

— Ah. Certo.

É uma hora mais cedo onde ela está, mas minha mãe sempre foi do tipo que vai para a cama cedo e acorda cedo. Provavelmente por causa de todos os anos sendo professora.

— Desculpa, eu nem pensei na hora…

— Não tem problema. — Uma pausa. E então ela pergunta, com um pouco de hesitação: — Tem certeza de que está bem, Darby?

Sim.

Bem.

É o que eu sempre dizia antes. A única exceção foi quando finalmente me assumi para minha mãe. Às vezes, sinto que ainda estamos nos recuperando. Como se tivéssemos nos esforçado ao máximo naquela conversa e agora qualquer coisa além de respostas prontas seria demais para aguentar.

Mas desta vez, antes que eu possa pensar melhor, digo:

— A empresa na qual eu trabalhava está falindo, então fiquei sem emprego. E meu aluguel vai aumentar. E eu já não aguento mais Nova York, ou talvez não aguente mais a mim mesmo, e não era bem assim que pensei que viveria quando fizesse 30 anos.

Sai tudo de uma vez, um vômito de palavras. Tento acrescentar uma risada, só para soar pelo menos um *pouquinho* bem, mas ela sai meio em pânico, uma oitava mais aguda do que o normal.

— Sinto muito, meu amor — diz minha mãe baixinho. Ouço um pequeno grunhido estranho no fundo e ela acrescenta: — O sr. Ranzinza também diz que sente muito.

Isso me faz rir de verdade, pelo menos por um instante. O sr. Ranzinza é o bassê ancião que minha mãe ainda tem. Nós o pegamos quando ele era um filhote, mas já deve ter uns 15 anos. Ela me envia fotos dele às vezes — o preto e o marrom desbotaram para cinza na cara e o bassê parece ainda mais pelancudo.

Ele não é realmente ranzinza. Mas meio que sempre tem uma expressão de ranzinza. Devem ser as rugas na testa.

— O que você vai fazer? — pergunta minha mãe.

E não é essa a pergunta de um milhão de dólares?

— Não sei.

— Sabe, eu ia te ligar. — Ela parece hesitante de novo, o que não é do seu feitio. Minha mãe não costuma ser uma pessoa hesitante. — Mas já que estamos nos falando... Tenho novidades também.

A primeira coisa que passa pela minha cabeça é que o sr. Ranzinza tem algum tipo de câncer fatal. Que ele está doente. Tem apenas semanas de vida e por algum motivo ela só está me contando isso *agora*...

— Vou me mudar para um lugar menor.

Meu cérebro se detém.

— O quê?

— Decidi vender a casa. É mais espaço do que eu preciso, na verdade, estou aqui sozinha e ficando velha. E acabaram de construir um condomínio novo perto da Rua Principal, próximo ao parque. Tem elevadores e permitem animais de estimação, por isso fui visitar um apartamento e achei muito bom, então... — Ela pigarreia. — Então decidi comprar.

Não consigo absorver a notícia.

— Você comprou um apartamento de condomínio?

— Não fique tão chocado! Tenho pensado em ir para um lugar menor há algum tempo. E assim eu não vou precisar mais olhar para os pinguins da Jeannie Young.

Bom, pelo menos ela conhece as próprias prioridades.

— Desculpa, eu só... Você não me contou nada.

— Ah, eu não precisava te incomodar com tudo isso.

Não sei como me sentir em relação à notícia. É estranho pensar na minha mãe tomando decisões sobre o lugar no qual cresci sem me incluir. Mas... por que ela deveria pedir a minha permissão? A casa é dela.

E eu fui embora.

— Você pode me incomodar — comento, mas soa vazio, mesmo para mim.

— Eu ia te contar — afirma ela. — Porque vou precisar me livrar de um monte de coisas suas para me mudar para o apartamento.

— Que coisas?

— Coisas! Livros, documentos da escola, bichos de pelúcia... Seu quarto ainda tem muita coisa, sabia? E aí tem o porão. Há esquis lá embaixo! Eu nem me lembro de quando fomos esquiar. Nós já fizemos isso?

Não tenho lembrança alguma de ir esquiar.

— Mãe, você se lembra da Livraria Entre Mundos? — pergunto.

Ela faz uma pausa.

— O que tem?

— Ela ainda existe?

— Lógico que sim!

Sinto algo ser repuxado no meu peito, causando uma dor cortante. Eu estava pronto para acreditar que o Google estava errado. Que a Entre Mundos havia falido, prejudicada pela Amazon e o fato de que, mesmo doze anos atrás, o local mal tinha clientes em um dia bom.

Olho de novo para a velha caixa de papelão.

— E se eu voltasse para casa e te ajudasse na mudança?

Mais silêncio. Meu coração está martelando nos ouvidos.

O que estou fazendo?

— Ah — diz minha mãe. — Você quer vir para cá?

Ela fala como se o *cá* fosse o Polo Norte. Ou um pântano. Ou o esgoto.

Será que eu estava mesmo com tanta vontade de sair de Oak Falls? Será que estava mesmo tão preparado para ir embora que a fiz sentir como se eu achasse que a cidade inteira era uma bosta?

Será que eu pensava que a cidade inteira era uma bosta?

— Bom, só para te ajudar na mudança — digo. — E, sabe, enquanto decido o que vou fazer. Quer dizer, não tem mais nada acontecendo na minha vida agora.

Escuto mais uma fungada-grunhido do sr. Ranzinza no fundo. Finalmente, minha mãe diz:

— Você pode vir para casa a qualquer momento, Darby. Eu adoraria a ajuda, e talvez seja legal que você veja a casa de novo antes da mudança. E posso te mostrar o apartamento! É muito bom. Tem uma garagem no subsolo do prédio, então não vou mais precisar me preocupar com a neve durante o inverno…

E ela dispara a falar, tagarelando sobre esse novo condomínio como se não estivesse prestes a dar dez da noite onde ela está, e ela não tivesse *acabado* de falar que estava ficando tarde…

Mas eu mal estou ouvindo.

Acabei de me voluntariar para ir embora de Nova York.

Acabei de me voluntariar para voltar para Oak Falls.

E acho que eu quero ir.

Meus amigos vão me matar.

CAPÍTULO TRÊS

20 DE AGOSTO

Conto para Olivia primeiro, e ela reage do jeito que eu imaginei:

— Darb, eu te amo, *mas você tá de sacanagem, porra*?

Pelo menos esperei para ligar para ela até o dia seguinte. Porque parte de mim tinha certeza de que eu ia acordar e perceber que a noite anterior havia sido um delírio induzido pela bebida. Mas conferi meu celular e lá estava o contato *Mãe* na lista de ligações recentes. Assim como a caixa da Livraria Entre Mundos, ainda meio aberta no chão.

— Estou sentindo que você vai se arrepender disso — comenta Olivia.

Mas estávamos em plena luz do dia, ou seja lá como dizem, e meu ar-condicionado estava no máximo, porque a temperatura estava subindo lá fora, e eu não me arrependia.

— Só preciso sair de Nova York — falo. — Preciso de um tempo para pensar no que fazer.

— Você sabe o que é isso — diz Olivia com uma confiança extrema. — Seu retorno de Saturno.

Uma das grandes áreas em que deixo a desejar é que eu não sou um queer da astrologia e não faço ideia do que isso significa.

— Lógico — respondo, porque não queria discutir. — Mas estou indo assim mesmo.

Eu só não sabia como contar para Ian e Joan. Talvez mandar uma mensagem de texto para cada um? Ligar para os dois? Quem sabe presumir que Olivia se encarregaria de contar para Joan?

Na verdade, Olivia me poupou o trabalho de contar para os dois, porque largou a bomba por mim no chat em grupo praticamente assim que finalizamos nossa ligação.

OLIVIA HENRY
Darby tá se mudando pra Oak Falls.
Ele vai nos abandonar.

IAN ROBB
Espera, o quê?

OLIVIA HENRY
Retorno de Saturno!!! Eu avisei vocês!!!!

JOAN CHU
Darb, você tá falando sério?

IAN ROBB
Nem tudo é sobre os planetas, Ollie.

OLIVIA HENRY
Isso é uma coisa tão capricorniana
de se dizer, Ian.

EU
Gente, eu não disse que estava me
mudando para Oak Falls. Só estou saindo
do meu apartamento por enquanto e
voltando para ajudar minha mãe a se mudar.

JOAN CHU
Tem certeza de que você não quer
que eu tente botar o proprietário
do seu apartamento na justiça?

Largar meu apartamento se revelou bem fácil, de um jeito quase ridículo. Tecnicamente, eu estava rompendo o contrato um mês antes do fim, mas a imobiliária ficou muito feliz por eu estar saindo o mais rápido possível para que eles pudessem aumentar o aluguel mais cedo. Também foi bem fácil me livrar dos móveis. Pensei, por um segundo, em arranjar um depósito — mas mesmo arrumar um local por um mês teria custado mais do que todos os meus móveis juntos. E mesmo que não quisesse falar em voz alta... eu não tinha ideia de onde estaria dali a um mês.

E, enfim, era final de agosto. Enxames de universitários já estavam chegando em Nova York, e muitos deles precisavam de coisas. Então assim se foram a mesa, a cadeira e o armário estreito. Depois, a cama empenada da IKEA e os blocos que a elevavam. Vendi até mesmo o velho ar-condicionado para algum pobre calouro vindo da Flórida, que ficou horrorizado ao descobrir que Nova York ainda agia como se aparelhos de ar-condicionado embutidos não existissem.

Todo o restante foi arrumado nas caixas que eu havia guardado embaixo da cama. Ian me ajudou a enfiar tudo no carro de aluguel mais barato que encontrei — um modelo compacto que abre na traseira e que, depois de todas as caixas, só tem espaço para mim, deixando pouca visibilidade em qualquer direção a não ser à frente.

E agora o carro está estacionado na rua diante do meu prédio (um golpe de sorte milagroso), trancado (conferi aproximadamente dez vezes), meu apartamento está vazio exceto por um travesseiro e alguns cobertores no piso, e estou sentado em uma cadeira na casa de Olivia e Joan no Queens. Porque depois de alguns dias de espera (nem um pouco sutis) para que eu mudasse de ideia, meus amigos pareceram finalmente perceber que eu estava falando sério e decidiram que deveriam fazer uma festa de despedida para mim.

Mesmo que eu tenha falado que não estou me mudando *de verdade*. Mas quando não se tem uma data exata de retorno... Acho que isso é quase a mesma coisa. Como Ian me lembrou várias vezes enquanto colocava as caixas no carro alugado.

Eu ainda estou deixando-os.

É noite de sábado, apenas uma semana depois do aniversário de Olivia, e a caixa de pizza sobre a mesinha de centro está quase vazia.

— Isso é deprimente pra caralho — diz Ian do seu lugar no chão.

Conseguimos rir enquanto comíamos a pizza, nos atualizando de tudo que havia acontecido durante a semana e que *não* tinha relação com o gigantesco elefante na sala. Joan foi subestimada no tribunal e arrasou com o advogado de um proprietário de imóvel. Ian está projetando um jogo que é similar ao *The Sims*, mas com cachorros. Olivia tem convicção de que uma celebridade do programa *Real Housewives* foi até a Starbucks em que ela trabalha. Por uma hora, é quase como se tudo estivesse normal.

Mas agora a pizza está quase acabando, assim como os outros tópicos de conversa, e sobrou apenas o elefante.

— Quem quer sorvete? — pergunta Olivia, se levantando do sofá onde estava sentada ao lado de Joan. — Tenho um de menta com chocolate, um daqueles com pedaços de marshmallow e um de baunilha, porque Ian é o ser humano mais entediante da face da terra.

— Um sabor baunilha excelente é arte! — exclama Ian, fingindo estar ofendido.

— É, você já falou. — Joan estende a mão e dá tapinhas na cabeça dele. — Você só é pedante. Vou querer o com pedaços de marshmallow.

— Baunilha, pedaços de marshmallow... — Olivia lista, então olha para mim e juro que a expressão dela gela. — Darby?

Eu me apoio na cadeira e me levanto.

— Eu te ajudo.

Ela abre a boca, mas não diz nada. Então se vira e vai em direção à cozinha estreita. É uma típica cozinha de Nova York — maior do que a minha minúscula pseudocozinha, mas ainda com fogão, geladeira e pia pequenos. Mal há espaço suficiente para nós dois ao mesmo tempo.

— As tigelas estão no armário.

Olivia não está olhando para mim. Já estive aqui várias vezes. Sei onde tudo está.

— Ollie, podemos conversar?

Ela abre a geladeira, o que significa que, em vez de olhar para o rosto dela, agora estou encarando poeminhas engraçadinhos e pervertidos feitos de ímãs de palavras.

Tá bom, então. Abro o armário e estendo a mão em direção às tigelas.

— Eu sei que você está brava...

— Não estou brava.

A voz dela está abafada por trás da porta do congelador.

— Você tem me mandado mensagens sobre o retorno de Saturno há uma semana.

Ela reaparece segurando dois potes de sorvete, que bate com tudo sobre a bancada.

— Porque é nitidamente por isso que você está passando, e pensei que, se você soubesse mais sobre o assunto, entenderia o que está sentindo e não surtaria tanto.

— Quem disse que eu estou surtando?

Ela volta para o congelador.

— Você está voltando para *Illinois*, Darby.

— É outro estado, Olivia, não a lua.

— Eu te disse que o retorno de Saturno pode se manifestar como um grande término, ou deixar o trabalho dos sonhos, ou destruir sua vida inteira, e é exatamente isso que você está fazendo. Tá, vamos lá, lembra como eu surtei alguns meses atrás por causa de, tipo, tudo?

Abro uma gaveta e pego algumas colheres.

— Lembro que você pensou em largar o stand-up por tipo uma semana.

Ela bate a porta do congelador de novo, segurando um terceiro pote de sorvete.

— Aquilo foi importante para mim.

— Não estou dizendo que não foi.

— Só acho que você está acabando com a sua vida sem nem pensar direito. — O tom de voz dela está subindo. — Não entendo por que você não pode só procurar um apartamento e um emprego novos, chamar isso de um recomeço e ficar aqui em vez de fugir e se enfiar em uma merda de *milharal* pra ter uma crise dos 30 anos.

— Eu te disse que minha mãe está se mudando. Ela precisa empacotar a casa toda. Precisa de ajuda.

— É, e se você estivesse indo só por isso, teria planejado voltar. Mas não planejou. Então nós dois sabemos que esse não é o real motivo.

Isso me irrita.

— Por que eu preciso de outro motivo?

— Porque as pessoas não abandonam apartamentos e vendem todas as coisas só para ir ajudar a mãe a se mudar — retruca Olivia, arrancando a tampa do pote de sorvete mais próximo, o baunilha pedante. — Parece que você está largando todos nós junto com o apartamento.

— Preciso dar um tempo de Nova York!

Meu tom de voz está subindo também.

— Por quê? Nova York tem tudo e mesmo assim você quer chutar seus amigos pra escanteio e ir para o fim do mundo com um bando de babacas que acham que pessoas trans não deviam existir!

Isso me atinge como um tapa. Ou um soco no estômago.

— Você não tem ideia de como é Oak Falls. Você só está... enxergando do mesmo jeito que todo mundo por aqui. Como se lá fosse um buraco de caipiras. Você sempre pensou assim.

Ela parece incrédula.

— Era o que *você* pensava.

— Não, não era.

— Ah, então você só estava inventando coisas naquela vez em Veselka, no primeiro semestre?

Agora estou aborrecido.

— Não, eu...

— Você me disse que se mudou pra cá porque Nova York era o lugar em que você podia ser você mesmo. Estamos todos aqui porque este é o lugar certo pra gente. Mas, beleza, desculpa se não tentei aprender muito sobre um lugar retrógrado no interior do país. Não sei por que precisaria, pois moro aqui e você também!

— Sim. E eu estou sem grana, porra. Estou cansado o tempo todo. É barulhento, tumultuado e meu apartamento era minúsculo.

Olivia solta um suspiro frustrado.

— Olha, é óbvio que Nova York não é *perfeita*. Mas não entendo por que você iria embora e abandonaria todos nós só para voltar para um lugar que você odiava tanto...

— Lógico que você não entende! — Estou praticamente gritando agora. — Nenhum de vocês nunca entendeu, porque vocês são todos da cidade. Todos vocês pertencem a Nova York. Eu pareço não pertencer a porra de lugar nenhum.

Silêncio.

Olivia me encara.

— Mas que porra de pensamento é esse?

— Deixa pra lá.

— *Deixa pra lá?*

Eu não quero mais falar. De repente, sou acometido por uma raiva intensa e, de algum jeito, também por uma tristeza terrível, tudo ao mesmo tempo.

— Eu só vou embora — digo.

Olivia abre a boca, mas não diz uma palavra.

Eu me viro e volto para a sala de estar, onde Ian e Joan ainda estão sentados, me encarando porque é lógico que eles escutaram tudo que aconteceu. Não é como se existisse qualquer privacidade em Nova York, mesmo em ambientes fechados.

— Darby... — chama Olivia, saindo apressada da cozinha.

Mas eu já estou pegando meus sapatos.

— Olha, eu só preciso ir. Mando mensagem pra vocês da estrada ou algo assim.

E antes que eu possa pensar melhor, saio do apartamento de Olivia. É imaturo, egoísta e estou basicamente fazendo pirraça, mas não consigo evitar. Sinto como se algum tipo de represa tivesse, enfim, estourado — uma com rachaduras crescendo há anos —, e a enchente estivesse me impelindo adiante. Parte de mim torce para que Olivia venha correndo atrás de mim. Mesmo que eu não saiba se pararia caso ela viesse.

Mas ela não vem.

Então não paro.

Sigo até o metrô. Depois até o meu prédio, passando pelo carro alugado cheio de malas e subindo os cinco lances de escada. E então me deito nos lençóis sobre o chão do apartamento vazio, encarando o teto, esperando a respiração acalmar.

CAPÍTULO QUATRO

21 DE AGOSTO

São 13h30 de viagem até Oak Falls, e (apesar do painel do carro alugado começar a apitar com uma mensagem insuportável que diz QUER FAZER UMA PARADA?) eu dirijo direto sem interrupções.

Parte porque eu estava desperto e alerta às cinco da manhã, então pensei: *Por que esperar? É melhor pegar a estrada logo e escapar do trânsito.*

Além disso, assim que saí da cidade, eu só queria seguir em frente. Como se, ao me afastar mais um pouco, eu conseguisse não remoer tudo que Olivia havia dito, tudo que eu havia dito, tudo que todo mundo não havia dito.

E, a partir de certo ponto, eu continuei dirigindo só para atormentar o carro alugado.

Quando parei para colocar gasolina, tomei café. Quando senti fome, comprei um sanduíche e comi enquanto dirigia.

E fiquei atento ao celular. Ian mandou mensagem enquanto eu seguia um caminhão sem carga pelas colinas da Pensilvânia: "Avisa quando chegar". Recebi uma mensagem de "Boa viagem" da Joan enquanto estava preso na fila do pedágio em Indiana.

Não respondi. Não sabia o que dizer.

Na terceira vez em que meu celular vibrou, eu estava em um oásis perto de Chicago — uma das paradas que se estende pela autoestrada como uma ponte, cheia de fast food. Eu me atrapalhei ao pegar o celular do bolso, na esperança de que talvez desta vez a mensagem seria da Olivia.

Mas era a minha mãe.

> Deixei sua cama toda arrumada para você. Não se esquece de prestar atenção nos pinguins. Eu gostaria de saber se você também acha que eles são horrorosos.

Demorei um minuto para lembrar que ela estava falando de pinguins decorativos de jardim e não pinguins de verdade que poderiam estar perambulando pelas tediosas ruas da minha cidade natal.

O sol está se pondo e, quando saio da estrada para pegar as ruas do município, parece que alguém me deu um chute nas costas. O limite de velocidade ainda é abaixo de noventa quilômetros por hora e tem duas pistas em cada direção, mas não há muito tráfego nessas ruas. Os grandes outdoors sumiram, e passo por tudo que está no limiar entre o afastado do centro e o rural: uma grande clínica com um pronto--socorro e um estacionamento que deve acomodar uns cem carros, um mercado de alguma grande rede e um enorme depósito de madeira. Em comparação a Nova York, tudo é estranhamento gigante por aqui. Pequenos pontos de civilização no meio de um monte de milharais.

A moça alegre do Google Maps está me dizendo onde virar, mas, quando entro em Oak Falls, eu a desligo. Conheço tudo aqui de cor, mesmo sob a penumbra do crepúsculo, mesmo depois de todo esse tempo.

Oak Falls não tem uma placa superfofa com uma frase de efeito superfofa para avisar que você chegou de verdade. Provavelmente porque Oak Falls não é uma cidade turística e nunca quis ser. Não há lagos imaculados ou florestas colossais nem nada assim para atrair as pessoas para cá. Então a única placa é um modelo branco simples com letras pretas simples que dizem: OAK FALLS, 8.073 HABITANTES.

Há uma rota de ruas secundárias que eu poderia seguir até a casa da minha mãe — ou… outra rota com ruas ainda *mais* secundárias, já que praticamente todas aqui são secundárias. É a rota que seguia quando vinha nas férias da faculdade, porque eu estava de saco tão cheio de Oak Falls que não queria ver nada que não fosse muito necessário.

Mas agora eu viro o carro na direção da Rua Principal. As luzes dos postes estão acesas quando chego, lançando focos de luz amarela sobre o asfalto e as calçadas. São postes pequenos — não chegam nem à altura dos prédios de dois andares ao redor, e são pretos com luzes no formato de globos. Os postes de luz em Nova York têm pelo menos o dobro da altura, são finos, prateados e utilitários, mesclando-se ao cenário urbano ao redor.

Diminuo a velocidade, arrastando-me a menos de vinte quilômetros por hora. Não é como se tivesse alguém atrás de mim para se irritar.

Os prédios da Rua Principal são, em sua maioria, feitos de tijolos vermelhos, todos anexados uns aos outros em fileira. É pitoresco de um jeito que grita interiorano — ou pelo menos "foto de banco de imagens para matérias de lista dos Dez Melhores Lugares Para Viver Se Chicago For Cara Demais". A maioria das fachadas está apagada e eu não olho de perto para nenhuma delas. Estou só passando os olhos, em busca da…

Livraria Entre Mundos.

Paro o carro no meio-fio, em um espaço vago bem na frente da loja. Desligo a chave e o motor faz um som de engasgo ao silenciar.

A livraria está fechada. São quase 20h30. A plaquinha de plástico pendurada na porta diz RETORNAREMOS ÀS 10H, e algumas das luzes estão apagadas. Mas agora que estou aqui, preciso olhar. Tenho que pelo menos bisbilhotar pela janela.

Abro a porta do carro. Pelo menos uma vez é uma vantagem ser baixo, porque imagino que estaria ainda mais dolorido se tivesse a mesma altura que outros homens. Olho para os dois lados da rua e, como não vejo ninguém se aproximando, encosto no carro e esfrego a bunda para tentar fazer o sangue circular de novo.

Sinto minhas pernas rígidas ao andar até a loja. Ela se parece com a maioria das outras fachadas ao longo da rua — uma grande vitrine quadrada em uma parede de tijolos ao lado de uma velha porta de madeira com vidraça na metade superior. As letras na vitrine parecem novas: LIVRARIA ENTRE MUNDOS faz um arco em letras brancas foscas, em vez dos adesivos de vinil descolando dos quais me lembrava.

Eu me aproximo, espiando através do vidro. O mostruário na mesa da frente está exatamente onde sempre esteve, abarrotado com os últimos lançamentos. Por trás, consigo ver fileiras e mais fileiras de prateleiras. Até mesmo o relógio na parede acima da porta dos fundos é o mesmo — feito de um exemplar antigo de um romance de Sherlock Holmes, com números dourados sobre a capa cor de vinho tinto e ponteiros que se parecem com canetas-tinteiro.

Na parte de trás da loja está a caixa registradora, sob uma placa pintada a mão que diz CAIXA.

Há alguém atrás da bancada — fechando a loja, imagino. Uma pessoa jovem com um moletom grande com capuz, cabelo curto e bagunçado, um rosto pálido e óculos de armação fina...

Meu coração dispara de repente e parece que meu estômago despencou dez andares.

Eu vestia moletons grandes demais com capuz o tempo todo na escola.

E também tinha óculos de armação fina.

Devo ter fechado a loja várias vezes, e sempre apagava metade das luzes, assim como está agora, mesmo quando ainda estava trabalhando, porque era estranhamente confortável estar a sós em um espaço meio escurecido com todos aqueles livros...

Essa pessoa, a pouca iluminação da loja na hora de fechar, os livros empilhados na mesa de mostruário — tudo me lembra tanto *daquela época* que, por um momento, consigo sentir o leve cheiro mofado dos livros. Posso ouvir o tique-taque do relógio sobre a porta que dá para o depósito. Posso sentir o leve toque engordurado das teclas da caixa registradora sob os dedos. O modo como a gaveta do caixa ficava sempre emperrada pela metade quando eu tentava fechar. Eu me lembro exatamente de como, sob a luz baixa, as cores das capas dos livros pareciam suavizadas ao retirá-los das caixas. O modo como o banco sobre o qual eu me sentava atrás do balcão tinha uma perna que era mais curta do que as outras três e ele sempre ficava muito bambo. O modo como o canto das estantes de livros marcava um pouco minhas costas quando eu me sentava entre as fileiras com Michael, lendo livros por horas...

Eu me viro e aperto os olhos, esfregando-os por baixo dos óculos. Meus óculos grandes e modernos, de armação de aros de tartaruga de plástico, porque não sou *eu* que trabalho nessa livraria. Não tenho mais 16 anos.

Mas, por um instante, eu podia jurar que tinha. Podia jurar que estava de volta lá, e tudo parecia tão *real*.

Bom trabalho, Darby. É isso que passar quase quatorze horas na estrada faz. Você chega na sua cidade natal, exausto e todo inebriado por estranhos sentimentos nostálgicos, vê um adolescente aleatório que meio que se parece com você e surta.

O que estou fazendo aqui?

Eu devia ir para a casa da minha mãe. Parar de ficar xeretando do lado de fora dessa livraria feito um esquisitão. A loja está fechada. Posso voltar para ter sentimentos nostálgicos em relação a ela amanhã.

Eu me viro em direção ao carro — e esbarro em alguém.

Não é um esbarrão forte, pelo menos, mas definitivamente pisei em um pé que não era meu e amassei meus óculos.

Seja quem for a pessoa, ouço baixinho:

— Opa, foi mal, eu não quis...

— Não, a culpa é minha — digo e dou um pulo para trás, erguendo o olhar e... — Eita.

O cara na minha frente arqueia as sobrancelhas. Ele é mais alto do que eu, mas não *tão* alto — talvez tenha 1,75 de altura. Ele está vestindo uma camisa xadrez de botão e manga curta e uma calça jeans escura e elegante. O cabelo ruivo tem um corte comum e bem-feito, mas também é meio encaracolado de um jeito que passa uma aparência despojada, como se ele tivesse passado a mão no cabelo ao longo do dia e não tivesse se preocupado de se olhar num espelho. O nariz ainda é um pouco grande demais, mas parece se encaixar agora, e, mesmo que a noite esteja chegando, sei que os olhos profundos dele são, na verdade, bastante cinzentos, assim como sei que ele costumava usar óculos e que já teve uma coleção de camisetas de Pokémon...

Porque o cara parado na minha frente — aquele em quem acabei de esbarrar feito um idiota — é Michael Weaver.

— Perdão? — diz ele.

Ai, meu Deus. Ele não faz ideia de quem eu sou. Lógico que não. Eu tomo testosterona há dez anos. Sou quase musculoso (se você não olhar muito de perto), o formato do meu rosto está diferente, minha voz está diferente. Eu me pareço com o irmão mais velho da pessoa que ele conhecia. A pessoa com roupas diferentes, pronomes diferentes...

Tudo diferente.

— Não, eu... me desculpa. — Dou um passo para trás. — Eu não estava prestando atenção para onde ia. Tenho que, hã... Tenho que ir.

Ele está me encarando. Percebo o momento em que tudo se encaixa de repente. E então Michael pergunta:

— Darby?

Ai, merda. Eu estava pronto para me virar e sair correndo, porque pensar em tentar explicar era algo imenso demais. E, no fim, esse é o cara que resolveu me ignorar no nosso último semestre do ensino médio.

Tento forçar um sorriso. Parece uma careta.

— É. Hã. Oi.

— Você... É... — Ele está se embolando. — Hã...

— Trans?

— Está aqui.

Meu rosto se aquece. Meu coração está acelerado. Inspiro de modo exagerado e desajeitado, tentando acalmar meus batimentos.

— É. Eu, hã... Minha mãe está se mudando. Eu vim ajudá-la a empacotar tudo.

Concordo com a cabeça, como se isso fosse de algum jeito dar mais ênfase.

— Ah.

Michael ainda está me encarando, mas não consigo decifrar a expressão em seu rosto. É como se ele estivesse me vendo e não me vendo ao mesmo tempo.

— Certo. Acho que soube disso pela Jeannie Young.

— Jeannie Young?

Ele hesita.

— Isso. Sabe, a dos pinguins. — Agora ele parece envergonhado. — Ou… Talvez fossem flamingos quando você estava aqui…

— Ah, sim, eu conheço a Jeannie Young.

Não posso dizer a ele que minha pergunta de verdade era o porque de ele estar falando com a Jeannie Young. É o tipo de coisa que ele faz agora? Falar com todos os adultos daqui, com os quais crescemos, porque ele ainda mora nesta cidadezinha e os encontra no mercado?

— Eu… Desculpa — pede Michael e coça a nuca, o que me faz notar seus braços e perceber que ele não é mais magrelo. Ele não é mais todo atrapalhado. Ele está *realmente* musculoso. — É que… Hã, quer dizer… Nós precisamos nos reapresentar?

Pisco para desviar o olhar e parar de encarar os braços dele.

— O quê?

Michael franze a testa. Parece que está sentindo uma dor física.

— Eu te chamei pelo nome que eu conhecia e aí percebi que talvez você… — Ele gesticula com a mão, um pouco desesperado.

— Ah — digo, finalmente entendendo. Michael está preocupado com a ideia de ter acabado de me chamar pelo nome morto. — Ainda é Darby.

Ele relaxa os ombros.

— Certo.

— Eu só, hã… Eu mantive. Sabe, porque em tese era em homenagem ao meu tio e tal, mesmo antes, então…

— É, eu lembro.

Acho que noto um sorriso no rosto dele. O mesmo sorriso meio torto que ele tinha na época da escola. É tão familiar que, por um segundo, Michael parece exatamente o mesmo cara desajeitado que eu conheci, mesmo com o cabelo mais arrumado e sem os óculos.

E então o sorriso desaparece.

— Eu devia, hã… — Ele aponta de maneira vaga para a direção na qual estava seguindo.

— Ah, sim — digo, saindo do caminho. — Bom te ver.

Mas ele não está nem olhando para mim.

— É. Você também.

Eu me viro e volto para o carro alugado. Só para deixar evidente que estou indo para algum lugar também. Que tenho para onde ir.

Entro no automóvel, mas, pelo para-brisa, ainda tenho uma visão excelente de Michael Weaver andando pela calçada, me deixando para trás.

MINHA MÃE NÃO estava de brincadeira em relação aos pinguins. Jeannie Young sempre morou na casa térrea e bege no estilo rancho ao lado da casa de dois andares da minha mãe, mas, mesmo se eu tivesse esquecido esse fato, seria óbvio qual casa era a dela. Há literalmente uma bandeira de pinguim esvoaçando ao lado da porta de entrada. Também há pinguins de plástico no quintal (pelo menos dez), uma fonte para pássaros (apoiada sobre um pedestal de pinguim), e, de cada lado da passagem, duas estátuas de tamanho real, imagino, e muito realistas de pinguim, além de uma coleção de pinguins bebês de pedra ao lado dos degraus de entrada.

A porta da minha casa de infância se abre assim que chego com o carro na entrada da garagem e minha mãe aparece, com calça de pijama de bolinhas, um roupão de banho e Crocs, de braços esticados, voando a toda velocidade em direção ao automóvel.

Mal saio e ela se lança sobre mim, me envolvendo em um abraço. Minha mãe é uma das poucas pessoas que conheço que é visivelmente mais baixa do que eu — ela é a real definição de miúda, com um corte pixie grisalho e óculos redondos vermelho-vivo.

— Darby! Você chegou! — exclama ela, então me solta e me encara fundo nos olhos. — Eles não são feios?

— O quê?

— Os pinguins — explica ela, se virando com uma carranca para o jardim ao lado, as mãos na cintura. — Não é a coisa mais brega e horrenda que você já viu? Sabe, eu temo que eles vão diminuir o valor da minha propriedade.

— Mãe! — Olho ao redor. — Jeannie pode te ouvir.

Ela apenas bufa.

— Jeannie mal escuta qualquer coisa. Fico dizendo que ela precisa de aparelhos auditivos, mas ela não me dá ouvidos. Provavelmente porque não quer ouvir o que as pessoas acham dos pinguins dela!

— Minha mãe dirige sua atenção para o carro alugado. — Você enfiou tudo dentro *disso*?

— Meu apartamento era pequeno — respondo, mas a frase soa meio defensiva. — E eu vendi boa parte das minhas coisas.

Ela olha para mim, um olhar demorado e sagaz.

— Entendi. Bom… — Ela avança e abre o porta-malas. — Vamos pegar o que você precisa agora e podemos nos preocupar com o restante amanhã.

Desconfortável, sinto como se tivesse voltado para casa durante as férias da faculdade.

— Mãe, você não precisa carregar as minhas coisas.

— Ah, não seja bobo. Eu consigo aguentar uma mala. Vamos, me dê as coisas.

É óbvio que eu não despejo as caixas na minha mãe. Dou a ela uma mala com rodinhas. E então pego minha bolsa-carteiro, meu travesseiro e um saco de lixo que eu tenho quase certeza de que tem roupas, e fecho o porta-malas. Um apito soa quando tranco. Não que alguém vá roubar nada por aqui. É Seguro. Como minha mãe ficava dizendo quando ia me visitar em Nova York.

— Você pegou aquela obra na 36? — pergunta minha mãe e levanta a mala ao passar pela porta para entrar em casa. — Juro, eles ficam cavando a estrada e depois se sentam por lá sem fazer nada.

É uma rodovia, não uma caixa de areia! — Ela apoia a mala no chão e grita: — Sr. Ranzinza! — Depois se vira para mim de novo. — Ele está ficando meio surdo.

Ouço o *clique-clique* das unhas de cachorro, e o sr. Ranzinza faz a curva saindo da cozinha para a sala de estar. Suas orelhas compridas estão praticamente arrastando no chão e ele está ofegante, mas o rabo balança quando me vê.

Largo as bolsas e me agacho.

— Ei, Ranzinzinha.

Ele vem gingando em direção à minha mão aberta, batendo a cabeça nela, a língua pendendo para fora da boca.

— Você quer um pouco de água? Um lanche? Acabei de fazer uma pizza congelada para o jantar, porque preciso ir até o mercado, mas tem biscoito de água e sal, maçãs, um pouco de queijo…

Minha mãe desaparece na cozinha, me deixando a sós com o sr. Ranzinza enquanto olho ao redor da casa onde cresci.

O lugar parece… igual. O mesmo carpete amarelado que cobre todo o chão, apesar de a minha mãe ter tentado escondê-lo com um enorme tapete de listras brancas e azuis novo. Ela ainda tem o mesmo sofá marrom-claro e o conjunto de poltronas, a mesma mesinha de centro de madeira cor de mel, a mesma estante de livros. Até mesmo os livros na estante são familiares — uma mistura de clássicos como *Orgulho e Preconceito, Os Três Mosqueteiros*, poemas de Emily Dickinson e volumes de Shakespeare, e livros infantis que entravam e saíam da sala de aula quando ela era professora do quarto e quinto ano. *Uma dobra no tempo. The Witch of Blackbird Pond. Tudo depende de como você vê as coisas*. Mais alguns que não reconheço — livros que ela deve ter adquirido depois que eu fui para a faculdade.

Há uma TV sobre uma mesa encostada na parede. Isso é novo. Quando eu morava aqui, minha mãe relegava a TV ao porão.

— E então?

Minha mãe espicha a cabeça pela entrada da cozinha.

Eu me sobressalto, deixando de lado as lembranças de assistir aos episódios de *Buffy, a Caça-Vampiros* com Michael. Nós alugávamos os DVDs na locadora de vídeo na Rua Principal, fazíamos pipoca de micro-ondas e nos sentávamos sobre um velho futon no porão. Assistimos à série inteira assim.

— Desculpa — digo. — O quê?

— Lanche? — indaga minha mãe.

— Não, estou bem.

Não jantei ainda, mas não sei dizer se estou com fome ou não. Estou inquieto demais.

— Tá bom.

Minha mãe fica parada na porta, sem jeito, na passagem entre a sala de estar e a cozinha, de braços cruzados, os dedos tamborilando ociosos.

— Bom, você gostaria de assistir a *Assassinatos em Marble Arch* comigo?

Isso me arranca dos devaneios.

— O que é isso?

— Um programa inglês que passa na TV aberta toda semana às nove. Eles fazem ótimos suspenses por lá, sabia? É sobre uma senhora resolvendo crimes em Londres. É bom ver alguém da minha idade na telona.

— Desde quando você assiste TV?

Ela parece um pouco ofendida.

— Sempre assisti TV. Não se lembra de assistir à *Frasier* comigo?

Bom, sim. Naquele último semestre do ensino médio. Quando eu não tinha amigos e mais nada para fazer, e minha mãe decidiu que a TV não era assim tão ruim no fim das contas, pelo menos não se nós dois estivéssemos assistindo no porão e fossem reprises de *Frasier*.

— Sim, eu só… Não percebi que você assistia a outras coisas.

Ela funga.

— Assisto ao noticiário e a suspenses sobre assassinato. Tenho TV a cabo agora. É muito caro, eu deveria cancelar. Mas gosto da Rachel Maddow.

Minha mãe liga o aparelho e se senta em um lado do sofá. O sr. Ranzinza imediatamente bota as patas dianteiras nas almofadas e ela estende as mãos para baixo, agarrando-o pela bunda, e o levanta, colocando-o ao seu lado.

— Venha se sentar com a gente!

Ela aponta para o outro lado do sofá, ao lado do sr. Ranzinza.

Olho de relance para a TV, onde uma sequência animada de créditos exibe uma senhora trajando um casaco roxo de lã perambulando pelas ruas de Londres e observando a tudo com suspeita.

— Tudo bem. Vou só levar minhas coisas para o meu quarto. Talvez tomar um banho e tal.

— Tá bom — responde minha mãe, dando de ombros e então me oferecendo um grande sorriso. — É bom ter você em casa, querido.

Consigo sorrir de volta para ela. Mas parece forçado. Como se eu estivesse enferrujado.

— É. Obrigado.

Ela se acomoda com seu seriado, fazendo carinho na cabeça do sr. Ranzinza sem prestar atenção, então pego minhas bolsas e arrasto a mala de rodinhas pelo corredor acarpetado. Subo os degraus e viro em direção ao meu quarto de infância.

Assim como a sala de estar, ele também não mudou. Acho que não sei o que esperava. Será que eu pensei que minha mãe iria transformá-lo em um quarto de artesanato ou um estúdio de ioga ou algo assim?

Mas meu quarto parece igual a quando eu o deixei. A culpa me inunda. Não venho há anos, mas minha mãe ainda mantém o edredom listrado de cores pastel sobre a cama de solteiro. O carpete azul-claro desbotou um pouco com o tempo, mas as paredes amareladas ainda estão cobertas por imagens de lobos que eu cortei dos calendários gratuitos que minha mãe costumava receber por correio. As páginas de revistas com celebridades aleatórias e bandas com as quais eu achava que devia me importar ainda estão aqui também, junto com uma representação granulada da *Mona Lisa*, impressa em papel comum, porque pelo visto eu achava que precisava de alguma arte de verdade.

Há espaços nas paredes, onde eu tenho quase certeza de que deviam estar fotografias do ensino médio. Tirei todas as fotos com Michael depois de voltar do internato, quando ficou realmente claro que nossa amizade havia acabado. Tirei tudo que sobrou na primeira vez em que vim para casa nas férias da faculdade. Eu entrei no meu quarto com um corte de cabelo masculino, vestindo um binder, e no mesmo instante me livrei de qualquer coisa que fosse uma lembrança do meu antigo eu. Do eu garota.

Largo a mala e o saco com roupas e ando até a cômoda, abrindo uma das gavetas. Exceto por uma caixinha de joias aleatória e um recipiente de elásticos de cabelo, elas estão vazias. Como se minha mãe esperasse que eu voltasse e precisasse delas de novo.

Eu me sento na cama, esfregando os joelhos rígidos, e olho pela janela. Já está escuro lá fora. Escuro demais para enxergar alguma coisa, a não ser meu próprio rosto me olhando no reflexo.

Nossa, aquele adolescente — o que estava atrás do balcão da Livraria Entre Mundos... Realmente se parecia comigo. Lembrava eu mesmo.

Mas é isso... Era apenas um jovem que me lembrava de mim mesmo, que se parecia mais ou menos comigo naquela idade. Seja quem for que trabalha lá agora durante as férias de verão do ensino médio. Seja quem for que fecha a loja e tranca o caixa. Acho gosta de trabalhar sob uma estranha penumbra também.

O que o Michael estava fazendo, andando pela Rua Principal na frente da livraria num domingo à noite? O que ele *faz* nesta cidade, e onde ele... mora atualmente?

O que pensou ao me ver depois de todo esse tempo?

Esfrego os olhos de novo. Eu deveria assistir à TV com minha mãe. Seria uma distração. Talvez ver senhorinhas investigando assassinatos seja divertido.

Mas tive uma sensação esquisita ao ver minha mãe fazendo algo que ela nitidamente faz toda semana. Apenas ela e o sr. Ranzinza. Seguindo com sua vida quando eu não telefonei nem falei com ela durante meses.

É esquisito ver todas as coisas que acontecem e nas quais eu não penso a respeito. Ver as coisas que mudaram quando também estou rodeado pelas coisas que não mudaram.

No fim, não vou para a sala de estar. Pego o celular e abro o grupo com o pessoal de Nova York. Eu deveria mandar mensagem para eles. Falei que mandaria. Eles são meus amigos.

Mas tudo que eu gritei e tudo que Olivia gritou ainda está recente demais. Estridente demais. Não posso contar a eles como me sinto esquisito, sentado aqui. Será apenas uma prova de que estavam certos — isso foi uma péssima ideia.

No fim das contas, eu mando só um breve "Cheguei". E então me levanto da cama e sigo para o chuveiro, tentando dizer a mim mesmo que *está tudo bem*.

CAPÍTULO CINCO

22 DE AGOSTO

Acordo na manhã seguinte com minha mãe fazendo muito barulho na cozinha.

Levo um minuto para descobrir o que é o som. Abro os olhos e fico deitado com aquela sensação grogue e meio ruim que se tem quando se acorda rápido demais depois de uma noite horrível de sono.

— *Bom dia, eu sou o Steve Inskeep e você está ouvindo a* Edição Matutina...

Solto um grunhido.

Havia me esquecido disso. Minha mãe escutando rádio no volume máximo toda manhã enquanto faz o café e a granola, ao mesmo tempo que lê o jornal local, como o monstro multitarefas que ela é.

Eu me sento, a velha cama de solteiro rangendo embaixo de mim, e pego meu celular da mesinha de cabeceira para conferir a conversa no grupo. Ian mandou um emoji de joinha em resposta à minha mensagem.

Não há mais nada. Nada de Olivia.

Largo o celular na cama e esfrego os olhos. Não sei que horas eram quando finalmente caí no sono, mas tenho certeza de que tive sonhos estranhos. Sonhos em que eu perambulava por minha velha escola, tentando me lembrar da grade horária das aulas. Sonhos em que eu estava pedalando na bicicleta de Michael, em busca dele. Sonhos em que eu estava olhando pela janela da Livraria Entre Mundos, procurando por mim mesmo.

Minha mãe levanta a caneca de café em uma saudação quando passo pelo corredor em direção à cozinha alguns minutos depois.

— Bom dia! — diz ela alegremente. — Eu fiz uma jarra inteira de café, se você quiser um pouco.

Arrasto os pés até a cafeteira sobre a bancada e abro o armário. Com pavor, percebo que minha mãe guardou cada uma das canecas que eu pintei nas festas de aniversário que tive desde os 7 anos até o sétimo ano; quando decidi que era descolado demais para isso, e a maioria dos meus amigos decidiu que eram bons demais para mim. Pego uma delas. O que esse *troço* era para ser? Parece uma bolha amorfa com olhos.

— Então, eu estava pensando que podemos ir de carro até o apartamento mais tarde — diz minha mãe, a voz acima do barulho do rádio. — Vou me encontrar com minha corretora imobiliária por lá para dar uma última olhada. Você quer vir?

Pego a jarra de café.

— Lógico. Parece ótimo.

— Agora que você está em casa, deveríamos ver o seu quarto também. Como eu falei no telefone, não há muito espaço no apartamento, então vou precisar me livrar de algumas coisas — comenta ela ao enfiar a colher na tigela de granola. — Eu estava pensando em perguntar ao Michael Weaver se ele quer algum dos meus livros antigos.

Erro a boca da caneca amorfa e derramo café pela bancada toda.

— Hã?

Deus, caiu por toda parte. Onde está o papel-toalha?

— Você lembra do Michael Weaver? Vocês costumavam…

— Claro que lembro do Michael Weaver. — (Ahá. Papel-toalha, ao lado da pia.) — Esbarrei com ele ontem à noite, na verdade.

Isso chama a atenção dela. Minha mãe se vira na cadeira, à mesa de jantar azulejada de branco em um canto da cozinha.

— Esbarrou? Você não me contou.

Limpo o café derramado. É preciso três folhas de papel-toalha.

— Estou te contando agora.

— Bom, como foi?

— Hum. Tranquilo — respondo e encho minha caneca de café, do modo apropriado desta vez, tentando ignorar a sensação ácida no meu estômago. — Vergonhoso.

— Ah, com certeza não foi vergonhoso — retruca minha mãe, gesticulando para dissipar o pensamento, e se vira para a granola.

— Vocês têm muita coisa em comum. Deviam passar tempo juntos enquanto você está aqui! Sabia que ele é gay agora?

Engasgo com a boca cheia de café. Tusso e pigarreio até minha mãe se virar de novo e me encarar com a testa franzida.

— Por que você está tão chocado? As pessoas acabam se revelando gays o tempo todo.

— Eu não estou… — Tomo outro gole do café numa tentativa de acalmar a garganta. Está quente demais e queima tudo quando desce. — Como você sabe disso?

Ela parece pensativa.

— Não me lembro bem. Já faz bastante tempo que Michael saiu do armário. Não que ele faça estardalhaço com o tema, mas também não esconde, sabe? Ele namorou um rapaz de Chicago por um tempo, acho, mas eles terminaram uns dois anos atrás. Enfim, Michael dá aulas para o nono ano. É por isso que acho que ele gostaria daqueles livros que eu usava nas minhas aulas. Acho que alguns dos alunos dele são meio jovens, mas ele vai saber para quem oferecê-los. Como você esbarrou nele?

Minha cabeça está girando. *Michael é gay agora.*

Michael.

O cara com quem cresci. O cara com quem saltei do trampolim para a piscina fazendo bolas de canhão. O cara que tentava explicar o enredo dos quadrinhos da Marvel para mim durante o almoço e tocava trombone na bandinha de bosta da escola.

Ele sabia no ensino médio?

Ele sabia e não me contou?

Limpo a garganta e me concentro na minha mãe, tentando organizar meus pensamentos.

— Passei na Livraria Entre Mundos. Só para ver. Quer dizer, estava fechada, mas... Esbarrei no Michael. Na calçada.

Porque eu não estava prestando atenção para onde estava indo. Porque estava absorto num flashback esquisito e intenso, por causa de um jovem aleatório usando um casaco com capuz grande demais e óculos...

Encaro meu café, observando as bolhas se aglomerando nas bordas e estourando lentamente. Não consigo me desvencilhar dessa sensação desconfortável de ontem à noite, dos sonhos dos quais não consigo me recordar direito.

Preciso voltar à livraria. Quando estiver *aberta*, para que eu possa entrar e ver como ela está agora, e saber quem trabalha por lá, para que eu não fique mais preso nesses sentimentos nostálgicos estranhos. Seria divertido rever o lugar. Ver o que mudou.

Assim posso me lembrar de que as coisas *mudaram*.

— Que horas você quer ir para o apartamento? — pergunto à minha mãe.

— Eu disse à Cheryl que a encontraria lá às duas. Por quê?

— Eu só... vou sair um pouco. Dar uma volta na Rua Principal e tal.

— Tá bem — diz minha mãe e pega um iPad da mesa. — Faz uma cara feia para os pinguins da Jeannie na saída, por favor?

Pego o jipe emprestado da minha mãe, já que o carro alugado ainda está cheio de coisas. O jipe é um velho Grand Cherokee da época em que os carros eram maneiros se tinham um tocador de CDs, e o odômetro exibe mais de 160 mil quilômetros agora. Mas o carro tem tração nas quatro rodas, o que é importante para os invernos de Illinois, e sinto que minha mãe vai dirigir esse carro até ele se desfazer.

Abro as janelas enquanto passo com o jipe por casas no estilo rancho e casas com mais de um andar com amplos quintais gramados.

Já está quente e ensolarado e a brisa soprando dentro do carro é úmida e tem cheiro de grama cortada. Neste instante, em Manhattan, o ar provavelmente tem cheiro de lixo. Lixo de verdade. É o cheiro do verão de Nova York.

Ouço pássaros. Uma cigarra solitária está zumbindo nas árvores. Um cortador de grama está rugindo ao longe. Não há o barulho de trânsito. Não há buzinas de carros. Não há o sacolejo barulhento e o guincho dos vagões do metrô.

A viagem de carro até a Rua Principal mal leva dez minutos. Paro numa vaga de estacionamento gratuito na rua adiante da Livraria Entre Mundos, às 10h05. As lojas ao longo da Rua Principal estão todas abertas agora. Sob a luz do dia, reconheço muita coisa — a cooperativa de crédito, Frith & Schneider Seguros, a sorveteria de Ethel May, a lojinha barata de Floyd que é meio loja de ferramentas, meio loja de artesanato, com um punhado de livros usados de romance ainda por cima. Mas a Prime Pie Pizza desapareceu, substituída por um Subway. Há algo chamado Oak Café que parece assustadoramente similar a uma lanchonete de Manhattan. E onde a locadora de vídeos da Rua Principal costumava estar há uma cafeteria com cara de hippie. Várias mulheres com carrinhos de bebê estão sentadas às mesas do pátio na frente.

Respiro fundo e saio do jipe.

A plaquinha na porta da Livraria Entre Mundos está exibindo o lado que diz ABERTO. As luzes estão nitidamente acesas no interior.

Então puxo a porta e entro. Um sino soa no alto, tão familiar que me causa calafrios. A primeira coisa que me atinge é o cheiro — o cheiro levemente mofado de livros, papel e do velho carpete gasto. É quase reconfortante.

A loja está igual a como eu me lembro de quando trabalhava aqui. Carpete cinza. Faixas feias de luz fluorescente no teto. Ali está a mesa de livros que acabaram de ser lançados. O estande de jornais com o *New York Times*, o *Chicago Tribune*… Até mesmo o *Oak Falls Sun* ainda está aqui.

E então há todas as estantes. Os corredores entre elas são tão estreitos que é impossível que mais de uma pessoa ande por ali — por isso tenho certeza de que era mesmo irritante o modo como Michael e eu nos sentávamos nos corredores para ler os livros. As placas nas estantes ainda são feitas à mão, catalogando cada seção: VIAGEM, FICÇÃO, POESIA, INFANTIL...

Nada mudou.

Foi por isso que eu tive um déjà-vu esquisito na noite passada. A loja está igual, e eu vi algum jovem que me lembrou de mim mesmo. É lógico que isso ia mexer com a minha cabeça.

Eu expiro, devagar e trêmulo.

— Posso ajudá-lo a encontrar algo?

Eu me viro para a bancada. Há alguém sentado atrás da caixa registradora. Talvez com uns 16 ou 17 anos, de cabelo curto meio bagunçado e óculos de aro oval, vestindo uma camiseta larga de *Veronica Mars* e olhando para mim com as sobrancelhas erguidas.

Os pelos da minha nuca ficam eriçados.

Esse é quem eu vi através da janela na noite passada. O jovem com quem acho que sonhei. Tem que ser.

Mas agora estamos à luz do dia e eu bebi café, estou desperto e em pé no meio da Livraria Entre Mundos...

Percebo que não é alguém que se parece comigo. Não é alguém que me lembra de mim mesmo, porque não estou olhando através de uma vitrine suja sob a penumbra. Agora enxergo com clareza. Aqueles são os óculos que eu tinha no ensino médio. Aquele nariz sardento é meu — o nariz que nunca me pareceu delicado, o nariz com o qual parei de me preocupar no segundo em que me assumi, quando de repente ele se encaixou com o restante de mim. Aqueles são os brincos pretos e redondos que eu usava constantemente nas orelhas, os brinquinhos que comprei na Hot Topic no shopping em Monroe, num passeio em que o Michael também comprou umas camisetas de Pokémon. Aquele é o meu cabelo castanho desgrenha-do, com o redemoinho no meio da testa que eu *ainda* não entendi direito como arrumar...

Não é alguém que se parece comigo.

Sou eu.

A versão que trabalhava na livraria. Meu eu do ensino médio.

Estou olhando para mim mesmo.

CAPÍTULO SEIS

22 DE AGOSTO

Impossível.

Não tem como.

O adolescente atrás do balcão não pode ser eu. Porque a última vez que trabalhei nesta livraria — a última vez que eu me pareci com esse jovem — foi no verão antes da minha ida para a faculdade, e isso foi em 2010.

É óbvio que não é 2010. Então, a não ser que meu eu de 17 anos tenha de alguma forma viajado doze anos para o futuro...

Mas o jovem — que definitivamente e sem sombra de dúvidas Não Sou Eu — ainda está olhando para mim, de sobrancelhas levantadas, esperando. Como se não estivesse acontecendo nada de esquisito.

Tento falar, mas minha voz sai como um guincho. Dou uma tossida.

— Não precisa. Obrigado.

E faço a primeira coisa que me ocorre: ando rapidamente para um corredor entre duas estantes de livros, onde o jovem atrás do balcão não pode me ver.

Minha pulsação martela na cabeça. Meu coração está acelerado. Eu me recosto na estante atrás de mim, tentando acalmar a respiração, piscando, porque minha visão ficou cheia de pontinhos pretos de repente.

O que está acontecendo?

Estou alucinando. Só posso estar alucinando. Talvez minha mãe tenha colocado algo no café esta manhã. *Cannabis* é legalizada em Illinois agora. Talvez minha mãe assista à TV *e* use bastante maconha.

Não que maconha já tenha me feito alucinar. Só fiquei chapado algumas vezes, porque sou careta, e isso foi há muito tempo, na faculdade. Então imagino que eu possa ter me esquecido dos detalhes minuciosos de qual era a sensação, mas tenho certeza de que nunca viajei com algo desse tipo. Algo que parecesse tão *real*.

Então talvez eu esteja sonhando. Talvez ainda esteja adormecido na casa da minha mãe. Ou, inferno, talvez eu nunca tenha saído de Nova York. Talvez a última semana tenha sido um delírio bem intenso.

Dou um beliscão no braço com *força*. Mas isso só me faz sentir dor. Observo a marca rosada sumir aos poucos. Ou não estou sonhando, ou acabei de me beliscar no sonho. Agora que estou pensando nisso, não sei por que se beliscar é algo que deveria ajudar a determinar se estamos despertos ou dormindo.

Eu me estico além da lateral da estante de livros, só o bastante para ver o caixa.

O jovem que se parece comigo ainda está sentado atrás do balcão. Não, não o jovem que se parece comigo — o jovem que *sou eu*. Sentado ali, lendo um livro.

Tenho a mesma sensação, bem no meu âmago, de quando olho para fotos antigas de mim mesmo. Aquele certo conhecimento de que, sim, sou eu, mesmo que pareça uma garota. Mesmo que eu sinta quase como se estivesse vendo uma pessoa desconhecida. Como se estivesse observando uma vida que nunca realmente pertenceu a mim.

Por que há uma versão adolescente de mim aqui?

Eu me inclino para trás e foco na prateleira de livros à minha frente. São livros de viagem. Guias para Veneza. Londres. Los Angeles. *Crónicas de uma pequena ilha* de Bill Bryson.

Estou na seção de viagem.

Pego um livro da prateleira. Livros de viagem são atualizados o tempo todo. Eu me lembro disso de quando trabalhava aqui. Havia novas edições sendo lançadas praticamente todo ano. Este livro é um guia de Fodor — um livro em brochura grosso sobre a Índia. Abro o exemplar e viro a primeira página, em busca das informações na página de créditos.

Primeira publicação: *2009*.

Ok. Bom, obviamente este é antigo. Datado. Mas será que existe demanda para um guia sobre a Índia em Oak Falls, afinal de contas? As pessoas daqui não viajam muito pelo mundo. Talvez este livro esteja repousando na prateleira desde que foi lançado em 2009.

Mas sei que isso é impossível. Nenhuma livraria manteria o estoque assim por tanto tempo. E a Livraria Entre Mundos não é uma loja muito grande — estávamos sempre abrindo espaço para livros novos.

Coloco o guia da Índia de volta na prateleira e pego o guia sobre a Flórida. Os residentes de Oak Falls definitivamente vão para a Flórida. Jeannie Young costumava passar o inverno em Miami. Ela me pagava dez dólares para molhar as plantas duas vezes por semana.

Primeira publicação: *2009*.

Meu coração está martelando de novo, tão forte que sinto que meu corpo balança para a frente e para trás sem que eu saia do lugar. Analiso vários outros guias e todos eles são de 2009, exceto por um sobre o Arizona, que é de 2008. Todos os livros desta seção têm idade suficiente para frequentar o sétimo ano.

Olho ao redor da loja. Sou atraído pela mesa de lançamentos bem perto da entrada. Está totalmente à vista do balcão, o que significa que não há como chegar até lá sem que o jovem — sem que *eu* — me veja. E se eu me vir, então...

Então o quê? Será que eu me reconheceria?

Não sei. Quer dizer, provavelmente não esperaria que meu eu mais velho se parecesse com um homem. Na época em que fui para o internato, eu sabia bem que *garota* parecia errado para mim. Acho que inclusive sabia — num recanto da minha mente que eu fingia não perceber — que não era uma garota. Mas eu não me permitia imaginar qual seria a aparência de uma versão não garota do meu futuro eu. Parecia impossível, em Oak Falls, até mesmo me *colocar* naquele futuro.

Então... tá bom. Talvez não me reconhecesse agora. Quer dizer, aos 17 anos, ninguém realmente pensa demais sobre que aparência vai ter quando estiver prestes a fazer 30 anos, certo? Mesmo se *não* quiser mudar de gênero.

Mas ainda assim... Noite passada, Michael Weaver conseguiu me reconhecer.

O que talvez também não signifique nada. Michael pode ter me procurado na internet, caçando meu nome no Google do jeito que eu quase fiz com ele tantas vezes. Ele pode ter visto o meu Instagram. Ou a página no LinkedIn da qual eu deveria me livrar porque não foi útil nem uma vez. Ou o site da RoadNet, se ainda estiver no ar.

Algo se agita no meu peito quando penso no Michael Weaver me procurando no Google. Decidindo que valia a pena me *procurar*, mesmo de modo on-line.

Isso é ridículo. *Apenas vá olhar os lançamentos.*

Inspiro trêmulo e ando, do jeito mais casual e lento que consigo, até a mesa no meio da livraria. No balcão, a versão mais nova de mim continua lendo.

Pego o primeiro livro que chama minha atenção, porque é um do qual me lembro de ler no ensino médio. *O último olimpiano.* Abro o exemplar.

Primeira publicação: *2009.*

Isso está passando de esquisito para perturbador.

Abro mais livros: *A resposta, Amanhã você vai entender, As lembranças de Alice...*

Todos são de 2009.

Fico com aquela sensação na barriga de novo — a mesma sensação de quando Greg Lester me avisou que a RoadNet estava fechando. Como se eu estivesse mergulhando numa montanha-russa. Mas desta vez é pior. Agora, é como se eu estivesse mergulhando num precipício.

Olho ao redor da loja de novo, para o carpete cinza, o relógio de livro marcando o tempo, as placas escritas à mão na fachada das prateleiras, rotulando cada seção. Tudo está como eu me lembro.

Exatamente como me lembro.

Como se não houvesse passado tempo algum.

Os pelos dos meus braços ficam eriçados e sinto um calafrio repentino.

Preciso sair daqui.

Vou em direção à porta sem olhar para o balcão. Um pé na frente do outro. Estendo a mão, encontro a maçaneta, empurro a porta para abri-la, o sino ressoa no alto…

E então estou do lado de fora, de volta na calçada. O ar quente e úmido do verão passa por mim. Do outro lado da rua está a cafeteria — a que substituiu a locadora de vídeo. A placa que pende da borda do telhado diz GRÃOS MÁGICOS, o que provavelmente é o pior nome de cafeteria do mundo. As mulheres com carrinhos de bebê ainda estão sentadas às mesas do lugar.

Tiro o celular do bolso meio atrapalhado para conferir o calendário. Conferir a data. Conferir o *ano*…

A tela do aparelho está preta. Por mais que eu aperte várias vezes o botão de ligar e desligar, ele não acende. Está completamente morto, mesmo que eu tenha carregado durante a noite.

Ótimo.

Olho de volta para a Livraria Entre Mundos. Mas, daqui da calçada, não consigo enxergar nada através da grande vitrine. Há muita luz. Tudo que vejo é o reflexo da Rua Principal.

E não consigo me forçar a ir até o vidro e espiar, como fiz na noite passada. Também não consigo me forçar a atravessar a porta.

Eu deveria voltar para a casa da minha mãe. Beber outra xícara de café ou fazer carinho no sr. Ranzinza, ou sair para o quintal e respirar um pouco de ar puro. Ignorar seja lá o que acabou de acontecer. Talvez meu cérebro possa processar isso em segundo plano se eu deixar meu subconsciente fazer o seu trabalho. Não é assim que algumas pessoas resolvem problemas?

No mínimo, posso ir para casa e vasculhar a cozinha da minha mãe e garantir que ela realmente não adicionou nada àquele café.

Esfrego os olhos sob os óculos e começo a andar. Tá.

Tá bom.

CAPÍTULO SETE

22 DE AGOSTO

A casa está destrancada quando volto, o que é uma coisa boa; já que percebo, assim que estaciono o jipe na entrada da garagem, que eu me esqueci completamente de pedir uma cópia da chave para minha mãe.

A casa também parece estar vazia. Jogo a chave do carro sobre a mesa perto da porta. Não há ninguém na sala de estar ou na cozinha.

— Mãe?

Não há resposta. Sigo pelo corredor até meu quarto (minha mala e o saco com roupas ainda estão lá, o que é mais reconfortante do que deveria ser), e então vou até o quarto da minha mãe. Tem a mesma aparência de quando eu morava aqui. A mesma colcha floral sobre a cama. A mesma coleção de fotos em cima da cômoda — uma foto do meu tio Darby com o uniforme da aeronáutica, uma foto em preto e branco dos pais dela no aniversário de cinquenta anos de casamento, minhas fotos antigas da escola…

Outro calafrio percorre minha espinha. Isso não está ajudando.

Enfio os punhos nos olhos, tentando afastar seja lá que porra vi na livraria, e volto para a cozinha. Estou prestes a explorar o porão quando olho de relance pela janela e vejo minha mãe, em cima de uma escada portátil no jardim sob a grande árvore de bordo, que ainda tem um balanço de pneu pendendo de um dos galhos maiores. O sr. Ranzinza está sentado aos pés dela, a língua para fora da boca, parecendo ansioso. Ou talvez sejam apenas as rugas na testa.

Saio pela porta dos fundos.

— Mãe!

Ela vira a cabeça e olha para baixo, na minha direção. Está usando óculos de sol e um chapéu de palha de aba larga, mas ainda está vestindo o pijama e o robe de banho.

— Ah, oi, Darby! Você acabou de voltar?

— O que você está fazendo aí em cima?

Ela aponta para o balanço.

— Cheryl disse que eu preciso tirar essa coisa antes de mostrar a casa. Mas antes de tudo estou tentando me lembrar de como o prendemos lá em cima.

Olho para o balanço. E então para o galho. E tento me concentrar.

— É uma corda. Acho que você provavelmente vai ter que cortar.

— Sim, sim, acho que sim.

Mas ela não está olhando para mim. Nem mesmo está olhando para o balanço. Ela está erguida sobre a ponta dos pés na escada, bisbilhotando por cima da alta cerca de madeira que delineia nosso quintal.

— Mãe, você está espiando a Jeannie Young?

Ela olha de volta para mim e a escada portátil balança perigosamente. Estendo a mão e a seguro.

— Não seja ridículo — diz minha mãe. — Estou espiando os pinguins dela. Ela tem mais deles lá atrás, sabia? Acho que o número de pinguins cresceu desde a última semana.

Isso é demais para meu cérebro. Sinto uma vontade repentina e fortíssima de ir para dentro e me arrastar para a cama. Desistir de hoje e tentar de novo amanhã.

— Você pode, por favor, descer da escada? Estou com medo de você cair.

Ela bufa, mas desce os degraus, um pé de cada vez, até estar de volta no chão. Eu poderia jurar que até o sr. Ranzinza parece aliviado.

— Eu consigo subir uma escada — diz minha mãe, na defensiva. — Tenho tomado conta dessa casa sozinha sem você me dizendo quando é seguro subir uma escada. Limpei as calhas algumas semanas atrás!

Passo a mão no cabelo, nervoso.

— Você tem razão. Sinto muito.

Uma pontada de culpa atravessa a nuvem rodopiante de "que porra é essa?". É lógico que ela está cuidando da casa sozinha. E não tenho ideia de como tem sido porque nós nunca falamos sobre isso. Assim como nunca falamos sobre nada. Porque eu raramente telefono para ela.

— Bom, estou de volta agora — digo. — Posso tirar o balanço.

Meio que espero que ela resista a essa ideia, só porque sim, porque minha mãe é teimosa. Mas ela dá de ombros.

— Isso é verdade. — Ela começa a andar de volta para a casa.

— Vou deixar a escada para você, então, e tomar um banho! Não posso ver meu novo apartamento de pijama.

E ela desaparece pela porta dos fundos.

Deixando-me com o sr. Ranzinza e o balanço. Solto o ar e olho para o galho lá em cima. O pneu pende verticalmente, preso por uma grossa corda amarrada a ele e ao galho da árvore. A corda está tão desgastada que está quase branca. Estendo a mão e puxo sem entusiasmo o nó acima do pneu. É lógico que isso não é nem um pouco eficaz. Se a corda permaneceu amarrada todos esses anos, não há como ela afrouxar agora. Vou ter que pegar uma serra. Provavelmente tem uma em algum canto do porão, mas não consigo me incentivar a procurar. É um passo além do que meu cérebro sobrecarregado aguenta.

Em vez disso, agarro a corda e lanço as pernas pelo pneu. Meu impulso põe o balanço em movimento e o sr. Ranzinza rapidamente se retira do caminho com um grunhido alarmado.

Observo o quintal. É verde de um jeito que nada em Nova York consegue ser. O Central Park chega próximo no ápice do verão, se você estiver em pé no meio de um dos gramados ondulantes. Mas, ainda assim... há algo de diferente na grama daqui — a profundidade do verde, a saturação. O modo como contrasta com o céu, que está quase que completamente sem nuvens e apenas *azul*.

Agora que estou pensando nisso, percebo que essa é a cor que imagino quando alguém diz *azul*. Esse tipo de azul límpido e puro que parece se estender para sempre.

A corda range contra o galho e o ruído é tão familiar que eu tremo. Por um momento desconcertante, sinto que ainda estou no ensino médio. Sentado aqui neste balanço de pneu, escutando a corda ranger contra o galho, tenho 17 anos e Michael não está mais falando comigo, minha mãe ainda está no trabalho e eu não sei mais o que fazer a não ser me sentar aqui, balançando para a frente e para trás...

Deslizo pelo meio do pneu e me desvencilho dele. O sr. Ranzinza ergue o olhar para mim. Sua língua ainda está pendendo para fora da boca. Suas orelhas arrastam na grama. Sob a luz do sol, ele parece mais cinzento do que nunca.

Porque eu tenho quase 30 anos. Não 17.

Tiro o celular do bolso, pronto para mandar mensagem para Olivia, Ian e Joan. Quem liga se Olivia está brava comigo? Quem liga se todos eles estão? Preciso que o Ian me conte sobre alguma coisa aleatória que leu na internet sobre como cérebros podem inventar coisas esquisitas. Preciso que Joan ria de mim. Honestamente, eu aceitaria até mesmo que Olivia me mandasse um grande: "Eu te disse que você não devia ter ido embora de Nova York...".

Mas meu celular ainda está morto. Óbvio. Porque eu ainda não o coloquei para carregar.

Fecho os olhos. Preciso parar de pensar nisso. Em tudo isso.

Vou ver o novo apartamento da minha mãe. Ajudá-la a empacotar as coisas. Assistir aos programas britânicos sobre assassinatos dela e me sentar no sofá com o sr. Ranzinza.

Não vou pensar sobre seja lá o que foi aquilo que aconteceu naquela livraria.

É UMA VIAGEM de carro de quinze minutos até o novo apartamento. Uma distância que é "nada" no tempo de Nova York e "na verdade, bem longe" no tempo de Oak Falls. Provavelmente deve dar para dirigir de Strickland Farms, em uma ponta de Oak Falls, até Solution Bank, na outra ponta, em menos de meia hora.

Minha mãe insistiu em trazer o sr. Ranzinza, dizendo que ele precisava ver o apartamento também, para que pudesse se acostumar. Ela também disse que ele não gostava de se sentar no banco traseiro porque isso o fazia se sentir solitário, o que significa que o sr. Ranzinza está sentado no meu colo no banco da frente, com a cabeça pendurada para fora da janela, as orelhas batendo e a baba voando na brisa.

As cigarras estão a toda agora, e o ar entrando no jipe é quente. Está ensolarado aqui de um jeito que Nova York nunca fica, já que todos os prédios altos estão no caminho. As ruas de Manhattan estão praticamente sempre na sombra, mas aqui eu preciso espremer os olhos contra o brilho do céu azul sem nuvens.

Segundo minha mãe, os novos apartamentos ficam logo depois da Rua Principal, próximo do parque Krape e do campo de beisebol, o que significa que ela vai poder andar até a concha acústica para ver o musical todo verão *e* andar até o café. Ela também comenta que isso vai ser ótimo, porque não vai precisar ter que lidar com o trânsito.

— Olha só isso! — exclama minha mãe, gesticulando para os três carros à nossa frente, esperando no semáforo com sinal vermelho na Rua Principal. — No meio de um dia de verão. Eu sabia que teria trânsito. Devia ter pegado as ruas secundárias.

Ela está brincando?

— Mãe. Não existe isso de trânsito aqui.

— Ah, existe, sim. Você já viu o café. As coisas estão ficando modernas! — afirma ela, enfática, e balança a cabeça conforme nos aproximamos do semáforo. — Novas famílias estão se mudando para cá, e os cafés e o trânsito vêm junto com elas. Outro dia eu não conseguia nem encontrar uma vaga para estacionar aqui! Tive que estacionar em uma rua lateral!

Abro a boca para explicar o que é trânsito de verdade para minha mãe, usando o centro de Manhattan como exemplo, mas mudo de ideia. Isso não resultaria em nada de bom e, de qualquer jeito,

70

acho que deve ser relativo. Há diversas pessoas pelas calçadas no meio de uma segunda-feira. Eu me lembro de olhar para fora pela vitrine da Livraria Entre Mundos em qualquer dia da semana e a Rua Principal estar deserta.

Esfrego os olhos sob os óculos e fixo o olhar em um ponto do para-brisa. *Vou ver o apartamento da minha mãe. Não vou pensar na Livraria Entre Mundos.*

Não olho para o estabelecimento quando passamos na frente.

Os prédios do condomínio ficam em um bulevar novo e arrumado que nem sequer existia quando eu morava aqui. A placa diz PASSEIO DA COLINA ESTRELADA, o que parece ao mesmo tempo extravagante e enganoso, já que esta rua é tão plana quanto o resto de Oak Falls.

Minha mãe entra com o jipe em um estacionamento recém--pavimentado entre dois prédios idênticos de tijolos com telhados pontiagudos. Como boa parte da arquitetura do Centro-Oeste, os prédios do condomínio parecem não saber qual estilo querem passar. Mas sem dúvida parecem *novos*. As arestas de tijolos são firmes e perfeitamente retas. As sacadas brancas são ofuscantes. É tudo bem diferente das fachadas de tijolos desgastados da Rua Principal que são dos anos 1800 ou as tediosas casas no estilo rancho que compõe boa parte de Oak Falls. Os prédios do condomínio têm três andares; o que é alto para esta região. E eles estão ali no meio do... bem, nada. Além desses prédios, o Passeio da Colina Estrelada acaba bruscamente, com uma placa que diz RUA SEM SAÍDA. Depois, há apenas um campo enorme. E uma placa de À VENDA.

— Eles têm vendido terrenos na região para mais empreendimentos — conta minha mãe, quando ela percebe para onde estou olhando. — Acho que serão outros condomínios. Ou uma subdivisão. Anda, não vamos deixar a Cheryl esperando!

Prendo a guia do sr. Ranzinza na coleira e sigo minha mãe pelo estacionamento até uma porta de vidro sob um arco de madeira branca. Ela abre a porta.

— Chegamos, Cheryl! Desculpa pela demora!

— Phyllis! — Uma mulher alta trajando um terninho cinza, com um cabelo tingido de loiro em um corte que só pode ser descrito como similar a um capacete, atravessa o piso imaculado do saguão até nós. — Não se preocupe. Estou vendo que você trouxe o sr. Ranzinza! E…

Ela olha para mim e parece perder a linha de raciocínio.

— Cheryl, você se lembra do meu filho, Darby? — pergunta minha mãe, apertando meu ombro. — Ele veio lá de Nova York para me ajudar na mudança. Dá para acreditar quanto tempo faz desde que ele e Natalie fizeram balé juntos?

Ah, *é mesmo*. Natalie Linsmeier. Ela definitivamente me chamou de sapatão no ensino médio. E não do jeito que foi ressignificado pelas pessoas queer.

Sem demora, Cheryl abre outro sorriso.

— Ah, faz tanto tempo!

Não há como ela não saber que sou trans. Minha mãe nunca se esforçou para esconder isso depois que me assumi, e eu nunca pedi que ela fizesse isso. Enfim, as novidades se espalham rápido em Oak Falls. Não há mais nada para fazer a não ser fofocar sobre os vizinhos.

Ainda assim… Acho que saber de mim e *me ver* são coisas bem diferentes. Eu me pergunto se me pareço como Cheryl imaginou. Se pareço mais ou menos normal do que ela pensou que um cara trans pareceria.

— Mas e aí? — pergunta Cheryl, dirigindo seu sorriso deslumbrante para minha mãe. — Está preparada?

— Sim, sim. Vamos!

Minha mãe abana as mãos para Cheryl, mas ela está praticamente na ponta dos pés. Não consigo me lembrar da última vez que a vi assim tão animada.

Pegamos o elevador novo e reluzente até o terceiro andar e Cheryl nos guia por um corredor acarpetado até uma porta exibindo o número 12 em latão polido. Ela a destranca, abrindo-a para nós.

O apartamento é amplo e iluminado, com paredes brancas, teto alto e uma enorme janela arqueada em uma ponta da sala de estar, além de uma porta de correr que dá para uma sacada. Há uma lareira moderna e elegante aninhada na parede. O piso é acarpetado, mas é muito mais novo e limpo do que o carpete na casa da minha mãe.

Fico de boca aberta. Em Nova York, seria preciso se embrenhar nas profundezas do Brooklyn ou no Queens para encontrar um apartamento como este por menos de um milhão de dólares. E definitivamente não seria um novinho em folha.

— Bem, tudo foi recém-pintado — diz Cheryl. — Mas dê uma olhada e me avise se você achar que precisamos retocar alguma coisa...

Minha mãe não precisa ouvir duas vezes. Ela agarra meu braço e me puxa pelo apartamento, apontando para os eletrodomésticos de aço inoxidável que são pelo menos uma década mais novos do que qualquer coisa na casa dela, um banheiro que é metade do tamanho da minha quitinete inteira, e a vista para o parque Krape no quarto principal. O segundo quarto é menor, com uma única janela, mas, daqui de cima, posso ver por sobre as árvores o campanário da Primeira Igreja, onde ela repousa em uma ponta da Rua Principal.

— E aí? — pergunta minha mãe. — O que você acha?

Olho ao redor do cômodo.

— É bonito.

Ela franze a testa.

— Darby, eu sei que não temos nos falado recentemente, mas consigo ver quando você não está me dizendo algo.

Uma pontada de culpa me perpassa. Não estou expressando animação suficiente e sei disso... e parece que não consigo fazer nada a respeito.

— É bonito, mãe. De verdade. É só... — Busco uma palavra. — Diferente.

Diferente da casa. Diferente do que imaginei — mesmo que, agora que estou aqui, eu não faça ideia do que imaginei. Talvez algo menos reluzente, menos novo, menos em branco. Ou talvez seja o fato de que minha mãe sempre morou em sua casa antiquada de dois andares e, mesmo que seja esquisito estar de volta, dormir no meu antigo quarto, também nunca me ocorreu que um dia eu não o teria.

O que parece incrivelmente egoísta, agora que penso nisso.

— Bom, eu quero algo diferente — diz minha mãe com firmeza. — Enfim, você vai ter uma boa vista. Além do mais, esse é o último andar, então o deque do terraço é muito acessível. Tem uma churrasqueira lá em cima e uma daquelas fogueiras a céu aberto.

Tenho quase certeza de que a única coisa que minha mãe já fez numa grelha foi um sanduíche de queijo-quente, mas agora não parece ser a hora certa para mencionar isso. E, enfim, estou focado em "você vai ter uma boa vista".

Isso significa, tipo, "uma boa vista quando você vier visitar?".

Ou "uma boa vista porque esse é o seu novo quarto já que você está perdido na vida e obviamente vai morar comigo?".

— E aí … — diz Cheryl, aparecendo na entrada do quarto. — Está tudo em ordem?

— Sim, tudo ótimo — responde minha mãe.

— Bom, nesse caso, está tudo certo para a assinatura do contrato. — Cheryl abre um sorriso largo. — Eu te encontro aqui no sábado para entregar as chaves. E quanto a visita de compradores da sua casa, o fim de semana do Dia do Trabalho ainda serve?

Todos os pensamentos relacionados ao pequeno quarto evaporam. Olho para minha mãe.

— Fim de semana do Dia do Trabalho? Isso é, tipo, daqui a duas semanas.

Cheryl olha para nós, incerta.

— Bom… como eu disse a Phyllis, pode ser muito benéfico fazer uma visita aberta ao público durante o fim de semana do feriado. Cultivar algum interesse antes que todos estejam ocupados com o início do ano letivo…

— Sim, o fim de semana do Dia do Trabalho está perfeito — diz minha mãe. Depois acena a mão para mim e completa: — Não se preocupe, Darby, vamos conseguir empacotar tudo. Ainda mais com você aqui para ajudar.

Abro a boca para dizer que não é bem com isso que eu estava preocupado, mas o sr. Ranzinza solta um ganido.

Minha mãe suspira.

— Ele provavelmente precisa ir lá fora. Darby, você pode levá-lo? Talvez eu tenha que arrumar algo para ele na sacada — diz ela para Cheryl. — Hoje em dia o sr. Ranzinza precisa sair mais vezes...

Deixo minha mãe e Cheryl discutindo sobre a mudança, visitas abertas ao público e ideias de disposição de mobília, e puxo o sr. Ranzinza pela porta, perfeitamente feliz de ter uma desculpa para escapar. De repente, não quero passar nem mais um minuto neste espaço imaculado e vazio, tentando me imaginar naquele quarto, ou pensar na minha mãe assistindo a suas séries britânicas de assassinato nessa sala de estar, sob essa colossal janela arqueada, como se isso parecesse um *lar*.

CAPÍTULO OITO

22 DE AGOSTO

O espaço do condomínio não tem um jardim de verdade, então puxo o sr. Ranzinza até o outro lado da rua, em direção ao canteiro gramado que corta o meio do Passeio da Colina Estrelada. Ele faz uma tentativa preguiçosa de marcar uma árvore subindo a pata, então resfolega até um trecho ensolarado e desaba com um grunhido satisfeito.

Eu me sento ao lado dele no pedacinho de sombra oferecido pelas novas árvores magrelas plantadas aqui e pego meu celular. Ainda está tão carregado quanto estava há alguns minutos, então talvez o que aconteceu esta manhã foi obra do acaso.

Viro o aparelho repetidas vezes nas mãos, mordiscando o lábio. E então, em um impulso, pesquiso *Livraria Entre Mundos* no Google. A loja tem um site, mas a única coisa nele é Livraria Entre Mundos em grandes letras azuis sobre um fundo branco, seguido pelo horário de funcionamento e localização. A única opção no menu é COMPRE AGORA, mas, quando clico ali, a página diz apenas EM BREVE.

Não ajuda em nada. Quero uma imagem do interior da loja — algo recente. Algo para me dizer se ela realmente está igual a como eu lembro. Se de fato não mudou.

Mas mesmo usando a pesquisa por imagens no Google, a única foto que encontro é da fachada, da versão on-line do jornal de Oak Falls. Pertence a uma matéria minúscula sobre a Livraria Entre Mundos trocando a vitrine e se desfazendo das antigas letras descascadas que eu lembro. Tento dar um zoom na imagem, na esperança de ver através da vidraça. Mas há brilho demais no vidro e, com o zoom, a qualidade da foto é granulada.

Talvez seja porque meus pensamentos ainda estão presos na livraria, naquele jovem atrás do caixa que não teria como ser eu, ou talvez eu só esteja desesperado por uma distração, mas, antes que eu perceba o que estou fazendo, digito "Michael Weaver" no Google. E desta vez finalmente clico em pesquisar.

A primeira coisa que aparece é a página dele no LinkedIn. Não há foto, mas tenho certeza de que é ele. Graduou-se na Universidade de Illinois em Urbana-Champaign. Ensina no Colégio Plainview em Oak Falls. Tem que ser ele.

O segundo resultado é do site do Colégio Plainview. A página que lista todos os professores. Sinto um arrepio conforme olho a página, nome familiar após nome familiar. Professores que eu tive e ainda estão por lá, como o sr. George (que está completamente careca agora, de acordo com sua foto), a sra. Koracek-Smith (que antes era apenas srta. Koracek) e a sra. Siriani (que ou pinta o cabelo, ou não atualiza a foto há uma década, porque ela parece muito igual). Mas pelo visto Keegan Turner é o diretor da fanfarra agora — ele costumava pintar canecas nas minhas festas de aniversário e tocava trombone com o Michael. Rebecca Voss era parte do grupo de Natalie Linsmeier e me lembro principalmente dela mascando chiclete e parecendo entediada, mas agora usa óculos e tem um corte de cabelo tipo bob e ensina história.

E lá no final da página está o Michael. Ele parece profissional e respeitável na foto: na frente de um fundo azul, vestindo uma camisa xadrez de botão muito parecida com a que estava usando quando esbarrei nele. Sem óculos. Apenas um sorriso minúsculo, meio torto. O cabelo ruivo está penteado com cuidado — mal há sinais de cachos amarrotados.

Toco no nome dele e uma breve biografia aparece: Michael cresceu em Oak Falls, estudou em Plainview, então foi para a faculdade, obteve um diploma de licenciatura e agora aqui está ele. Profissional.

Admirável. Adulto. Ele parece... *funcional*. Como alguém que tem um plano de aposentadoria e provavelmente vai ao dentista todo ano.

— Darby!

Ergo o olhar. Minha mãe está na frente do prédio, acenando para mim. Eu me levanto em um pulo e puxo o sr. Ranzinza, atravessando a rua.

— Pronto para ir? — pergunta ela.

— Sim. Vamos lá. Cadê a Cheryl?

— Ah, ela já foi embora. Para trabalhar mais um pouco! — Minha mãe balança a cabeça. — Ela diz que o mercado imobiliário por aqui está melhor do que nunca, e eu acredito.

Nós voltamos para o jipe e abrimos as janelas. Minha mãe vira para o outro lado na Rua Principal, murmurando algo sobre não passar por aquele trânsito de novo. Fazemos a volta atrás da Primeira Igreja em direção à Avenida Oeste, a rota pelas ruas secundárias que segue a borda de Oak Falls. Passamos pela grande casa branca do dr. Nilsen, com suas quatro colunas enormes. É uma das casas mais antigas por aqui — uma casa de fazenda da época em que boa parte de Oak Falls era terra cultivada. Agora a fazenda foi dividida e vendida, transformada em lotes, e restou apenas a velha casa, de propriedade do único dentista de Oak Falls. As casas por aqui ficam no meio de terrenos amplos e as ruas que serpenteiam entre eles são estreitas e não lembram nenhum tipo de malha urbana.

Estou virando o celular nas mãos mais uma vez.

— Mãe, onde o Michael Weaver mora atualmente?

Tento soar tão casual quanto posso, mas ainda assim vejo pelo canto do olho minha mãe erguer as sobrancelhas.

— Bem ali — responde ela, apontando pelo para-brisa.

Espera, sério?

Sigo o olhar dela. Ela está apontando para uma casa de dois andares com revestimento externo branco, bem afastada da Avenida Oeste, no fim de um caminho de acesso rachado. O quintal frontal extenso está um pouco coberto de vegetação e a caixa de correio está inclinada, mas a casa é meio fofa, do jeitinho das antigas casas de fazenda. Tem uma varanda grande na entrada com várias cadeiras de jardim e o telhado é sustentado por postes brancos.

Também parece vagamente familiar.

— Essa não é a casa da avó do Michael?

Minha mãe parece surpresa por eu ter lembrado.

— É sim. Betty morreu há alguns anos. Agora o Michael mora lá com alguns colegas. Você lembra da Liz Forrest?

— Lembro.

E queria não lembrar.

Queria não mais imaginar a garota espichada com longo cabelo preto em camadas, uma predileção por pulseiras de couro e muitos colares.

Liz Forrest foi minha substituta. Quando voltei daquele semestre no internato, ela era a nova melhor amiga do Michael.

— Ela é uma das colegas que mora com ele. Queria lembrar o nome da outra garota… Você não deve conhecê-la. Ela não é daqui. Indiana, talvez? Isso me lembrou outra coisa! — exclama minha mãe, estendendo a mão e dando um tapa no meu braço. — Preciso lembrar de dar ao Michael todos aqueles livros velhos que eu usava na escola. Me ajuda a lembrar de anotar isso, Darby. *Doar os livros para o Michael.*

— Sim — digo, mas mal estou escutando.

Achei de verdade que Michael e Liz pudessem estar namorando. No final da minha primeira semana de volta em Plainview, eu estava começando a me perguntar. Não sabia que outro motivo eles teriam para passar literalmente cada momento possível juntos. Sempre que eu os via na aula, eles estavam sentados lado a lado. No almoço, ambos se sentavam na nossa velha mesa e, com base nos gestos dele e nos quadrinhos da Marvel sobre a mesa entre os dois, eu tinha quase certeza de que Michael estava explicando o enredo da edição que havia acabado de ler — como ele costumava fazer comigo.

Na verdade, tudo que eles faziam juntos eram coisas que Michael fazia comigo. Michael levava Liz de carro para a escola na velha caminhonete do pai. Na hora da chamada, eles rabiscavam bilhetes um para o outro. Até vi os dois juntos na locadora de vídeo da Rua Principal depois da escola, em uma sexta-feira, quando minha mãe e eu estávamos escolhendo um filme para alugar. Eles não me notaram, o que provavelmente teve menos a ver com estarem distraídos um com o outro e mais a ver com o fato de que, assim que entraram, eu abandonei minha mãe e me escondi atrás da estante de filmes infantis, onde imaginei que estaria a salvo.

Mas o verdadeiro choque foi o sábado em que os dois foram até a livraria. Eu estava de volta há duas semanas — as semanas mais longas da minha vida. Michael não havia dirigido uma palavra sequer a mim. Era como se eu fosse invisível. Como se ele tivesse se esquecido de que fomos amigos um dia.

Eu estava reorganizando uma prateleira por ordem alfabética, com o capuz do casaco para cima porque estava nevando por toda parte lá fora e a loja tinha correntes de ar. O sino sobre a porta soou, eu me virei e lá estavam eles, raspando a neve das botas de inverno.

Ambos estavam bem-agasalhados com casacos, chapéus e cachecóis. O cabelo comprido de Liz estava espetado de um jeito desengonçado sobre os ombros da jaqueta acolchoada, e os óculos de Michael estavam completamente embaçados.

— Tá bom, onde estão os quadrinhos? — perguntou Liz, olhando ao redor. — Quero pizza.

— Só um segundo — disse Michael. — Tenho que buscar.

Liz olhou para ele e riu.

— Será que você consegue enxergar para onde vai?

— Eu consigo ver — respondeu Michael na defensiva, partindo em direção ao balcão.

Eu estava quase certo de que ele não conseguia me ver, já que não havia me notado. Liz também não, mas ela não tinha motivo para me notar. Ela não era minha amiga.

Meu coração quase saiu pela boca. Eu tinha esperanças de que Michael faria uma parada na loja. Já que ele estava explicando os quadrinhos da Marvel para Liz no almoço, imaginei que ele ainda os buscava na Entre Mundos, o que significava que existia uma chance de que ele viria até a loja quando eu estivesse trabalhando. E pensei — ou pelo menos torci — que, se Michael viesse buscar um quadrinho quando eu estivesse trabalhando, e fosse eu a pessoa a entregar para ele, talvez se lembrasse de todas as outras vezes em que lhe entreguei o quadrinho mais recente da Marvel... e as coisas não seriam mais estranhas.

Deixei a reorganização da estante e deslizei para trás do balcão logo antes de Michael alcançá-lo. Assim que os óculos dele se desembaçaram.

Ele me encarou. Qualquer vestígio restante do sorriso de canto dele desapareceu. O rosto dele estava totalmente inexpressivo. Michael poderia muito bem ter virado uma estátua.

— Oi — falei.

— Oi — disse Liz.

Ela soava sem jeito, e de repente me perguntei se Michael havia *contado* algo a ela. Algo sobre mim, sobre o porquê de ele estar me ignorando.

Engoli em seco e me abaixei atrás do balcão para alcançar a prateleira onde Hank sempre guardava os quadrinhos que chegavam na loja. Eles eram muito mais finos do que qualquer livro, então Hank se preocupava, achando que se perderiam no depósito.

Eu me aprumei e coloquei o quadrinho na bancada.

— Aqui está.

Michael só continuou me encarando. Sem expressão. Ele pegou algum dinheiro do bolso do casaco e o colocou no balcão. O que significava que não havia perigo de a gente se tocar. Eu me perguntei se ele fez isso de propósito.

Olhei de relance para o balcão e percebi que Michael entregara a quantia exata. Peguei as notas e moedas e vi o quadrinho se mexer pelo canto do olho. Quando ergui o olhar, Michael já estava se virando, guardando o quadrinho dentro do casaco, e Liz estava rindo para ele. Os dois abriram a porta e saíram da livraria, deixando uma rajada de vento gelado entrar.

Ele não falou uma única palavra para mim.

Assim que voltamos para casa, minha mãe vai direto para o porão.

— Eu sei que tenho algumas caixas lá embaixo — explica ela.

— É melhor descobrir quantas, para que possamos comprar mais algumas e começar a empacotar!

Retiro a guia da coleira do sr. Ranzinza e vou para meu quarto, com a lembrança da livraria, Michael e Liz ainda ricocheteando no cérebro. Preciso me isolar, porque estou prestes a pesquisar algo completamente ridículo no Google.

Eu me sento no chão do quarto, pego o celular e pesquiso "viagem no tempo".

"Viagem no tempo é um conceito de movimento entre certos pontos no tempo", de acordo com a Wikipédia.

"Relógios em aeronaves e satélites viajam a uma velocidade diferente daqueles na Terra", de acordo com o site da NASA.

"O tempo não pode existir sem o espaço, e o espaço não pode existir sem o tempo", de acordo com um site chamado Como as Coisas Funcionam.

"O próximo filme de *Star Trek* promete esclarecer algumas questões importantes sobre viagem no tempo!", de acordo com a *Vulture*.

Bom, isso não é muito útil ou relevante.

Mas, na verdade, nada disso é. A maioria dos resultados é de homens reclamando de enredos de filmes no YouTube ou artigos científicos de física incrivelmente longos atrás de paywalls. E o resto são matérias bobas de ciência no *USA Today* ou *National Geographic* sobre Jules Verne ou buracos de minhoca ou singularidades. A única conclusão de verdade parece ser a de que a viagem no tempo para o futuro *pode* ser possível, na teoria pelo menos, mas certamente não para o passado. Além disso... não há conclusão.

Jogo o celular sobre a cama.

Não viajei no tempo para 2009. E uma versão adolescente de mim não viajou no tempo para o presente. Tive uma alucinação muito esquisita. Essa é a única explicação *verdadeira*, porque ninguém pode viajar no tempo. Tudo que acabei de ler me confirmou isso.

Sinto como se isso devesse ser reconfortante.

Não é.

CAPÍTULO NOVE

23 DE AGOSTO

O que significa que preciso voltar à Livraria Entre Mundos.

Passei o restante do dia de ontem ajudando minha mãe a encontrar caixas, aquecendo uma pizza congelada e ficando no sofá com ela, assistindo a tal da senhora inglesa de casaco de lã resolvendo crimes enquanto o sr. Ranzinza tentava comer nossa pizza.

E fiz tudo isso como se estivesse em um transe. Meu cérebro ficava voltando à livraria, procurando por algo — qualquer coisa que eu pudesse lembrar — que fizesse sentido. Como se em algum lugar existisse uma pista para explicar tudo se eu fosse capaz de encontrá-la.

Não consegui encontrar. Então tenho que voltar.

Desta vez, estaciono o jipe quase a uma quadra de distância da Livraria Entre Mundos, como se o estabelecimento fosse um ser senciente e fosse extremamente importante que ele não me visse chegando. Do outro lado da rua, a porta de vidro da Grãos Mágicos está entreaberta. As mesmas duas mulheres com carrinhos de bebê estão sentadas a uma mesa do café, ao lado de um quadro com os especiais escritos a giz.

Eu disse à minha mãe que queria experimentar o café. Ter um gostinho da "nova Oak Falls". Ela interpretou isso como uma aceitação minha em relação ao apartamento, o que é o único motivo de eu estar aqui fugindo de ajudá-la a vasculhar a tralha aleatória no porão.

Saia do carro, Darby.

Tranco o jipe atrás de mim e checo o celular. São 10h15. A bateria está com 97%.

Tá bom. Aqui vou eu.

Abro a porta da Livraria Entre Mundos. O sino toca, e eu entro. A loja parece igual a ontem. Luzes fluorescentes. Carpete cinza. Mesa com os lançamentos. O estande de revistas. Mas a única coisa com a qual me importo é o balcão, que está vazio. Não há ninguém atrás dele.

Minha respiração sai apressada e meu estômago relaxa e, por um segundo, acho que meus joelhos podem vacilar.

Talvez eu estivesse mesmo alucinando. Ou talvez alguém estivesse pregando uma peça estranha e perversa em mim, mesmo que eu não tenha ideia de como isso sequer funcionaria, muito menos quem seria o responsável.

Viro e olho para a mesa de lançamentos. São todos os mesmos de ontem. Os mesmos livros que eram novidade em 2009.

Espera aí...

Vou até o estande de revistas, pego uma cópia do *New York Times* e vasculho pela data no topo da primeira página.

Domingo, 23 de agosto, 2009.

A foto na primeira página é uma grande casa bege. Embaixo, a manchete diz: UM CANTINHO DE SONHOS PERDIDOS.

Minha pele se arrepia.

Ao lado, há uma manchete menor: MARINHEIROS LUTAM COM POUCA AJUDA DOS AFEGÃOS. Passo o olho no texto das matérias. É tudo sobre a crise imobiliária e a guerra no Afeganistão, exceto por uma matéria aleatória próxima do fim da página com a manchete: ENTENDA A POLÊMICA: QUANTO HERBICIDA É SEGURO TER NO SEU COPO DE ÁGUA.

Devolvo o jornal às pressas para o estande. Isso tem que ser uma pegadinha. Quer dizer, uma matéria sobre herbicida na água potável?

Na verdade, quanto mais penso nisso, menos inacreditável essa última coisa soa.

Olho para os outros jornais no estande. Mas o *Chicago Tribune* e o *Oak Falls Sun* têm a mesma data: domingo, 23 de agosto, 2009. A primeira página do *Sun* é sobre o início da obra de uma nova clínica médica — a clínica pela qual passei de carro a caminho da cidade, já totalmente construída há pelo menos alguns anos.

Meu estômago está mergulhando em um penhasco de novo.

O dia 23 de agosto, 2009, foi nove dias antes de eu ir para o internato. Oito dias antes de eu arruinar tudo com Michael.

— Posso ajudar?

Eu me viro e ali, saindo da sala do depósito, estou eu. Ou... meu *doppelgänger* mais novo. Desta vez, está vestindo uma camiseta ringer larga, calça jeans, tênis Converse e um relógio digital terrivelmente fora de moda.

Eu lembro desse relógio. Eu o usei sem parar durante anos. Até ter um celular na faculdade e decidir que não precisava mais de um relógio.

— Ah, estou bem. — Minha voz, pelo menos, soa mais tranquila do que ontem. Mais ou menos. — Eu só estava, hã... olhando os jornais.

Gesticulo para o estande de revistas de um jeito que definitivamente não é tranquilo.

— Tá bem. Avisa se precisar de alguma coisa.

Darby *Doppelgänger* desliza para trás do balcão e se senta no banco, pegando um livro.

Dou um passo para trás, ficando meio escondido atrás do estande, e pego meu celular com as mãos tremendo. Preciso de provas. Algum tipo de evidência que eu possa levar para casa e mostrar à minha mãe, para que ela possa explicar quem é esse jovem esquisito que se parece comigo, ou dizer que de algum jeito impossível... aquele sou eu adolescente. De qualquer modo, uma foto vai me ajudar a provar que não estou perdendo a cabeça.

Mas assim que desbloqueio o celular, uma mensagem aparece: "Bateria fraca".

Sério? Estava em 97% logo antes de eu entrar aqui. Olho para o ícone da bateria no canto superior da tela. Está vermelho. Ao lado: *3%*.

E, antes que eu possa sequer abrir o aplicativo da câmera, a tela fica preta. Aperto o botão de liga e desliga, mas não há resposta. O celular está morto. De novo.

E agora?

Eu o enfio de volta no bolso e mordo o lábio, olhando dos jornais para o Darby *Doppelgänger*, ainda lendo atrás do balcão. E então respiro fundo e deixo o abrigo do estande de revistas. O único jeito de descobrir qualquer coisa é falando. Comigo mesmo.

— Desculpe, com licença? — chamo, e Darby *Doppelgänger* levanta o olhar. — Esses são todos, hum... jornais de hoje?

Meu eu mais novo fica sem reação.

— Sim. Você queria... um jornal diferente?

— Não, não. Tudo certo. Só estou... curioso.

Tento dar um sorriso casual, mas parece mais uma careta.

Meu *doppelgänger* me dá um sorriso meio confuso e volta para o livro.

Vasculho meu cérebro, tentando pensar em algo que alguém só saberia se realmente *morasse* em Oak Falls em 2009. Algo que um jovem dos dias atuais, que de um jeito inexplicável se parece muito comigo, não saberia.

— Ei, você sabe até que horas a locadora de vídeo fica aberta hoje?

Ele levanta o olhar de novo.

— Hã, não tenho certeza...

E Darby *Doppelgänger* vira e olha para fora pela vitrine.

Eu também olho. Automaticamente.

Por um segundo, eu me esqueço de respirar.

Do lado de fora da grande vitrine da Livraria Entre Mundos está a locadora de vídeo. Bem do outro lado da rua, exatamente onde o café deveria estar. As mesas do café sumiram, assim como as mulheres com os carrinhos de bebê. Em vez da placa de GRÃOS MÁGICOS, há uma placa que diz LOCADORA DA RUA PRINCIPAL em letras quadradas alaranjadas que parecem estar tentando personificar a Blockbuster. Porque, na época em que a locadora abriu, a Blockbuster ainda era algo que existia e valia a pena imitar.

Eu me aproximo da janela, como se uma força gravitacional estivesse me puxando. Mais ao longe na rua, o Subway desapareceu, e a Prime Pie Pizza está de volta.

— Você está bem?

É Darby *Doppelgänger*, atrás de mim.

— Sim, eu só…

Foco na própria vitrine.

As antigas letras de vinil descascando ainda estão lá, dizendo Livraria Entre Mundos de trás para a frente.

Minha respiração fica ruidosa demais nos meus ouvidos, mas parece que não consigo sorver ar suficiente. Eu ando, com um tipo de calma superconsciente, de volta para a entrada da livraria. Abro a porta. Saio para a calçada…

E lá está o café. As mulheres com os carrinhos. O Subway.

O que. Está. Acontecendo?

Tateio desajeitado com as mãos para trás até encontrar a maçaneta e voltar de ré para a livraria. A porta se fecha a minha frente. Eu me inclino próximo do painel de vidro na porta e olho para o outro lado da rua. Lá está a locadora de novo. Parece real. *Muito* real. Quase consigo ver os contornos das prateleiras pela janela.

— Darby!

Eu pulo.

Alguém sai do depósito, o cabelo grisalho uma bagunça desgrenhada, vestindo uma camisa com estampa floral berrante e óculos de lentes amareladas.

É o Hank. O proprietário da Livraria Entre Mundos. O homem que me contratou. Que deixou Michael e eu nos sentarmos nos corredores para ler os livros, tivéssemos comprado eles ou não.

Abro a boca, sem a menor ideia do que dizer, mas Hank não está olhando para mim. Ele está falando com o jovem atrás do balcão.

— Acabei de falar com o encanador — diz Hank. — Ele vem olhar a torneira do banheiro amanhã à tarde. Você pode mostrar o problema quando ele vier?

— Sim — responde Darby atrás do balcão. — Lógico.

— Ótimo.

Hank se vira e desaparece mais uma vez dentro do estoque.

Espera aí. Eu lembro disso.

Lembro disso porque *eu* quebrei a torneira do banheiro. Estava velha, caindo aos pedaços, uma peça dela apenas caiu na minha mão quando tentei girar o registro. Mas eu estava tão estressado com isso que menti e disse ao Hank que um cliente quebrara. Tinha medo de que, se soubesse que havia sido eu, ele me demitiria.

Tudo que Hank fez foi dar de ombros e dizer algo sobre como aquela torneira estava à beira da morte há anos.

Sinto uma tontura. E calor demais. E um pouco de enjoo.

Eu me viro, abro a porta mais uma vez com um empurrão e escapo para a calçada.

CAPÍTULO DEZ

23 DE AGOSTO

Vou até o meio-fio e me sento tão abruptamente que dói. Meu coração está martelando. Pontos escuros tomam conta das bordas da minha visão de novo. Nada de montanhas-russas ou penhascos, meu estômago desapareceu.

Viagem no tempo, especialmente para o passado, de acordo com tudo que pesquisei no Google, é impossível.

Mas as datas nos jornais, a torneira quebrada, os livros sobre a mesa, Hank…

Tudo aquilo parecia muito, *muito* com 2009.

Passo a mão no cabelo e seguro o celular de novo. Ainda está morto. Inútil como um tijolo. Penso, por um segundo, em voltar para a loja e gritar que é melhor alguém me explicar que merda está acontecendo. Só para ver se alguém aparece com uma câmera e grita: "Te peguei!".

Não. Estou abalado demais para isso. Sinto que posso desmaiar a qualquer momento. Como se meu cérebro pudesse só desistir e desligar por culpa de uma sobrecarga de… tudo. Preciso de café. Ou de algo para comer. Ou as duas coisas.

Eu me levanto, limpo a poeira da calça e ando em direção à Grãos Mágicos.

A porta de madeira da cafeteria está aberta, segura por um quadro sobre um cavalete listando os itens especiais da estação. O cheiro de café que vem do lugar é tão forte que por um minuto eu só paro na calçada e inspiro. Isso me acalma.

As mulheres com carrinhos de bebê ainda estão sentadas em uma das mesas do café. Olho de soslaio para elas. É meio difícil saber com os bonés de beisebol e os óculos escuros, mas tenho quase certeza de que não as conheço, o que me dá certo alívio. Talvez sejam as novas pessoas das quais minha mãe tem falado, que estão se mudando para Oak Falls.

Lá dentro, a Grãos Mágicos parece ter como aspiração ser uma cafeteria de Nova York. O carpete desgastado da locadora de vídeo não existe mais, expondo o piso arranhado de madeira. Os ladrilhos do teto rebaixado que tinha luzes fluorescentes feias também se foram. O teto está a uma altura maior agora, revelando tubulações serpenteantes. Há um enorme balcão de madeira e aço onde o antigo balcão da locadora costumava estar, reluzindo sob uma fileira de luzes pendentes no formato de globos. Os únicos resquícios da Locadora da Rua Principal são três cartazes de filmes emoldurados atrás do balcão — *Cantando na Chuva*, *Os Caça-Fantasmas* e *Casablanca* — pendurados em uma parede de tijolos expostos, que deve ser falsa ou uma adição, ou algo do tipo, porque a locadora definitivamente não tinha uma parede de tijolos.

— Darby?

Eu me viro.

Michael Weaver está sentado a uma mesinha logo depois do balcão. Ele tem um notebook à sua frente, e as mãos estão pairando como se estivesse quase digitando algo. O cabelo está mais amarrotado do que estava quando esbarrei nele fora da livraria e, em vez de uma camisa de botão, Michael está vestindo uma camiseta cinza e calça jeans surrada.

A camiseta só me faz perceber seus braços de novo. E o modo como os ombros dele são muito mais largos do que costumavam ser. Não largos como se passasse horas na academia — apenas como se Michael estivesse preenchendo a roupa. Crescido.

E ele está olhando para mim. Com uma surpresa meio hesitante.

Minha boca fica seca. Demoro um minuto para encontrar a voz.

— Oi.

Atrás do balcão, a barista pergunta:

— Gostaria de pedir agora?

Arranco meu olhar de Michael e viro para a barista. Ela tem a minha idade, cabelo preto puxado para trás em um rabo de cavalo frouxo, e uma bandana dobrada e amarrada ao redor da cabeça.

Ela não parece nem um pouco familiar. Então não é alguém com quem estudei no ensino médio, pelo menos.

— Hã... — murmuro enquanto examino o cardápio na parede atrás dela, tentando ignorar o fato de que tenho 99% de certeza de que Michael ainda está olhando para mim. — Só um *latte*, por favor.

Pago com o cartão de crédito e então fico ali, sem jeito, enquanto a barista vai até as máquinas de *espresso*. Eu realmente queria que meu celular não estivesse morto. Assim, eu poderia encarar o aparelho em vez de ficar olhando ao redor da cafeteria, tentando decidir se deveria fazer contato visual com Michael ou se isso seria esquisito. Ou se ficar olhando ao redor, obviamente *não* fazendo contato visual com ele, é ainda mais esquisito.

Por fim, tenho que olhar para ele. Porque posso jurar que já olhei para todos os outros lugares e meu *latte* ainda não está pronto.

Ele voltou a olhar para o notebook. Meu estômago afunda. Parece quase um reflexo. Como se, mesmo que eu não tenha visto Michael há mais de uma década, minha reação automática ainda fosse ficar decepcionado sempre que ele decide me ignorar.

— Aqui está. — A barista com a bandana desliza uma xícara branca e um pires sobre o balcão para mim, uma flor desenhada na espuma.

— Obrigado.

Droga. Eu devia ter pedido um copo para viagem. Em Nova York, os copos para viagem são o padrão. Em Nova York, todo mundo está com muita pressa para qualquer outra coisa, a não ser que você esteja em uma das cafeterias em que as pessoas se sentam com notebook. Nesse caso perguntam a você se vai ficar ou ir embora.

Posso ir para o lado externo. Está claro e não estou usando protetor solar, o que significa que vou ficar igual um tomate em menos de dez minutos, mas pelo menos não vai parecer tanto como se eu estivesse *obviamente* tentando evitar o Michael...

Juro que é isso que eu queria fazer — equilibrar a xícara e o pires e partir em direção à porta. Quem liga se isso significa que eu vou acabar encarando a Livraria Entre Mundos? Mas em vez disso, de algum jeito, de repente estou virando para Michael.

— Desculpa ter sido tão esquisito na outra noite.

Ele levanta o olhar. Seus olhos encontram os meus e Michael apoia as mãos na calça, erguendo os ombros. É exatamente assim que ficava toda vez que estava nervoso no colégio. Os ombros subindo até as orelhas como se ele desejasse poder se transformar em uma tartaruga.

— Não, tá... tá tudo bem — diz Michael.

Certo. Beleza.

É melhor eu ir embora, né? Melhor me virar e ir lá para fora, como era minha intenção — encarar a livraria, continuar em surto e deixar Michael sozinho.

Mas ele ainda está me encarando. E não consigo desviar o olhar.

Ele faz um movimento brusco, como se tivesse percebido de repente que está me encarando, e gesticula para o assento à frente dele.

— Quer se sentar um pouquinho?

Olho para a cadeira. E então de volta para o rosto dele. Ele está falando sério?

Michael soou amigável. Está olhando para mim de novo e parece estar sendo sincero.

— Hum. Sim. Obrigado. — respondo enquanto apoio a xícara e o pires na mesa e me sento, apontando para o notebook. — Você está trabalhando em algo?

— Ah. — Ele olha para o notebook como se tivesse esquecido que o objeto estava ali e então o fecha. — São só planos de aula para o semestre.

Ai, Deus. Cometi o pecado capital do Centro-Oeste: interpretei mal um convite e realmente aceitei. Michael estava me convidando para sentar por educação. Eu deveria ter comentado que ele estava ocupado e dito algo sobre como era muito gentil, mas que eu tinha algo para resolver, mesmo que não tivesse.

Eu realmente devia ter pedido um copo para viagem.

— Desculpa — digo. — Não quis te interromper. Pode voltar a...

— Não, não — responde Michael com rapidez. E então ele parece meio constrangido. As pontas das orelhas ficam vermelhas. — Você não está interrompendo. E, de qualquer jeito, eu também devia me desculpar. Agi meio estranho também, e... não quis ser tão abrupto. Eu só... não estava esperando esbarrar em você.

Somos dois então.

— Bom, eu não moro aqui.

O canto da boca dele se ergue.

— Sim. Verdade. Você está em Nova York agora, não é?

Meus dedos ficam rígidos ao redor da xícara. O que digo em resposta a isso? *Bom, eu estava, mas agora estou passando por uma crise existencial, então estou morando com minha mãe.*

— Eu... estou dando um tempo. Explorando minhas opções, acho. Minha mãe está se mudando, então vim ajudar.

Explorando minhas opções? Eu podia muito bem ter dito que acabei de ser demitido. Obviamente significa a mesma coisa.

Mas tudo que Michael diz é:

— É, ela me contou que estava se mudando.

Eu hesito.

— Ela te contou?

— A gente se encontrou no mercado logo depois de ela ter comprado o apartamento — explica ele, como se fosse algo comum.

O que imagino que seja. Porque Michael é adulto agora, e vai ao mercado e é claro que encontra todo mundo de Oak Falls por lá, incluindo minha mãe.

Tento imaginá-los na fila do caixa, tendo uma conversa casual.

Imagino se alguma vez ele pergunta por mim.

— Ah — digo.

— E então, como é? — pergunta ele. — Estar de volta?

Esfrego as mãos na calça jeans. As palmas estão suando.

— Meio estranho — respondo com o eufemismo do milênio. — As coisas... mudaram e não mudaram.

— Sei.

Michael ergue o olhar para as luzes pendentes e então para o balcão da cafeteria. Percebo de repente como o contorno da mandíbula dele está muito mais anguloso. E que as sardas que costumavam cobrir o nariz praticamente sumiram.

— Esse lugar está aqui já faz um tempinho. Mas o Subway só apareceu há uns dois anos. Pelo menos a Livraria Entre Mundos ainda resiste — comenta ele. Em seguida, suas orelhas ficam rosadas de novo. — O que você sem dúvida percebeu.

Espera.

Michael entrou na livraria depois de 2009. Lógico que sim — ele mora aqui. Sabe como a loja é agora. Se ela de fato está exatamente igual a como era naquela época.

— Ah, sim. Mas ainda não visitei — digo. É uma mentira, mas Michael não sabe disso. A não ser que estivesse me espionando de dentro da cafeteria, acho, mas isso não parece muito provável. — Está diferente?

Michael mexe na alça da sua xícara de café.

— Mais ou menos? Está e não está — responde ele, olhando para mim com a sugestão daquele sorriso torto de novo. — Como tudo o mais por aqui.

Isso não me ajudou tanto quanto eu queria.

— Como vai o Hank?

— Ele está envelhecendo. É óbvio. — Michael dá de ombros. — Tem uma artrite bem braba agora. A filha dele disse que ele não fica mais por muito tempo na loja. Mesmo que use uma bengala... acho que é difícil para o Hank ficar de pé por tanto tempo.

Um frio permeia minha pele. O Hank que eu vi não tinha uma bengala. E não parecia nem um dia mais velho do que da última vez que o vi.

Tento afastar isso da mente.

— Ele tem alguém para ajudá-lo? — pergunto. — Quer dizer, na loja?

Outro sorriso repuxa a boca de Michael.

— Tipo jovens irritantes do ensino médio que se sentam nos corredores e ficam lendo as coisas?

— Isso. — Sorrio de leve. — A gente era irritante.

— Muito irritante. — Michael olha para mim e o abismo entre nós, os anos de distância e silêncio, não parece tão grande quanto há um minuto. — E sim, o Hank tem alguns funcionários. Pelo menos uns dois estudantes do ensino médio durante o verão.

— Que bom.

Apesar de não me dizer nada sobre algum daqueles estudantes do ensino médio ser misteriosamente idêntico a mim. E não há como indagar a respeito disso sem que soe esquisito.

E eu não quero. Quero perguntar algo que vai estreitar o abismo mais um pouco. Algo que vai nos fazer continuar a falar, a fingir que podemos apagar aquele último ano do ensino médio.

Michael solta a respiração.

— Bom — diz ele, com aquela finalidade que é basicamente o jeito do Centro-Oeste de dizer "hora de ir". — Tenho uma reunião de professores em Plainview, então… — Ele pega a mochila do chão, deslizando o notebook para dentro. Seu olhar se volta ao meu. — Foi muito bom te ver.

— Sim. — Tudo dentro de mim afunda. — Você também.

Michael joga a mochila sobre o ombro e se levanta, pegando a xícara de café e o pires. E então hesita. Seus ombros se erguem e ele se vira.

— Vamos receber alguns amigos lá em casa hoje à noite. O pessoal com quem moro e eu. É algo que fazemos todo mês, noite das bebidas. Você deveria ir… se tiver tempo.

Esse é um convite por pena. É nitidamente um convite por pena, e ele está oferecendo porque estou aqui e é educado. Este é o momento em que balanço a mão e digo "Ah, que gentileza, mas" e invento alguma desculpa — como eu devia ter feito quando ele perguntou se eu queria me sentar, em primeiro lugar —, porque Michael não quer de verdade que eu apareça em sua casa e eu devia saber disso.

Mas não consigo. O aperto em meu peito é forte e agudo demais.

— Estarei lá — digo.

Foi bom da parte dele não parecer desconcertado. Michael só me dá um sorriso de leve e ajeita a mochila no ombro.

— Beleza. Bom. As pessoas devem começar a aparecer lá pelas sete horas.

Dou um aceno de cabeça.

— Sete. Tá ótimo.

Ele olha para mim por mais um instante, e eu me pergunto se vai dizer mais alguma coisa. Mas, no fim das contas, Michael apenas se vira e deixa a xícara e o pires sobre o balcão, erguendo a mão e acenando para a barista.

— Até mais, Tash.

— Tchau, Mike!

Ninguém, em todos os anos de que me lembro, jamais chamou Michael de *Mike*.

Mas ele não parece pensar que isso é incomum. Ele só sai pela porta para a calçada ensolarada.

CAPÍTULO ONZE

.23 DE AGOSTO

São quase 19h30 quando desligo o motor alto do jipe, em frente à casa de Michael. Estacionei na rua atrás de outros três carros. Aqui nos limites de Oak Falls, as ruas não têm meio-fio — elas apenas têm asfalto e são estreitas. O que significa que o único jeito de estacionar mesmo é parar meio para fora da estrada.

Tentei me convencer de que não ia de fato dirigir até aqui. Disse a mim mesmo que não conheceria ninguém a não ser Michael, que provavelmente encontraria com a Liz, e todas as outras pessoas presentes teriam escutado todo tipo de história terrível sobre mim e a razão pela qual Michael me jogou para escanteio no último ano do ensino médio. A noite inteira seria um único e longo coro de "Ah, então *você* é o Darby".

Mas aqui estou. Porque cometi o erro de contar à minha mãe que Michael havia me convidado, e ela disse que era *gentil*, mas o que isso significava?

E enfim… Quero ir. Michael me convidou e não consigo parar de torcer para que isso signifique *alguma coisa*. Talvez seja um convite por pena, mas isso ainda é melhor do que ser ignorado.

Olho pela janela aberta do jipe em direção à casa de Michael. A varanda está cheia de pisca-piscas entrecruzados e eu mal consigo distinguir as pessoas sentadas nas cadeiras de jardim. Um murmúrio de conversa flutua sobre o quintal.

Ok. Isso parece bem tranquilo, certo?

Puxo minha camisa polo rosa-claro, abanando o tecido. O ar fora do jipe está mais frio agora que o sol se pôs, mas estou suando. Eu não devia ter passado tanto tempo decidindo o que vestir. Quer dizer, eu não queria arriscar ser a primeira pessoa a aparecer. Mas, olhando para os cinco carros estacionados na longa entrada da garagem, além dos três parados na estrada, estou começando a pensar que serei a *última* pessoa a aparecer. Desperdicei tempo demais tentando adivinhar que tipo de festa era essa. Do tipo viemos-direto-do-trabalho? Do tipo casual-mas-divertida? Do tipo eu-vesti-qualquer-coisa-mas-milagrosamente-pareço-super-estiloso?

Devo ter experimentado meia dúzia de opções diferentes antes de acabar com a mesma camisa polo e calça jeans que eu tinha pensado no início. Era a única roupa que não parecia dizer: "estou procurando pela festa dos desempregados-que-moram-com-a-mãe".

Por que vesti uma camisa polo-rosa? Poderia muito bem ter escrito "oi, sou da Costa Leste e superpedante" na testa. Sou a epítome do mauricinho.

Isso foi uma má ideia. Minhas entranhas estão emboladas e revirando. Deveria dar meia-volta — voltar para a casa da minha mãe, dizer que estou com dor de cabeça e me esconder no quarto pelo resto da noite. Não sei o que faria lá além de sentir pena de mim mesmo, mas pelo menos posso fazer isso de pijama.

Estendo a mão para a chave, e estou prestes a ligar o jipe de novo e realmente dar o fora quando alguém aparece ao meu lado em uma bicicleta.

— Ei! Por acaso você é o Darby?

Apenas pisco, encarando a pessoa na bicicleta. Ela é branca, mas tem a pele muito bronzeada, está vestindo short jeans desfiado e uma camiseta, e tem o cabelo castanho-claro com a ponta tingida de rosa desbotado amarrado em uma trança. Mechas soltas grudam no seu pescoço.

— Sim — respondo. — Nós nos conhecemos?

Ela sorri.

— Não. Desculpa. Eu sou a Amanda. Eu divido a casa com o Michael. Ele disse que talvez você viesse, e já que eu não te reconheci… — Ela faz uma pausa. — Você já está indo embora?

— Ah. Não. — Rapidamente tiro a chave da ignição. Não posso desistir agora. Não com Amanda me observando. Não se Michael disse a ela que talvez eu viesse. — Só estou… me preparando para entrar.

Amanda assente, mas parece um pouco que ela está tentando não rir de mim. O que é justo.

— Quer entrar comigo? Ou você ainda está… se preparando?

O calor sobe pelo meu pescoço.

— Não, já estou bem.

Ela desce da bicicleta enquanto fecho a janela e tranco o jipe, e andamos pela entrada da garagem juntos. Os grilos estão começando a zunir, mas, até mesmo com o zumbido deles, sou mais uma vez atingido pelo fato de como está silencioso. Posso ouvir a bicicleta rangendo enquanto Amanda a puxa. As vozes na varanda se aproximam, mas é tudo suave, um banho de som se dissipando em uma expansão maior de espaço. Em Nova York, o som se reflete em tudo — nos arranha-céus, nas calçadas, nas paredes azulejadas das estações de metrô.

Atravessamos o brilho dos pisca-piscas, e uma mulher de cabelo curto se levanta num salto da cadeira de jardim na varanda.

— Ei, aí está você. Nossa, Amanda, por que demorou tanto?

Amanda encosta a bicicleta no corrimão da escadinha da varanda.

— Connie ficou mudando de ideia sobre a cor. Levou séculos pra terminar.

— Puts — comenta a mulher que encontra com Amanda no meio dos degraus e a beija, de um jeito rápido e costumeiro. — Você precisa se trocar? Está cheia de restos de cabelo?

— Muitos restos de cabelo — reclama Amanda e torce o nariz. — Talvez eu tome um banho rapidinho. — Então ela gesticula para mim, ainda me demorando atrás dela. — Aliás, esse é Darby.

A mulher que Amanda estava beijando olha para mim pela primeira vez e seu rosto se paralisa de surpresa.

— Ai, meu Deus. Darby Madden?

Puta merda. É a Liz Forrest. Quase não a reconheci sem o cabelo longo em camadas ou os colares ou as leggings e as botas UGG. O cabelo dela está curto agora e ela está vestindo calça jeans com a barra dobrada e uma regata larga. Tem uma tatuagem de flores em um de seus ombros.

E estava beijando Amanda.

Liz é queer.

Forço meu cérebro a trabalhar e torço o rosto em um sorriso. Ou pelo menos algo que se parece com um.

— Ei. Quanto tempo!

— É. Uau. Faz séculos.

Ela sorri, e até parece genuíno. Como se talvez Liz não pensasse naquele sábado nevado e esquisito na Livraria Entre Mundos. Como se não fosse estranho eu estar aqui nos degraus da sua varanda e ser trans.

Eu certamente não esperava que ela fosse queer, então talvez estejamos quites.

— Entre e pegue uma bebida — convida Liz, abrindo a porta de tela e a segurando para mim.

Eu me sinto estranhamente desorientado assim que entro. Pedaços dessa casa são muito familiares — o teto *gotelé* de aparência granulada, a pequena janela redonda na entrada, até mesmo os ganchos para casacos na parede. Não é como se eu frequentasse a casa da avó do Michael o tempo todo, mas pelo menos umas duas festas de aniversário dele aconteceram aqui, e teve aquela vez que um grupo se reuniu para ir ver o reboot de *Star Trek* no verão antes do último ano do ensino médio, e o único carro em que cabiam nós seis era o velho Buick da avó de Michael, porque tinha um assento frontal de banco, e ela nos deixou pegar emprestado...

Então eu já estive aqui, pelo menos algumas vezes. Não esperava me lembrar com tanta intensidade, mas lembro — o que significa que também percebo o que está diferente. A velha cortina de fumaça de cigarro desapareceu. Havia um papel de parede estampado no padrão *paisley* ao longo da entrada, seguindo pela escada que Amanda está subindo no momento. Agora as paredes estão pintadas de azul-claro. E a sala de estar está cheia de gente.

Isso é definitivamente algo mais casual em vez de uma festa. Não há música. E há apenas alguns grupinhos de pessoas aqui e ali, conversando e segurando garrafas de cerveja ou coquetéis em canecas de vidro. Não tem pessoas o bastante para ser uma festa de verdade.

E eu definitivamente não precisava parecer tão arrumadinho. Ninguém aqui está tentando parecer descolado. Ninguém aqui está *tentando* parecer nada. Um cara está até mesmo vestindo calça cargo. E não de um jeito desleixado — de um jeito bem funcional, do tipo eu-provavelmente-visto-isso-para-o-trabalho. Ele tem um mosquetão de chaves e um canivete pendendo de um aro no cinto, e está vestindo um boné verde de caminhoneiro que diz JOHN DEERE.

Engulo em seco. Minha boca está ressecada de novo. Onde foi que eu me meti?

— Por aqui.

Liz me leva pelo corredor até a grande cozinha. A mesa de jantar no meio do cômodo está atulhada de garrafas de bebida, tigelas com pretzels, pipoca, biscoitos, uma bandeja de queijo e um monte de copos de vidro de tamanhos diferente vazios.

E inclinado sobre a mesa, mexendo um drinque, está Michael, ainda com a mesma calça jeans surrada e a camiseta cinza que ele estava usando esta manhã.

— Ei, Mike — diz Liz, abrindo um cooler ao lado da mesa e vasculhando o gelo atrás de uma cerveja. — Olha só quem eu achei.

Michael ergue o olhar e para, o fino agitador de coquetéis em sua mão pairando sobre a bebida.

— Oi.

Não consigo ler sua expressão. Amanda disse que ele falou que talvez eu viesse, mas não consigo saber se está feliz por eu realmente estar aqui.

— Oi.

Liz abre uma lata de Pabst.

— Ok, vou conferir se a Amanda está mesmo tomando banho e não, tipo, caindo no sono — avisa ela e olha para mim. — Pegue o que achar melhor, Darby. Tem gasosa no cooler também.

Não ouço ninguém chamar refrigerante de *gasosa* há anos. Eu disse gasosa exatamente uma vez quando cheguei no internato. Ninguém sabia do que eu estava falando.

— Obrigado.

— Por nada.

Ela se vira e volta pelo corredor, usando o pilar do início da escada para tomar impulso e então subindo aos pulinhos em busca de Amanda.

Deixando-me com Michael.

Agora que estou aqui, não faço ideia do que dizer para ele. Não posso dizer nada que estou pensando — *lembra daquela vez quando nevou quase um metro, em que cavamos com pás a neve da entrada da garagem da sua vó, lembra daquela festa de aniversário quando metade do bolo caiu neste piso, lembra do que te fez mudar o papel de parede estampado...* É tudo demais, pessoal demais, rápido demais. Não faço ideia se estou aqui porque um dia fomos amigos, ou só porque eu sou alguém que Michael conhecia e que está de volta na cidade e essa é a coisa educada a se fazer.

— Obrigado por me convidar.

Soa raso saindo da minha boca, como se essa fosse a coisa mais cheia de *nada* que eu poderia ter dito. É a coisa que sua mãe te faz dizer para as crianças nas festas de aniversário nas quais você está sem ter ideia do porquê.

— Eu não tinha certeza se você ia conseguir vir — diz Michael.

Definitivamente existe uma versão disso em que Michael está tirando uma com minha cara, muito no estilo do Centro-Oeste. Só não consigo dizer ao certo se estou vivendo essa versão.

— Desculpa ter chegado tarde. Em Nova York eu culparia o metrô, mas a verdade é que... Só me esqueci de que "meio atrasado" não é algo que existe por aqui.

Os lábios dele se mexem, quase sorrindo.

— Acho que lembro de você sempre chegando meio adiantado.

Eu deveria me sentir constrangido, mas estou fixado demais em Michael se lembrando de algo a meu respeito. Meu estômago volta a se agitar.

— Na verdade, ainda chego meio adiantado. Quase sempre.

Ele mexe o drinque sem prestar atenção.

— Algumas coisas não mudam, né?

Consigo abrir um sorriso, mas parece duro e forçado.

— Acho que não.

Ele hesita, e eu hesito — nós dois esperando que a outra pessoa diga algo.

Finalmente, Michael pigarreia e gesticula para a mesa.

— Bom, hum… pegue alguma coisa e eu te apresento para o pessoal.

Certo. A parte que estive temendo. Meu estômago passou de agitado para revirado.

Está tudo bem. Vai ficar tudo bem. Ninguém naquela sala de estar aparentava ser familiar. Então talvez não exista ninguém aqui com quem eu já estudei no ensino médio. Talvez esses amigos conheçam apenas o Michael adulto e eles não vão ter ideia de quem eu sou ou porque pode ser uma ideia terrível eu estar aqui.

Eu me abaixo e vasculho o cooler até encontrar um refrigerante de gengibre. De maneira alguma eu vou beber álcool esta noite. Além da minha fraqueza vergonhosa para bebida, acho que meu estômago não aguentaria. Imagine se eu bebesse álcool e então desse um show vomitando em cima de um dos amigos de Michael porque sou um desastre de ansiedade. Seria pavoroso.

Michael me leva de volta pelo corredor até a sala de estar, onde nos juntamos ao grupinho de pessoas mais próximo, o que inclui o cara de calça cargo. Seu rosto desalinhado se abre em um sorriso quando ele nos vê.

— Michael! Quanto tempo você leva para fazer um drinque? — brinca ele. Seus olhos azuis passam para mim e ele estende uma das mãos. — Oi. Eu sou o John.

Enxugo a mão rapidamente na camisa e aperto a mão dele.

— Darby.

— Nós crescemos juntos — diz Michael.

— Ah, Darby! — As sobrancelhas de John saltam até a aba do boné. — Claro, lógico, nós já ouvimos falar muito de você!

Um raio de ansiedade dispara através de mim.

— Você é o motivo do Michael ainda ter um Pikachu de pelúcia no quarto dele — completa John.

Fico sem reação. Não era isso que eu estava esperando. Demoro um segundo até para entender do que John está falando.

Então lembro. Eu dei um pequeno Pikachu de pelúcia para Michael em seu aniversário de 15 anos. Não era nada de especial — consegui ele como um brinquedo com o lanche do Burger King. Só dei a Michael porque não sabia o que fazer com aquilo e não havia outro Burger King perto de Oak Falls. Minha mãe e eu havíamos parado em um no caminho de volta de Chicago, quando ela havia ido para uma conferência de professores no verão e me levado com ela.

Não acredito que Michael guardou aquela pelúcia.

— Espera, jura? O Pikachu? — pergunta um cara mais baixo e de cabelo escuro ao lado de John, se inclinando nele. — Como é que eu não sabia disso?

As orelhas de Michael estão ficando vermelhas. Mordo o lábio, tentando não sorrir.

— Você sabia, sim — diz John. — Lembra, a gente estava ajudando o Michael a carregar aquela escrivaninha nova até o quarto e eu derrubei a pelúcia da cômoda, e aí perguntei por que raios ele tinha um Pikachu...

— Ah, verdade — concorda o cara de cabelo escuro, assentindo, e então estende a mão para mim. — Desculpa, oi, eu sou o Lucas. Sou o marido desse cara.

Ele acena com a cabeça para John.

Todos os pensamentos relacionados a Michael e ao Pikachu evaporam da minha cabeça. Eu aperto a mão de Lucas, mas minha mente ficou completamente anestesiada. John — esse cara de calça cargo e um boné de beisebol de John Deere… *esse* cara é queer? Olho dele para o Lucas, que não está usando calça cargo, mas *está* usando calça jeans desbotada e uma camiseta que diz Feira Municipal Monroe 2019.

E não é como se nenhum deles *não devesse* estar usando essas roupas, mas…

Mas eu presumi que eles fossem fazendeiros héteros do Centro-Oeste. Parecem muito.

Michael pigarreia.

— É, o John e o Lucas moram no lado oposto da cidade, perto da Fazenda Strickland…

— É lá que eu trabalho — diz John.

Então acho que eu não estava assim tão distante da coisa do *fazendeiro*.

— E aqui está Bex e sua parceira, Erin. — Michael gesticula para as duas pessoas que restam no círculo. — Bex e eu estudamos juntos na licenciatura.

Olho para Bex, que tem o cabelo raspado e um piercing no septo e é a única outra pessoa além de mim usando uma camisa com colarinho. Mas a sua é uma camisa de botão de manga curta e estampa floral. Não uma camisa polo. Definitivamente não do estilo mauricinho.

— Ah, então você dá aula em Plainview?

— Não, ensino em Monroe — responde Bex. — Eu sinceramente adoraria estar um pouco mais no interior do que isso, mas Erin é vice-diretora da escola de ensino fundamental, então… estamos bem por enquanto.

Erin bufa.

— Hã, já que acabamos de comprar uma casa, eu *espero* que estejamos bem por enquanto.

Erin é mais alta que Bex. Uma mulher esbelta de pele marrom-clara e cachos pretos que estão arrumados no topo da cabeça.

— Espera, eu não sabia que vocês já tinham *comprado*. Achei que tinham começado a procurar — comenta Lucas.

— Tivemos sorte — explica Bex.

— Bom, isso é ótimo! — exclama John. — Agora vocês já resolveram isso antes de começar a ver as coisas de bebê.

Erin me dirige um olhar levemente divertido.

— Desculpa, Darby, nós acabamos de te conhecer e já estamos falando de casas e bebês...

— Tudo bem — digo rapidamente.

Ainda estou fixado no fato de que essas pessoas são queer. Que existem outras pessoas queer *aqui*, em Oak Falls, o lugar que eu abandonei. O lugar do qual não consegui sair tão rápido quanto gostaria, porque eu tinha tanta certeza de que não havia ninguém como eu por aqui. Porque eu tinha tanta certeza de que não existia espaço para mim.

— Então, você mora por aqui? — indaga John.

— Mais ou menos — respondo ao mesmo tempo que Michael diz:

— Ele só está visitando.

Há um silêncio desconfortável. Bex, Erin, John e Lucas olham todos para Michael. E então para mim.

— Estou visitando minha mãe para ajudá-la a se mudar — digo. — Eu morava em Nova York, mas... ainda não descobri direito o que vou fazer em seguida.

Pelo canto do olho, posso ver Michael encarando sua bebida. Seus ombros se erguem.

— Bom, se quiser ser persuadido a ficar em Oak Falls, nos avise — diz John com um sorriso.

Uma pontada estranha me atravessa. Sinto uma vontade repentina de dizer a ele que não preciso ser persuadido. Eu cresci aqui — sei tudo que há para saber sobre este lugar.

Mas, para ser honesto, não tenho certeza se sei. Não mais.

Então tudo que digo é:

— Obrigado. Vou te manter atualizado.

O assunto da conversa muda para a nova casa de Bex e Erin e a troca da fiação que precisa ser feita. Michael compartilha algumas dicas porque, aparentemente, ele trocou a fiação das tomadas da própria casa. Fico ali parado me sentindo um queer urbano inútil. Quando a única luz de teto no meu apartamento ficava queimando, eu chamei o zelador. No final das contas, nem fiquei sabendo qual era o problema.

Por fim, Michael pergunta se quero conhecer as outras pessoas e eu digo que sim, porque o que mais diria? Fazemos a mesma coisa com todo mundo na sala de estar.

E logo fica evidente que ninguém neste lugar é hétero. Não é que alguém esteja anunciando — ou mesmo falando tanto disso. É só que Robin que tem o cabelo azul diz com muita casualidade: "Quando Mikaela e eu começamos a namorar", cutucando o braço da mulher ao lado dela. E Brianna, uma mulher loira e alta vestindo uma regata e um macacão, menciona ir de carro até Chicago para buscar os hormônios em uma história que é, majoritariamente, sobre seu gato. E, quando terminamos de fazer o percurso pela sala de estar e estamos de volta na varanda, onde Liz e Amanda estão sentadas nas cadeiras de jardim com um homem negro de calça cáqui e uma camiseta de Chicago Cubs, sinto que vim parar em alguma realidade alternativa.

Eu sabia que Oak Falls havia mudado. Os condomínios, as cafeterias, o Subway, o tal do trânsito…

Mas isso é bem diferente. Isso é algo que cutuca o fundo do meu âmago até que eu sinta uma dor fraca e insistente. Porque não consigo parar de me perguntar quantas dessas pessoas estavam aqui, crescendo no mesmo lugar que eu. Não consigo parar de me perguntar por que eu não as encontrei. Por que *não consegui* encontrá-las.

E se alguma coisa teria sido diferente se eu tivesse conseguido.

— Você conheceu todo mundo? — A voz de Liz me arranca dos meus pensamentos e eu forço um sorriso.

— Sim. Todo mundo é, hum…

— Queer? — sugere Liz com um sorriso largo.

— Eu ia dizer legal — balbucio, porque repentinamente me sinto envergonhado pela Liz saber, de algum jeito, que era isso que eu estava pensando.

Ela dá de ombros.

— É, eles são legais também, além de serem queer. Exceto Grant — afirma ela e acena com a cabeça para o cara ao seu lado. — Ele é legal, mas não é queer.

Grant solta uma risada pelo nariz e revira os olhos.

— Oi, é um prazer te conhecer.

— Grant trabalha com a Liz no hospital na rodovia 36 — explica Michael para mim.

— Colega de enfermagem — revela Liz e toma outro gole da cerveja. — Colega sofredor do turno da noite.

Grant solta um gemido.

— Aff, não me lembre. Preciso ir para o trabalho depois daqui. Por isso a gasosa.

Ele exibe uma lata de Dr. Pepper.

Algo me chama atenção com isso. Olho para Michael.

— É, você disse que faz isso todo mês. É sempre esse número de pessoas? Ou isso é tipo… uma ocasião especial?

Ele dá de ombros.

— Não, é só quem puder vir. Nós começamos a fazer isso… alguns anos atrás? — Michael olha para Liz e ela assente. — Costuma ser no fim de semana, mas algumas pessoas estavam de férias, então… hoje foi assim.

— Além do mais, não há mais nada para fazer — diz Amanda, e Liz e Grant riem com isso.

A dor se assenta ainda mais fundo.

Grant pergunta a Amanda como estão as coisas no salão de beleza onde ela trabalha, e então ele e Liz começam a contar histórias sobre os pacientes mais estranhos que já receberam no pronto-socorro tarde da noite, e eu tento prestar atenção. Faço acenos de cabeça. Rio com todo mundo. Mas mal estou escutando.

Tudo que consigo pensar é *como foi que perdi isso?*

E então *eu perdi isso.*

Eu quero isso.

Por que não percebi que havia pessoas queer bem aqui? Como Michael as encontrou? Ele e Liz sabiam um sobre o outro no ensino médio? Era por isso que eram amigos?

Algo se contorce dentro de mim, afiado como uma faca. *Por que* presumi que estavam namorando naquela época? *Por que* não enxerguei o que estava acontecendo de verdade?

Eu queria, tanto que chega a doer, ter compartilhado o último ano do ensino médio com eles. Nós três juntos. Não sei que diferença teria feito... mas tenho convicção de que teria feito alguma.

Talvez eu não tivesse passado tanto tempo me sentindo perdido. Talvez eu não me sentisse tão perdido agora.

— Ok, preciso entrar e dizer oi para as pessoas — diz Amanda, levantando-se da cadeira de jardim. — Não falei com mais ninguém desde que cheguei em casa.

— Eu vou com você.

Liz inclina a cabeça para trás, bebendo o que resta da cerveja, e estende a mão. Amanda a levanta com um puxão.

Grant perambula para dentro da casa depois delas, meio sem jeito, me fazendo pensar que ele é uma adição recente ao grupo, e ainda está seguindo Liz por aí já que é sua amiga mais próxima.

E agora estou sozinho com Michael mais uma vez, nós dois ali em pé na varanda, lado a lado, meio desconfortáveis. Não consigo decidir se devo me sentar em uma das cadeiras de jardim ou sugerir que voltemos para dentro, ou esperar que ele diga algo. No fim, só fico encarando o quintal. Está completamente escuro agora — mais escuro do que jamais fica em Nova York — e alguns poucos pontinhos de verde meio dourado acendem e se apagam. Vagalumes.

A dor em mim penetra mais fundo. Senti falta dos vagalumes. Não há nenhum em Nova York. Pelo menos não na cidade. Vagalumes são uma das coisas que eu sei que sempre amei sobre Oak Falls. Uma coisa que sempre pareceu levemente mágica.

— Teve muitos vagalumes nesse verão? — pergunto.

Michael se vira para o jardim, apoiando-se no gradil da varanda com uma das mãos.

— Sim — responde ele. — Quer dizer, na média, provavelmente. Essa é uma boa quantidade para a época do ano.

Faço que sim. Ficamos em silêncio de novo, observando os vagalumes, enquanto a conversa lá de dentro sopra pela porta de tela e pelas janelas abertas.

E de repente a dor é intensa demais.

— Eu não sabia que você era gay.

A frase sai engasgada.

Michael vira o olhar bruscamente para mim.

Tento engolir o nó na garganta.

— Quer dizer, minha mãe me contou quando voltei. Mas eu não sabia naquela época, e também não sabia sobre Liz e... Eu não sei se deveria, mas... Sinto muito. Por não saber.

Olho para ele. Michael está me olhando de volta com uma expressão estranha — como se estivesse me vendo e não me vendo, que nem naquela noite em que esbarrei com ele na frente da livraria.

— Eu não te contei.

— Eu sei.

— Então... você não sabia.

A voz dele é baixa e monótona.

Meu peito se contrai.

— Bom, eu sei, mas...

Ele me observa, esperando, mas não sei o que dizer. Não é como se eu tivesse contado a ele que sou trans naquela época. Quer dizer, eu mal admitia isso para mim mesmo.

Então talvez Michael estivesse fazendo o mesmo. Talvez realmente não soubesse.

E ainda assim...

— O que aconteceu com a gente, Michael? — Boto tudo para fora, como se isso estivesse crescendo desde que voltei, ou desde que encontrei aquela caixa da Livraria Entre Mundos enfiada debaixo da cama em Nova York. — Eu sei que brigamos na minha festa de 17 anos, mas aquilo foi... foi ridículo. Nem consigo me lembrar direito por que a briga tomou tantas proporções. Aquilo foi mesmo suficiente para acabar com tudo? Foi suficiente para você... parar de falar comigo?

Michael fica imóvel. Como uma estátua, mal respirando, o rosto impassível. E então a expressão se contorce de mágoa.

— Você está mesmo perguntando para mim? — A voz dele sai áspera. Rouca.

A dor se transforma em desespero.

— Só estou tentando...

O olhar dele mira meu rosto e então desvia.

— Darby, eu não posso... Esse não é... Não consigo lidar com isso agora. — Michael passa a mão pelo cabelo, o que só faz com que os cachos fiquem de pé, e então olha para o copo. — Vou pegar mais bebida. Eu... volto já.

Ele se vira para a outra direção, como se mal esperasse para sair logo dali. E abre a porta telada.

— Michael...

Mas ele já voltou para o interior da casa. A porta telada range ao se fechar atrás dele. Eu me viro e olho através de uma das janelas, mas Michael desaparece no fim do corredor.

O que acabou de acontecer?

Solto o ar, trêmulo, e percebo que estou encarando a sala de estar. Eu me viro de volta para o quintal e os vagalumes cintilantes.

Eu deveria pedir desculpas. Procurá-lo e dizer que eu estava sendo um tolo. Dizer a ele para *esquecer isso. Que não importa mais.*

Mas eu sei que é tarde demais para isso. Não posso só dizer *esqueça isso* depois de trazer tudo à tona.

E não posso entrar lá e me desculpar — não quando ele está rodeado pelos amigos. Eu deveria esperar aqui até Michael voltar. Então posso pelo menos dizer que sinto muito. Posso pelo menos tentar seguir em frente.

Então eu espero, bebendo lentamente meu refrigerante.

Um minuto.

Cinco minutos.

Sou mordido por pelo menos um mosquito, mas Michael não retorna.

Viro e olho pela janela de novo. Liz e Amanda e Grant estão falando com John e Lucas. Mas não vejo Michael.

Então talvez ele esteja se escondendo em algum lugar. Talvez eu deva ir procurá-lo.

Ou talvez ele esteja me deixando só aqui fora de propósito.

Deus, o que estou fazendo aqui?

Tudo dentro de mim quer se encolher em posição fetal. Estou parado nesta varanda há cinco minutos e ninguém percebeu ou estão todos esperando que eu vá embora; e, de qualquer jeito, a mensagem é a mesma: eu não pertenço a este lugar. Esses não são meus amigos.

Apoio a lata de refrigerante no gradil da varanda. E então me sinto culpado de deixá-la ali e a pego de volta. Vou reciclá-la na casa da minha mãe.

Eu me demoro por mais um instante, na esperança de que, se esperar por mais um segundo, a porta de tela vai se abrir e Michael vai reaparecer.

Ele não reaparece.

Então desço os degraus da varanda, seguindo pela entrada da garagem em meio aos vagalumes.

Não é tão fácil chorar tomando testosterona. Mas, quando volto para o jipe, preciso ficar sentado por vários minutos, respirando fundo, ofegante, até que o volante à minha frente se desembace.

CAPÍTULO DOZE

23 DE AGOSTO

A casa está às escuras quando destranco a porta, e levo um tempo vergonhosamente longo para encontrar o interruptor de luz. Quando finalmente acho, quase tenho um ataque do coração. O sr. Ranzinza está sentado no chão bem à minha frente, a língua pendendo para fora da boca e o rabo batendo no carpete.

Solto a respiração e me abaixo para fazer carinho na cabeça dele.

— O que você está fazendo, rapaz?

Ele só boceja e vem devagar atrás de mim enquanto eu me arrasto pelo corredor até o quarto. A porta do quarto da minha mãe está fechada. Olho para meu celular. São quase dez horas — ela já deve estar em sono profundo.

Espero o sr. Ranzinza entrar no meu quarto para então fechar a porta e acender a luz. O lugar está exatamente igual a quando saí para a casa de Michael, mas de algum jeito isso só me deixa irritado. Irritado com a versão de mim de três horas atrás que estava preocupado em escolher uma roupa, como se, ao vestir as peças certas, eu pudesse me encaixar e reatar nossa amizade como se ela nunca tivesse sido destruída.

Reúno as camisas e calças espalhadas sobre a cama e as jogo na minha mala com tanta veemência que o sr. Ranzinza sai do caminho e me lança um olhar preocupado.

E então eu me sento na beirada da cama, encarando com raiva os espaços vazios nas paredes onde as fotos do ensino médio costumavam estar, de repente furioso comigo mesmo por ter tirado elas de lá. E daí se me deixavam disfórico pra caralho? Talvez, se as tivesse agora, eu seria capaz de compreender alguma coisa. Talvez, se as encarasse por tempo o bastante, eu seria capaz de descobrir por que nunca percebi que Michael era gay ou que Liz era queer. Talvez eu entendesse *alguma coisa* sobre o que aconteceu naquela época.

Eu sei que é ridículo. Sei que fotos não poderiam me dizer nenhuma dessas coisas. Sei que tudo que elas fariam é me deixar pior — mas talvez parte de mim queira isso também.

Eu me levanto. Escovo os dentes. Tiro a roupa e boto o pijama. Quando apago a luz e me deito, o sr. Ranzinza imediatamente senta e põe as patas dianteiras na cama.

— Você não deveria estar aqui em cima — digo a ele.

Ele choraminga.

Solto um suspiro e me abaixo, passando o braço sob a bunda dele e o levantando para o colchão. O sr. Ranzinza se deita sobre meus pés com um suspiro.

Volto a me deitar com as mãos sob a cabeça, encarando o teto. Neste momento, eu sinto falta do ruído constante de Nova York. O guincho dos freios do metrô. As sirenes ao longe. O zumbido do tráfego ou as pessoas falando ou a TV de um vizinho. Lógico, era claustrofóbico na maior parte das vezes, mas pelo menos também me distraía dos meus próprios pensamentos.

Aqui, só há o chiado do sr. Ranzinza e o trinado dos grilos do lado de fora da janela aberta. Estou tão ciente da minha própria respiração que chega a incomodar. Meus pensamentos se reviram na cabeça. Uma série de *por que por que por que*.

Eu me inclino e pego o celular na mesinha de cabeceira. Meu polegar paira sobre o ícone de mensagens. Ainda não sei como responder ao emoji de joinha do Ian. Não sei como explicar a noite de hoje. Como explicar Michael. Como explicar qualquer coisa.

Então, em vez disso, abro o Instagram. Quero distração, porém, mais do que isso, quero ver Nova York. Quero ver minha vida em Nova York. Quero uma lembrança daquele barulho — de tudo que me fez ir embora de Nova York — para que eu possa parar de me sentir sozinho neste silêncio, apenas com o ronco do sr. Ranzinza e os grilos para me fazer companhia.

Meu post mais recente é uma selfie do aniversário da Olivia, todos nós reunidos na mesa enquanto Ian segura meu celular porque ele tem os braços mais compridos. Rapidamente rolo pela tela. Preciso de algo mais antigo, algo mais distante que não esteja tão sensível. Rolo por fotos dos shows de stand-up de Olivia — a maioria borrada porque estava escuro demais para meu velho celular focar nos comedy clubs apertados. Rolo por uma selfie de todos nós na Parada do Orgulho de Nova York — Olivia e Joan com um arco-íris de glitter no rosto, Ian com um boá de penas e uma regata arrastão, e eu usando apenas uma camiseta comum e calça jeans porque nunca consegui me enfeitar demais.

Passo cada vez mais rápido pelas imagens, velhas festas de aniversário e piqueniques no parque Prospect e aquela vez em que todos esculpimos abóboras no antigo apartamento de Ian, que então ficou cheirando a abóbora crua por semanas. Sigo cada vez mais rápido, até anos passarem em segundos. Até que, finalmente, chego à primeiríssima foto que postei.

É uma selfie de mim e Olivia na frente da fonte do parque Washington Square. Está ensolarado, e eu estou usando meu antigo casaco de lã azul-marinho e óculos ovais. Olivia está de suéter e um colete puffer; em vez das longas box braids, ela está usando tranças twists curtas.

Essa foto é da faculdade. Primeiro ano. Eu sei antes mesmo de olhar a data do post, porque perdi aqueles óculos no fim do primeiro semestre. Não é à toa que a qualidade da foto parece meio granulada.

Isso foi antes de eu me assumir para minha mãe. Antes de começar a tomar hormônios. Antes de fazer a mastectomia. Quando a bolha em que eu existia como um cara trans era muito, muito pequena.

Da época em que a única pessoa para quem eu havia me assumido era Olivia.

* * *

Eu me convenci a não ir para aquele encontro queer pelo menos cinco vezes, incluindo quando estava literalmente a caminho de lá. Era o final da semana de orientação e Manhattan ainda estava quente e úmida, mas pelo menos os dormitórios meio vazios já estavam enchendo conforme os veteranos começavam a chegar no campus. Eu passei a orientação me sentindo inquieto para as aulas começarem logo, porque não demorou muito para eu determinar que não era nem um pouco bom na orientação. Eu me senti atrasado a semana inteira. Grupos de amigos se formaram enquanto eu ainda estava me perdendo tentando encontrar o caminho de volta até o dormitório. Aconteceram festas que eu nunca nem soube que estavam rolando até minha colega de quarto voltar muito depois da meia-noite e me dizer que ela esteve em uma festa. Era como o início do ensino médio de novo, mas com muito mais bebida e maconha.

Além disso, havia toda a situação em que dividir o quarto com uma garota estava deixando ainda mais óbvio para mim que, na verdade, eu não era uma garota.

Mas, ainda assim, quando vi o panfleto anunciando um encontro de estudantes LGBTQ+, todos os gêneros e sexualidades bem--vindos... ainda me convenci de que não deveria ir. Eu me convenci de que não *sabia* de verdade. Disse a mim mesmo que não tinha certeza e provavelmente teria apenas cinco pessoas e seria super-desconfortável *e, e, e...*

Mas *todos os gêneros* foi algo que ficou na minha cabeça.

Então eu fui. Entrei em uma das salas de estudantes em um prédio do qual mal vi o nome, porque eu ainda não sabia onde ficavam as coisas no campus. E não tinha apenas cinco pessoas. Era uma sala cheia de gente. Pelo menos trinta. Algumas sentadas nos sofás e cadeiras, outras de pé, algumas conversando e rindo, e outras nos cantos observando, como eu. Em uma parede havia um cartaz de papelão escrito à mão dizendo Boas-vindas estudantes lgbtq+, com marcador colorido e muito glitter.

Eu não tinha ideia de como seria uma sala cheia de pessoas queer. Muitas das garotas tinham cabelo curto. Vários dos rapazes usavam camisetas bem cavadas. Definitivamente havia mais brincos do que a média para população em geral.

Uma garota de cabelo curto e brincos longos subiu numa cadeira com as mãos em concha ao redor da boca.

— Beleza, pessoal, escutem! — gritou ela. — Meu nome é Bree, sou do terceiro ano e gerencio a Aliança de Estudantes LGBTQ+ com o Rickie ali.

Ela apontou para um cara alto e magricela de pele marrom-clara que usava argolas douradas nas duas orelhas. Ele acenou.

— Já que isso é um encontrinho, achamos que vocês precisam de fato *se encontrar* uns com os outros para se conhecer. Então vou pedir para todo mundo fazer um círculo, e vamos facilitar as apresentações.

Quase fui embora. Tinha mudado de ideia. Conhecer pessoas parecia uma ideia terrível. Havia atividades para quebrar o gelo se aproximando — eu podia sentir. E odiava esse tipo de coisa. Sofri com uma rodada de atividades assim que cheguei no internato. Foi horrível.

Mas um círculo já estava se formando, as pessoas se alinhando ao meu redor. De alguma maneira eu me juntei a elas sem nem querer. E então Bree estava andando pelo círculo, rotulando-nos como "um" ou "dois", e eu não podia ir embora sem que fosse muito óbvio. E ser óbvio pareceu pior do que participar da atividade para quebrar o gelo.

Então me mantive no lugar, tão ansioso que estava prestes a vomitar, conforme Bree instruiu os números um a se virarem para a pessoa à direita e se apresentar.

Eu estava definitivamente dissociando. Meu cérebro parecia a milhares de quilômetros de distância quando me virei para a garota negra ao meu lado e disse:

— Oi, eu me chamo Darby.

A sala era uma cacofonia de vozes, todo mundo se apresentando, e ela disse:

— Eu me chamo Olivia.

Assenti, tentando pensar em algo mais para dizer para que não ficássemos nos encarando sem jeito.

— Então, você é…

— Eu sou bi — disse Olivia.

Ela falou como se fosse ao mesmo tempo fácil e ela estivesse desesperada para dizer isso em voz alta.

Fiquei boquiaberto. Eu estava prestes a perguntar se Olivia era caloura, já que nitidamente nem todo mundo ali era. Talvez ela tivesse pensado que eu fosse dizer outra coisa, com todo o barulho das pessoas conversando. Ou talvez só quisesse me contar que é bi porque não era nada de mais, porque estávamos em Nova York, porque esse era o tipo de espaço em que as pessoas contavam coisas desse tipo com facilidade.

No fim das contas, não era tão importante, porque eu precisava decidir o que responder. E ou eu deixava nós dois envergonhados ao dizer a ela que não era aquilo que eu estava perguntando… ou podia compartilhar minha verdade com ela e tentar, com muita dificuldade, lhe confiar isso.

— Eu sou trans — disse ao mesmo tempo em que Olivia falou:

— Você não precisa me contar nada.

Nós nos encaramos. Eu não conseguia respirar. Meus pulmões não expandiam. Será que ela tinha me ouvido? Eu deveria falar de novo? Isso deixaria a situação mais esquisita?

Então Olivia abriu um sorriso.

— Desculpa — disse ela, rindo. — Que legal. Quais são os seus pronomes?

O ar soprou numa rajada para dentro dos meus pulmões e minha adrenalina despencou tão rápido que me senti tonto. Jamais havia me permitido imaginar assim tão longe. "Quais são os seus pronomes?" Eu nunca sequer pensara nisso. Percebi, em um estalo desconfortável, que ainda raspava as pernas e as axilas. Eu usava um top esportivo e gostava que ele deixava meu peito com um aspecto mais chato, e a camiseta que eu estava usando era alguns números maiores, e a calça jeans que eu vestia na verdade era da seção masculina — mas eu definitivamente não estava usando cueca.

Eu não tinha direito de usar pronome masculino. Tinha?

Mas eu não era uma garota. E toda vez que me deixava existir — mesmo que apenas na minha cabeça — como homem, fingindo que era assim que o mundo me enxergava...

Aquelas eram as únicas vezes em que não me sentia uma fraude.

— Pronome masculino — falei, e imediatamente me perguntei se aquela era a coisa certa a se dizer. — Ele, dele.

Melhor assim?

Olivia assentiu rapidamente, quase com entusiasmo.

— Beleza. Legal. Eu só uso ela, dela.

— Certo. Ok.

Nós nos encaramos mais um pouco. Meu coração estava batendo tão forte que eu podia escutá-lo nos ouvidos, mais alto até do que as vozes das pessoas ao redor.

Eu tinha acabado de me assumir.

Eu tinha contado para essa completa estranha que sou trans.

E ela acreditou em mim.

Olivia franziu a testa.

— Você está bem?

Não. Eu sentia que estava prestes a desmaiar. Ou ter um ataque de pânico. Estava suando, quente demais, e meu coração estava tentando martelar até sair do peito.

— Sim. Eu só... nunca falei isso para ninguém antes.

As rugas na testa dela desapareceram.

— Legal. Eu também ainda não contei para muitas pessoas.

Passamos por mais algumas perguntas introdutórias, e, mesmo que eu não achasse que fizesse amigos com facilidade — provavelmente porque havia passado os últimos sete ou oito meses sozinho —, depois de me assumir pela primeira vez, todo o restante pareceu moleza. Olivia contou que era do Bronx. Eu disse que era de Illinois. Ela não fazia ideia de onde isso ficava. Nós éramos calouros e até estávamos no mesmo dormitório, apenas em andares diferentes.

Olivia estava me contando sobre seu lugar favorito para comprar bagels perto da NYU quando Bree voltou a subir na cadeira e nos informou que iríamos nos virar para a pessoa do outro lado e, dessa vez, tínhamos que compartilhar um sonho ou objetivo para aquele semestre.

Minhas mãos ficaram úmidas. Eu não fazia ideia de quais eram meus sonhos ou objetivos. Até aquele momento, tudo que eu queria era sobreviver a todas as disciplinas e obter notas decentes, como se isso fosse provar que eu pertencia àquele lugar. Mas eu havia acabado de me assumir. Tinha inventado um novo Darby — ou finalmente descoberto o Darby que esteve lá aquele tempo todo.

E talvez fosse cafona, mas o mundo de repente parecia muito mais amplo. E eu não me sentia nem um pouco pronto para compartilhar nada daquilo com um estranho aleatório. Assumir-me para Olivia foi o bastante para um dia só.

Será que as pessoas na Costa Leste falavam tanto de si assim tão rápido?

A julgar pela expressão de Olivia, não falavam não. Ela parecia paralisada de tanto medo.

Ela olhou para mim.

— Ei, quer ir comer uma bagel agora?

Pisquei tentando entender.

— Quer dizer, tipo, ir embora?

Ela mordeu o lábio e olhou de relance para Bree.

— Eu meio que odeio esse tipo de coisa — confessou ela. — Só queria mesmo conhecer outra pessoa queer, mas, tipo… isso já é demais.

— Sim — concordei. Dessa vez, meu coração estava acelerado por um motivo diferente. Pela primeira vez em muito tempo, me sentia animado. Eu me sentia esperançoso. Acho que devia ser muito triste estar tão entusiasmado porque alguém queria ir comer bagel comigo, mas estava. — Vamos nessa.

Então fomos. Disse a mim mesmo que estava tudo bem — havíamos tirado números "um" e "dois", o que significava que ninguém ficaria sem uma parceria. E, de qualquer jeito, Bree não pareceu se importar ou sequer perceber que nós nos viramos e saímos da sala.

Acho que Olivia e eu estávamos meio estressados, ou um pouco agitados, ou havíamos apenas passado tempo demais em dormitórios minúsculos, desejando desesperadamente que esfriasse lá fora, porque caímos na gargalhada assim que saímos da sala.

— Eu nem sei qual seria meu objetivo — confessei.

— Cara, eu não tenho objetivos, eu vivo no *momento* — disse Olivia, ainda rindo.

Eu não soube dizer se ela estava brincando ou não, mas, naquele momento, eu não ligava.

Apoio o celular virado para baixo sobre o peito e fecho os olhos, pensando em todas as pequenas coisas que aconteceram depois que me assumi para Olivia. Parei de me depilar. Comprei pela internet meu primeiro binder. Ian me levou até o barbeiro que ele frequentava e eu fiz um corte de cabelo masculino. (O barbeiro mal falou três palavras o tempo inteiro. Foi ótimo.)

Tudo isso tinha acontecido naquele primeiro semestre — que passou voando e ao mesmo tempo pareceu durar um milhão de anos. No final, fui para casa durante o Natal e me assumi para minha mãe.

E então, quando voltei para Nova York, Olivia e Ian fizeram compras comigo. Nós fomos para a grande Target no Brooklyn porque era barato, e eu comprei um monte de roupas novas. Da seção juvenil masculina. Eu era baixo demais para quase tudo na seção masculina adulta.

Liguei para o centro LGBTQ+ e achei um terapeuta com um bom preço, porque eu não podia começar a transição sem que um terapeuta me desse permissão e escrevesse uma carta formal. Para garantir que eu não estava só de brincadeira e *passando por uma fase* — como se ser chamado pelo pronome errado constantemente por professores fosse um hobby divertido.

Foi horrível e maravilhoso e aterrorizante, e mesmo com *tudo isso*... amei Nova York. Amei perambular pelo mercado sazonal na

Union Square com Olivia e Ian. Amei pegar o metrô com eles nos fins de semana — indo para onde quer que Olivia houvesse decidido que deveríamos ir, já que ela era a única de nós que conhecia a cidade naquela época. Nós andávamos pelo Museu Metropolitano de Arte, pagando só uns trocados porque deixavam estudantes fazerem isso. Líamos os textos do curso no Central Park. Comprávamos fatias de pizza e estudávamos de última hora para as provas finais em cafeterias lotadas, e tudo pareceu como a fantasia do que Nova York deveria ser.

Esfrego os olhos. Não consigo pensar em um momento em que eu tenha parado de amar a cidade. Não consigo me lembrar exatamente quando o metrô parou de ser emocionante e começou a ser mundano. Ou quando meu apartamento ficou pequeno e desagradável demais. Talvez fosse inevitável. Resultado de muitos anos mal conseguindo pagar pelas coisas, envelhecendo e sentindo que existia uma lista de coisas que eu deveria estar conquistando. Comprar uma casa, conseguir um emprego estável que também deveria ser minha paixão, ter um carro, me casar, ou pelo menos encontrar alguém...

Começou a parecer que nenhuma dessas coisas aconteceriam em Nova York. Eu me relacionava ocasionalmente — uma garota na faculdade durante alguns meses, um cara na pós-graduação por mais algum tempo —, mas nada parecia durar de verdade. Havia sempre algum pedaço de mim que nunca parecia fazer sentido para as pessoas.

E eu nem mesmo sei se preciso de alguém, da casa, do Emprego dos Sonhos no mercado editorial ou no mundo acadêmico, ou seja lá o que for que eu achava ser minha paixão. Só sei que estou sentindo falta de algo. Como se eu tivesse passado os últimos doze anos cuidadosamente montando um quebra-cabeças, só para faltar uma peça no final.

Minha mente vagueia de volta para a Livraria Entre Mundos, para a versão de mim mesmo que eu vi atrás do balcão, para as datas nos jornais e a locadora do outro lado da janela.

Pego meu celular de novo. A tela brilha no escuro. Terça-feira, 23 de agosto, 22h34.

A brisa soprando pela janela de repente fica gelada.

Hoje, quando entrei na livraria, era 23 de agosto — a mesma data de hoje, no presente. Não conferi os jornais ontem. Será que era 22 de agosto? E amanhã vai ser 24 de agosto?

Porque, se o tempo dentro da livraria avança como aqui, só que treze anos antes...

Então talvez eu tenha chance de descobrir o que aconteceu comigo e Michael, mesmo se Michael — o que está aqui e agora — não me contar. Talvez eu possa perguntar para a versão mais nova de mim na livraria. Não posso perguntar assim *tão* diretamente. Não posso entrar na loja e dizer: "Ei, me conta por que você está prestes a ter uma briga monumental com seu melhor amigo".

Mas posso perguntar *algo*. Talvez possa descobrir o suficiente para conectar os pontos, e se eu souber o que fez tudo desmoronar entre a gente, talvez possa descobrir como consertar as coisas.

E eu entrei na livraria duas vezes desde que cheguei em Oak Falls. Em ambas as vezes, viajei no tempo. Parece razoável presumir que farei isso de novo quando voltar amanhã.

E eu vou voltar.

Tenho que voltar.

Coloco o celular sobre a mesinha de cabeceira. Apoio os óculos sobre ele. E então fecho os olhos e repito para mim mesmo várias vezes, como se fosse algo em que me ancorar:

Amanhã eu vou voltar.

CAPÍTULO TREZE

24 DE AGOSTO

Desta vez, seguro a respiração quando atravesso o umbral da Livraria Entre Mundos. Apenas para ver se sinto o instante em que acontece. O momento em que eu *viajo*.

No fim parece que estou atravessando qualquer outra porta para qualquer outra loja. Não sinto nada. O sininho toca, a porta range ao se fechar atrás de mim e aqui estou. É quase mundano.

Exceto que quando eu tiro o celular do bolso, pisca mais uma mensagem de bateria baixa e então ele desliga.

Um calafrio percorre minha espinha.

Enfio o aparelho de volta no bolso e olho para o balcão. Está vazio. Então eu espero, arrastando a ponta do sapato no piso, sem prestar atenção. Talvez meu eu mais novo esteja no estoque, como da última vez em que estive aqui.

Mas conto dez longos segundos agonizantes e ninguém sai de lá.

Merda. Talvez meu eu mais novo não esteja aqui. Houve um dia em que não trabalhei, na última semana antes de ir para o internato?

E então me vem um pensamento mais assustador: *Será que ainda estou naquela semana?*

Viajei para outro dia completamente aleatório?

Eu me viro na direção do estande de revistas e jornais e pego o jornal mais próximo, uma cópia do *Oak Falls Sun*. A data no topo diz *segunda-feira, 24 de agosto, 2009*.

A mesma data de hoje. Ou... a versão de hoje que existe do lado de fora da livraria. É quarta-feira lá fora, mas também 24 de agosto, que é o que importa. Levanto o olhar para o relógio de livro acima da porta do depósito. Os ponteiros marcam 10h30. Meu celular dizia 10h28 quando olhei antes de entrar.

O que significa que é a mesma hora aqui dentro e lá fora. Na mesma data.

O tempo está se movimentando em paralelo.

Devolvo o jornal para o estande e vou até o balcão, apoiando as mãos nele, me esticando meio sem jeito, tentando bisbilhotar o interior do depósito. Mas tudo que consigo ver são algumas caixas empilhadas perto da entrada e uma fileira de ganchos para casacos.

Mordo o lábio, olhando ao redor da loja silenciosa, então passo pela mesa de lançamentos e ando ao longo das fileiras de prateleiras, olhando para cada corredor. Ninguém mais parece estar aqui. Não vejo nenhum cliente dando uma olhada nos corredores pelos quais eu passo, mas talvez isso não fosse assim tão incomum para as 22h30 em uma segunda-feira de manhã. A Livraria Entre Mundos costumava ficar mais movimentada nos fins de semana.

Sinto o peito apertado de ansiedade quando chego à última fileira de prateleiras — uma seção de não ficção.

E ali estou eu. A versão mais nova de mim. Agachado sob uma placa escrita à mão que diz BIOGRAFIA, tirando livros das prateleiras e recolocando-os em lugares diferentes. Reorganizando em ordem alfabética. Exatamente como eu fiz naquele dia em que Michael e Liz vieram até a livraria.

Exatamente como eu *farei*. Nada disso aconteceu para essa versão de mim.

Estremeço de novo, apesar de não estar com frio.

Hoje, meu eu mais jovem está usando calça jeans, tênis Adidas gastos e uma camisa polo listrada muito grande. Tá bom, então talvez eu sempre tenha tido uma inclinação para o estilo maurici-nho de camisa polo. Ou eu só queria muito parecer o Zac Efron. Eu me lembro de olhar para fotos dele nas revistas de celebridades que a livraria tinha (porque vendiam, como Hank resmungava, não porque ele gostava delas) e sentir um desejo profundo de ter aquela aparência. Pelo visual do cabelo desse Darby mais novo, parece até que eu fiz um esforço para que ficasse *ondulado*, mas acabou parecendo mais um estilo "estufado-meio-pântano-no-verão-do-Centro-Oeste".

Passo a mão em meu próprio cabelo automaticamente, como um reflexo, me assegurando de que ele não se parece mais assim. Posso não ter mais nada resolvido, e meu cabelo ainda pode ondular para tudo que é lado quanto está muito úmido, mas pelo menos tem uma aparência melhor do que *aquilo*. Agradeço a Deus por Ian e seu barbeiro caladão. A cabeleireira da minha mãe parecia nunca saber direito o que fazer com meu cabelo e nunca acreditava que eu não queria que ficasse "fofo e feminino".

Algo afiado retorce no meu peito. Tinha me esquecido daquela polo listrada até este momento. Eu a comprei porque pensei que todas as listras pudessem ajudar a esconder meus seios. Achei que o tamanho maior ajudaria também.

Não sabia *por que* eu queria esconder os seios. Só sabia que queria. Eles pareciam uma parte do meu corpo que alguém havia criado como uma pegadinha.

Jovem Darby olha de relance e me percebe ali à espreita no fim do corredor.

— Oi. Posso ajudá-lo?

Logo abaixo a mão para a lateral do corpo. Não sei dizer se meu eu mais jovem me reconhece de ontem e anteontem. O rosto de Darby está sem expressão, as sobrancelhas levemente erguidas.

Engulo em seco. *Isso é estranho. Isso é tão estranho.*

— Estava pensando se você pode me ajudar a encontrar um livro.

Ele desliza um livro de volta para a prateleira e se endireita.

— Lógico. O que você está procurando?

— Não me lembro do título — digo. — Mas é o primeiro livro de uma série e o protagonista se chama Percy Jackson.

O rosto de Darby se ilumina em reconhecimento.

— Ah, sim, sei muito bem de qual livro você está falando.

Solto a respiração, aliviado. Eu poderia ter pesquisado no Google, imagino. Isso teria sido inteligente, mas na verdade nem importava se meu eu mais novo sabia de qual livro eu estava falando ou não. A questão não é o livro. Eu só precisava de um jeito para iniciar a conversa — algum motivo para falar com meu eu mais novo que não fosse esquisito e suspeito. Jovem Darby não faz ideia de quem eu sou, e se eu entrasse e começasse a fazer perguntas sobre Michael, seu amigo, isso acabaria muito rápido em um cenário de alerta de perigo ao ser abordado por um estranho.

Então… livros. A coisa sobre a qual eu poderia perguntar eram livros.

E posso não me lembrar do título, mas me lembro dos livros do Percy Jackson. Li todos eles. Eu era obcecado. E, mais importante, Michael leu alguns também. Nós lemos o primeiro livro da série juntos no verão antes de começar o ensino médio, sentados no corredor da Livraria Entre Mundos. Não lembro quem de nós encontrou primeiro. Mas nós nos sentamos ali no chão, ao lado um do outro, com as bordas da prateleira atrás de nós marcando nossas costas, e lemos o livro inteiro. Foi a primeira vez que fizemos aquilo — lemos juntos nos corredores da livraria.

— Por aqui — diz Darby, e passa por mim, tão perto que a manga da camisa polo listrada roça no meu braço.

Tenho que resistir ao impulso de estender a mão e dar uma cutucada no meu eu mais novo, só para provar que essa versão de mim é *real*.

Jovem Darby vai até a seção juvenil do outro lado da livraria e eu o sigo. É estranho observar essa versão minha se movimentar por aí. Ver o modo como eu tamborilo dois dedos no polegar, sem prestar atenção, e perceber que ainda faço isso como um tique inconsciente. Ver o modo como curvo os ombros para a frente, escondendo o peito, e lembrar do momento em que percebi, depois de fazer a mastectomia, que minha postura ficou diferente.

Altiva, foi o que Olivia disse.

— Deve estar aqui em algum lugar — comenta Darby, e se vira para uma fileira de prateleiras perto da entrada da loja, arrastando um dedo pela lombada dos livros, e então se abaixa e pega uma edição em brochura. — Aqui está.

Estendo a mão e pego o livro do meu eu mais novo. Meu olhar é atraído pelos vincos na pele de seu pulso — os mesmos que eu tenho. A pinta no polegar.

Arrepios sobem pelos meus braços.

— Obrigado.

Pego o livro rapidamente, torcendo para que ele não perceba a estranha similaridade das nossas mãos. Pelo menos as minhas são um pouco mais... peludas.

Deus, isso é tão estranho.

Olho para a capa do livro. Reconheço de imediato — uma expansão de azul-esverdeado com uma criança de camiseta laranja, segurando uma espada, em pé no oceano com água até os joelhos enquanto um raio estoura sobre a cidade. Minha respiração para. O livro é tão real e tão familiar nas minhas mãos que quase consigo me ver sentado neste corredor, de pernas esticadas, com Michael ao meu lado (com as pernas dobradas porque elas eram muito longas para a largura do corredor), nós dois lendo e de vez em quando nos inclinando para ver onde o outro estava na história.

— Esse é o livro certo?

Ergo o olhar. Jovem Darby está me encarando com um tipo de expectativa nervosa.

Empurro a memória de Michael para fora da minha mente.

— É, acho que sim. Eu... é para o meu primo. Ele pegou na biblioteca e gostou muito, então contou para o melhor amigo, que agora quer muito ler, então pensei em comprar um exemplar para meu primo para que os dois possam ler juntos. Ao mesmo tempo.

Estou tagarelando, inventando uma história toda, mas não pensei que chegaria até aqui. Cheguei a decidir que deveria perguntar sobre *O ladrão de raios*, porque me lembrei de ler esse livro com Michael, e então eu descobriria como passar disso para perguntar sobre o

Michael. Parecia difícil planejar com antecedência sem saber o que a minha versão mais nova diria ou se a Entre Mundos teria esse livro. Eu disse a mim mesmo que poderia me virar. Descobrir na hora.

Estou me arrependendo disso agora.

— Ah, que legal. — Há um tom de animação na voz de Darby.

— Na verdade, eu fiz a mesma coisa. Quer dizer, não peguei o livro na biblioteca, mas li isso ao mesmo tempo com meu amigo Michael. Nós passamos uma semana nos chamando de Percy e Grover. — O rosto do meu eu mais novo fica vermelho de repente. — Foi meio bobo, tipo, a gente tinha 14 anos, mas...

Mordo o lábio para evitar sorrir. Havia me esquecido disso. Eu acabei sendo Percy e Michael, Grover, depois que ele argumentou intensamente sobre como seria legal ser um sátiro em segredo. Dava um frio na barriga toda vez que ele me chamava de Percy — como se eu estivesse me encontrando em algo.

Mas eu sempre havia gostado de coisas inventadas. Gostava de livros. Gostava de filmes. Gostava de inventar histórias. Foi o motivo de eu ter estudado letras na faculdade. O motivo pelo qual estudei literatura e pensei em trabalhar no mercado editorial.

Então, disse a mim mesmo que era apenas... isso. Invenções. E talvez eu fosse um pouco velho demais para isso. Mas não era mais do que isso.

— Michael parece ser um bom amigo — comento.

Darby me olha sem reação.

— Hã, é. Acho que sim.

— Vocês leem mais algum outro livro juntos? Ou, tipo, assistem a seriados de TV ou filmes juntos?

Agora meu eu mais novo parece um pouco desconfiado.

Merda. Estou fazendo a coisa que estava tentando *não* fazer — estou deixando meu eu mais jovem alerta. Fazendo perguntas pessoais demais para esse adolescente que eu não devia conhecer.

— Desculpa. — Sorrio, mas parece vacilante. — Eu só estava pensando que talvez você tivesse mais recomendações de livros ou, tipo, recomendações de seriados de TV que meu primo gostaria.

— Ah. — Ele ainda está me olhando meio desconfiado, mas parece aceitar essa explicação. — Hã, quer dizer... Michael e eu assistimos muito *Buffy*, acho.

Isso não está me ajudando em nada. Não sei como transformar *Buffy, a Caça-Vampiros* em: "Por que tudo está prestes a desmoronar com seu melhor amigo?". Olho de volta para o livro em minhas mãos. Outra coisa me ocorre.

— O que Michael achou desse? — pergunto, exibindo o livro.

O olhar de Darby salta para a capa e então de volta para mim.

— Ele gostou. É uma série. Bom, acho que você sabe disso. Nós lemos os primeiros livros juntos. Ou, tipo, ao mesmo tempo. Mas ele gosta mais de quadrinhos agora.

Minha versão mais nova mal suprime o revirar de olhos.

Tento não sorrir.

— Quadrinhos não são a sua praia?

Ele dá de ombros.

— Não sei. Acho que eu só não gosto muito de super-heróis.

Olho de volta para o livro que estou segurando.

— Percy Jackson não é um super-herói?

Jovem Darby fica em silêncio por um momento.

— Acho que eles sempre pareceram mais com pessoas reais. — Sorri tímido e então dá de ombros de novo. — Enfim. Michael me perguntou o que aconteceu no último livro de Percy Jackson. E eu passei, tipo, uma hora explicando o livro quando estávamos nas Cataratas.

O rosto de Darby fica rosado de novo, como se isso fosse informação demais para compartilhar.

Minha mente se concentra na lembrança das Cataratas. Na copa frondosa, no rugido da água e os sulcos recortados de pedra sob mim quando estou deitado de costas...

— Você... quer comprar esse livro? — pergunta minha versão mais nova, olhando para a edição em minhas mãos.

Certo. Falei que compraria para meu primo. E se eu colocar de volta na prateleira agora, Jovem Darby provavelmente vai ficar meio chateado. Fiquei tão apegado a esta livraria quando trabalhei aqui. Parecia ser a única constante — a coisa que esteve na minha vida desde sempre e nunca mudou, nem mesmo depois que voltei do internato e perdi Michael.

Solto a respiração. Ainda não estou nem um pouco perto de descobrir o que aconteceu — ou o que está prestes a acontecer — com Michael.

Mas não consigo pensar no que dizer, e se eu ficar aqui parado por mais tempo, meu eu mais novo vai ficar desconfiado de novo.

— Sim. Hum. — Gesticulo com o livro meio sem jeito. — Eu vou levar.

— Eu cuido disso.

Jovem Darby se vira para o caixa e eu o sigo.

Meu olhar segue para a vitrine enquanto ando até o balcão. Lá está a locadora de vídeo de novo. Embaixo da placa LOCADORA DA RUA PRINCIPAL está uma faixa que não estava lá ontem: ABERTURA DA TEMPORADA DOS CHARGERS DE PLAINVIEW. Embaixo das letras azuis brilhantes está o mascote do colégio — um touro azul enfurecido. Uma mensagem em letra menor sob o touro diz: SEXTA-FEIRA, 28 DE AGOSTO, 19H. SORTEIO DE UM MÊS GRÁTIS DE ALUGUÉIS DE VÍDEOS!

Futebol americano.

Michael fazia parte da fanfarra.

Isso me dá uma ideia.

— Você vai naquilo?

Aponto para a vitrine.

Darby segue meu olhar e não parece muito animado.

— Não curto muito futebol. Mas meu amigo Michael está na fanfarra, então… sim. Eu vou. Vamos tentar ganhar o mês gratuito de aluguel de vídeos também.

Beleza. Então não deve haver nenhum atrito entre mim e Michael aqui, no dia 24 de agosto. Eu odiava jogos de futebol. Era a representação de todas as partes de Oak Falls nas quais eu não podia me misturar — todas em um único lugar e no volume máximo.

Se eu estava indo só para apoiar Michael na fanfarra, então as coisas estavam bem entre a gente. Melhor do que bem. Nós éramos melhores amigos.

— Você estuda no colégio Plainview? — pergunto.

— Sim. — Sua voz diminui para um murmúrio. — Infelizmente.

Olho para meu eu mais jovem com surpresa. Eu sei que não gostava do ensino médio. Óbvio que sei. Assim que Greta Doyle apareceu com peitos no primeiro ano, o que todo mundo começou a comentar logo de cara, foi uma longa queda para: quem estava beijando quem, quem achava quem gostoso, quem era legal porque todo mundo achava que a pessoa era gostosa, e quem... não era.

As garotas que haviam sido minhas amigas começaram a se vestir de modo diferente, usar maquiagem e falar de garotos que elas gostavam, e eu me senti como se tivesse perdido uma etapa. Como se todas houvessem descoberto uma entrada secreta para um novo tipo de feminilidade e eu ainda estivesse perambulando do lado de fora do prédio em busca da porta.

E, no fim, eu não sabia nem mais como falar com elas. Em vez disso, passava todo o tempo com Michael.

Então eu sabia que não gostava do ensino médio. Só... não havia esperado que meu eu mais novo fosse assim tão sincero. Como se fosse tanta coisa que Darby não soubesse como manter guardado.

— Pelo menos você tem Michael — digo, e não sei ao certo se estou tentando reconfortar Jovem Darby ou a mim mesmo.

— Pois é — concorda ele, suspirando. — Dez e trinta e cinco, por favor.

Pego minha carteira e entrego o cartão.

— Michael gosta do ensino médio?

Ele passa meu cartão e dá de ombros.

— Não sei. Michael é ótimo em não deixar as coisas afetarem ele.

Bom, isso definitivamente não é verdade. Ou, se era nessa época, não é agora. Penso no rosto de Michael quando ele se virou e andou de volta para casa, deixando-me na varanda.

Aquela expressão não pertencia a alguém que não se abalava com as coisas.

— Desculpe. — Darby estende o cartão de volta. — Parece que não está funcionando.

Deixo de lado os pensamentos sobre Michael.

— Sério?

— Parece que o cartão não está ativado ou coisa assim. Você tem outro ou...?

Bem. *Dã*. Estou em 2009. É lógico que o cartão não está ativado. Ele sequer existia. Com certeza não vai ser aceito pela empresa do cartão de crédito.

Pego o cartão do Jovem Darby num gesto rápido porque de repente estou me dando conta de que meu nome está bem ali e minha versão mais nova vai perceber a qualquer segundo e então as coisas vão ficar *realmente* esquisitas.

— Hum. Sim, é um cartão novo. — Eu o guardo de volta na carteira. — Bem, pode ser em dinheiro?

A nota de vinte que eu entrego parece não causar nenhum problema e Darby conta meu troco. A caixa registradora imprime preguiçosamente um recibo. Ele o arranca e o guarda dentro da capa do livro.

— Aqui está.

Minha versão mais nova desliza o livro sobre o balcão.

Eu o encaro. A transação acabou. Preciso ir embora agora. Mas não descobri nada. Mal comecei. Não sei como consertar as coisas com Michael. Não tenho ideia do que está prestes a acontecer ou do porquê.

No entanto, todas as perguntas que surgem na minha cabeça parecem esquisitas.

Como vão as coisas com o Michael ultimamente?

Vocês já brigaram?

Me diga, quais são as chances de você estar prestes a causar uma mágoa colossal no seu melhor amigo?

Mesmo se esse Darby não encarar nada disso como sinal de perigo, meu eu mais novo provavelmente ainda me veria como um esquisitão.

Pego o livro. Mas não consigo me fazer ir embora.

— Imagino que você não esteja sentindo animação com o ano letivo, então?

Digo do modo mais casual que posso, torcendo para não soar como uma pergunta meio invasiva. Torcendo para que eu possa descobrir *alguma coisa* se conseguir estender essa conversa por mais um minuto.

O rosto dele se ilumina.

— Na verdade, meio que sim, mas só porque não vou voltar para Plainview. Vou para um colégio na Costa Leste por um semestre.

Meu coração afunda. Jovem Darby finalmente parece animado com algo, mas só consigo pensar em quanta distância aquele semestre vai colocar entre mim e Michael — em todos os sentidos. Só em como vai ser tudo doloroso quando eu voltar.

— Você não vai sentir falta dos seus amigos? — pergunto com calma.

Jovem Darby olha de relance pela vitrine em direção à faixa dos Chargers de Plainview, e então para o balcão, passando uma unha sobre um amassado na superfície.

— Acho que sim.

Acho que sim?

Isso só faz meu coração afundar ainda mais. O que tem de errado comigo para que "Acho que sim" seja o melhor que posso responder? Isso faz parecer que Michael mal entra em questão.

Ou então eu continuo sendo apenas um completo desconhecido fazendo perguntas pessoais para um jovem.

Aff. Talvez isso não tenha jeito. Talvez seja impossível desvendar por que Michael e eu nos desentendemos quando ainda não aconteceu.

Não. Não posso acreditar nisso. Porque estou aqui. Porque, pela terceira vez desde que voltei, eu entrei nesta livraria e viajei no tempo.

Deve existir um motivo para eu estar aqui.

— Você deve ir para a nova escola logo menos então, certo? — pergunto.

Jovem Darby ergue o olhar.

— É. No dia 1º de setembro.

Eu conto na cabeça. Oito dias.

Então talvez eu não precise descobrir tudo agora. Tenho oito dias. E, se este é o terceiro dia seguido em que voltei para 2009, então é razoável presumir que serei capaz de voltar para cá amanhã, certo?

Jovem Darby não parece achar que eu sou um esquisitão por enquanto. Posso voltar amanhã, procurar outro livro, fazer mais perguntas. Posso conhecer minha versão mais nova. Talvez assim fique mais fácil fazer perguntas sem parecer esquisito.

Como se fosse possível isso ficar ainda mais estranho.

— Quer uma sacola? — pergunta Darby.

— Não, não precisa. — Dou um sorriso. Parece um pouco mais natural. — Obrigado pela ajuda com o livro.

Jovem Darby sorri de volta para mim — e parece genuíno.

— Por nada.

Eu me viro e saio da loja. E me ocorre, bem quando estou passando sob o sininho, que não tenho ideia do que está prestes a acontecer com este livro que estou segurando.

Mas quando piso na calçada, o livro ainda está em minhas mãos, tão novo e intocado quanto estava na loja. Abro a capa e passo o olhar pelo recibo em busca da data: 24 de agosto, 2009.

O recibo também ainda está novo.

Os pelos nos meus braços ficam eriçados mais uma vez.

Fecho o livro e olho ao redor da rua. Estou sob o sol de novo — nenhum sinal das nuvens que vi através da vitrine da livraria. As mães com carrinhos de bebê não estão na Grãos Mágicos, e duas pessoas com notebooks estão na mesa delas.

Preciso pensar. Preciso de um minuto para me sentar em algum lugar e ficar sozinho. Não tenho ideia de que horas são porque meu celular está morto, mas não devo ter ficado mais do que meia hora na livraria. Já me sinto moído.

Olho de volta para o livro nas minhas mãos. As Cataratas. Jovem Darby mencionou as Cataratas e o tempo que passou lá com Michael, contando a ele o enredo do último livro dessa série.

Se preciso de algum lugar para ficar a sós, talvez finalmente seja hora de voltar lá.

CAPÍTULO CATORZE

24 DE AGOSTO

Não me lembro bem *quando* fui pela última vez nas Cataratas. Era só algo que eu fazia regularmente com Michael, até não ser mais. Nem me lembro se passamos algum tempo por lá na última semana antes de eu viajar para o internato.

Lembro da última vez que *tentei* ir para as Cataratas. Era o primeiro dia quente depois que voltei do internato. Contei para minha mãe que daria uma volta no parque Krape, o que era mentira, mas eu sabia que ela não me emprestaria o carro se dissesse que ia subir os velhos degraus até o topo das Cataratas. Ela não achava os degraus seguros. E não eram mesmo. Eles haviam sido isolados com uma corda e uma placa de PROIBIDA A ENTRADA desde que me entendo por gente.

Mas Michael e eu subíamos o tempo todo assim mesmo. E não éramos os únicos — pelo menos nas noites do fim de semana, na formatura ou no baile. As Cataratas eram um local excelente para escapadas românticas. Para ser sincero, o fato de os degraus estarem isolados por uma corda só deixava mais atraente para todo mundo com menos de 25 anos.

Imagino que as Cataratas sejam o motivo do nome de Oak Falls, apesar de nunca ter me importado em tentar descobrir se isso era mesmo verdade. Elas ficam no final de uma das margens do parque Krape, nos limites de Oak Falls. De um lado da estrada Huron está o parque Krape e do outro lado há terras cultiváveis e sem dono. Nesse caso, milharais.

O lado do parque Krape que é mais perto do resto de Oak Falls — o que fica bem do outro lado da rua do novo apartamento da minha mãe — tem um parquinho, uma concha acústica, um carrossel antigo e até mesmo um velho caminhão de bombeiros para as crianças brincarem. Há um gazebo com uma churrasqueira a céu aberto e um monte de mesas de piquenique. E, além disso tudo, há trilhas que serpenteiam para longe através de gramados, campos floridos e uma floresta, que é onde ficam as Cataratas.

Não estava muito quente no dia em que tentei voltar lá. Era o que contava como quente depois de ter passado o inverno em Illinois. Devia estar fazendo uns trezes graus. Metade das pessoas na cidade estava de camiseta.

Não sei ao certo por que queria voltar para as Cataratas. Talvez eu só quisesse outra coisa, além da livraria, que não tivesse mudado. Talvez eu quisesse reivindicá-las como minhas, só por existir ali. Talvez eu só quisesse me torturar um pouquinho. Vai saber. Mas dirigi no jipe da minha mãe, saí da estrada com o carro e segui pelo caminho pavimentado em direção às Cataratas.

Só fiz metade do caminho. Então vi a bicicleta de Michael, encostada numa árvore.

E me ocorreu, com toda a sutileza de uma tijolada, que as Cataratas não pertenciam a mim. Eu não poderia reivindicá-las como minhas, porque Michael já havia feito isso ao estar aqui o tempo inteiro em que eu não estive. É *lógico* que ele passou tempo nas Cataratas enquanto estive fora no internato.

No fundo, tentei me convencer de que ele evitara aquele lugar. Eu disse a mim mesmo que Michael não queria voltar para lá sem mim.

Mas era nítido que eu estava errado. Assim como estive errado sobre todo o resto. Michael provavelmente estava sobre as rochas no topo das Cataratas com Liz, já que ela havia me substituído de todos os jeitos possíveis.

Então eu virei e voltei para o jipe. Fiquei sentado no banco do motorista e chorei. E, de modo egoísta, desejei que Michael e Liz saíssem do parque enquanto eu estava lá, para que Michael me visse chorando e se sentisse mal. E então chorei ainda mais porque desejar isso só me deixou pior.

Chorei até a cabeça doer e os olhos ficarem inchados. Até minha boca ficar com gosto de sal. Até eu ficar esgotado de tanto chorar, e então dirigi de volta para casa.

Não voltei para as Cataratas depois disso. Em vez disso, me sentei no balanço de pneu no quintal e tentei fingir que aquilo parecia tão privado e mágico quanto as Cataratas um dia foram.

O ZUMBIDO DEMORADO de uma cigarra é o único som quando saio do jipe, exceto por um ruído torrencial distante, como ruído branco, da água jorrando do penhasco. Estacionei na lateral da estrada Huron, do outro lado de uma placa cheia de mato que apenas dizia CATARATAS, com uma seta apontando para a trilha de madeira. O estacionamento do parque Krape é do outro lado, perto do carrossel e do parquinho e de partes do parque em que a maioria das pessoas passava tempo.

Atravesso a rua, o exemplar de *O ladrão de raios* em uma das mãos. A temperatura cai pelo menos uns cinco graus quando entro no meio das árvores. O caminho é pontilhado pela luz do sol e tudo cheira a umidade. O ruído torrencial fica mais barulhento, e então as árvores abrem caminho e lá estão as cachoeiras.

Não é tão impressionante quanto o que você pensa quando fala em cataratas. Não é algo que você veria uma foto on-line e pensaria: *Uau, quem precisa das Cataratas do Niágara quando posso ver isso!* Parece apenas… uma cachoeira no meio de um monte de árvores.

Mas, para Oak Falls, é empolgante. Quer dizer, as Cataratas são praticamente a única mudança de altitude no condado inteiro. O terreno por aqui é plano — tão plano que, para um projeto de ciências durante o ensino fundamental, Michael e eu uma vez tentamos descobrir se Oak Falls era mais plano do que uma panqueca. (Resultado: inconclusivo.)

Mas, nesta parte do parque Krape, há uma encosta do penhasco que se ergue a uns doze metros de altura, e a água despenca lá de cima, espalhando-se sobre rochas íngremes cobertas de musgo, formando um córrego que volteia para longe das Cataratas e serpenteia pelo resto do parque. Os degraus são esculpidos na encosta ao lado da cachoeira. Eu não faço ideia da idade deles, mas estão desgastados e arredondados agora, levando até a grande rocha plana no topo — Michael e eu a chamávamos de Sentinela. Um guarda-corpo de metal está aferrolhado à pedra na lateral dos degraus; parece que há mais ferrugem do que qualquer outra coisa a essa altura.

Eu poderia me sentar na beirada do córrego. Não há ninguém aqui. É reservado. Silencioso. Quem sabe eu veja uma tartaruga.

Mas me sinto sobrecarregado e aflito com *tudo* e estou com vontade de fazer algo meio irresponsável.

Então prendo o livro na cintura por dentro da calça jeans e sigo a margem do córrego até a base dos degraus. Seguro o guarda-corpo enferrujado e dou um puxão. Ele não se move. Parece firme o suficiente. Inclino a cabeça para trás e olho os degraus até o topo do penhasco, mas não consigo enxergar nada além das folhas. A Sentinela está escondida atrás de todos os galhos de árvores.

Bom. Aqui vou eu.

Os degraus escorregam sob meus tênis. A névoa me envolve, deixando gotas nos meus óculos. O rugido da cachoeira preenche meus ouvidos e minhas mãos estão úmidas e encardidas quando finalmente alcanço o topo. Há um momento arriscado onde o guarda-corpo acaba e eu preciso meio que engatinhar, me impulsionando para cima da Sentinela, mas consigo chegar lá.

E ali, sentado na rocha a minha frente, vestindo short, uma camiseta esfarrapada e tênis de corrida, está Michael. Porque, ao que parece, o universo está se divertindo pra caralho comigo.

Nós nos encaramos.

Como ele está aqui?

Por que ele está aqui?

— Ah. — Meu coração bate acelerado e eu arquejo em busca de ar. Aquela subida definitivamente foi mais difícil do que eu lembrava. — Oi.

Michael retira os fones de ouvido sem fio.

— Oi.

É chocante vê-lo aqui logo depois de estar na livraria, fazendo perguntas sobre ele. Eu me sinto culpado, como se estivesse falando mal dele pelas costas.

— Desculpa. Não sabia que você estava aqui em cima.

— Não, tudo bem... — responde ele e olha pesaroso para os fones de ouvido. — Não te escutei chegando.

— Bom, posso ir embora.

Acho. Eu me inclino para a frente, olhando para os degraus. Eles parecem muito mais íngremes daqui de cima. Sem dúvida é *possível* descer. Michael provavelmente não teria subido até aqui se não fosse, e é óbvio que costumávamos subir e descer o tempo todo. Mas, neste momento, não consigo me lembrar como.

— Não, não vai — pede Michael. Ele esfrega a nuca, acanhado. — Eu só estava descansando um pouco da corrida. Você... você não precisa ir embora.

Olho de volta para ele, observando os tênis de corrida enlameados e a camiseta e o short de novo.

— Você *corre*?

Ele me olha sem expressão e então abre um sorriso.

— Bom... é mais cooper.

— Tá bom. Você faz *cooper*?

Michael dá risada.

— Sim, eu sei como soa. Na verdade, eu gosto. É um bom jeito de... pensar.

Ele ergue o olhar, encontrando o meu, e tenho certeza de que nós dois estamos nos lembrando que o Michael que eu conhecia odiava correr. Ele tinha que dar voltas no campo de futebol no acampamento da fanfarra e sempre reclamava disso.

— Você ainda toca trombone também? — pergunto.

Ele faz uma careta.

— Credo, não. Larguei assim que entrei na faculdade.

Eu sorrio, mas sinto o rosto meio tenso. Vê-lo aqui nas Cataratas, mesmo esta versão crescida e forte dele… Por um momento me esqueci que já fomos qualquer coisa além de duas pessoas que se conheciam há séculos e costumavam passar tempo juntos aqui, de boas. Mas agora a noite passada está se esgueirando para o espaço entre nós, pairando no ar como a névoa se erguendo das Cataratas.

— Escuta, Michael… — Eu me mexo, desconfortável, o livro esfregando nas minhas costas, e eu o tiro da cintura. — Sinto muito… pelo que eu disse. Ontem. Foi muito gentil da sua parte me convidar e me apresentar aos seus amigos, e eu estraguei tudo. Nós não precisamos falar disso nem nada. Só… sinto muito.

Ele olha para mim, cauteloso, cuidadosamente sem expressão, mas algo passa por seus olhos cinzentos. Aquela mesma coisa ininteligível.

— Tudo bem. — Michael desvia o olhar, baixando-o para os fones de ouvido, brincando com eles nas mãos. — E… sinto muito também. Eu meio que te abandonei.

Tento dar de ombros. Tento mudar o clima.

— Eu tinha minha gasosa.

Ele curva os lábios, mas parece constrangido. Seus olhos pousam no livro em minhas mãos.

— Você veio até aqui para ler?

Olho para o exemplar de *O ladrão de raios*. Está nebuloso através dos meus óculos — a água evaporou quase toda, mas com certeza deixou embaçado.

— Ah. Hum. Não sei. Só comprei isso na Entre Mundos num impulso e… senti vontade de vir até aqui.

Michael franze a testa para o livro.

— Espera, isso… isso é Percy Jackson?

Minhas sobrancelhas se erguem em surpresa.

— É. Você lembra?

Ele olha para mim e seu rosto não parece mais tão cauteloso.

— Percy Jackson? É lógico que lembro.

Michael estende a mão, quase hesitante. Entrego o livro a ele e logo percebo que o recibo ainda está preso nas páginas. O recibo novinho em folha com a data de 2009.

Mas ele não parece notar. Só vira as páginas devagar e com delicadeza. Um sorriso se forma em seu rosto.

— Cara, eu não pensava nisso há séculos. Você terminou a série, né? Acho que me lembro de você falando último livro.

Alguma coisa se contorce no meu peito, sensível e doloroso ao mesmo tempo.

— Isso. Eu li o último livro no verão antes... de ir embora.

Michael pausa. Morde o lábio e então fecha o livro.

— Certo.

Ele me entrega o livro, e eu o pego. Posso sentir a gente se aproximando de novo de seja lá o que for que não podíamos falar ontem à noite. Seja o que for que Michael não quer mencionar.

Engulo em seco.

— Então... e você? Ainda está lendo quadrinhos da Marvel?

Ele solta uma risada pelo nariz e a tensão parece se dissipar de novo.

— Não faço a menor ideia do que está acontecendo no universo da Marvel hoje em dia — responde, inclinando o corpo para trás, se apoiando nas mãos. — Para ser sincero, acho que meus estudantes sabem mais do que eu. Estou oficialmente velho.

— E de Pokémon?

Ele abre a boca e hesita.

Ergo as sobrancelhas.

— Você ainda entende de Pokémon, não é?

— Tá bem. — Michael aponta com um dos fones de ouvido para mim. — Sim, mas só porque esse tipo de coisa gruda na gente. Apesar de que... — Ele solta a respiração. — Talvez eu ainda tenha algumas *action figures*.

— E uma pelúcia, pelo visto.

As orelhas dele ficam vermelhas.

— E uma pelúcia.

— Isso é quase um Pokealtar.

Isso o faz rir — uma risada de verdade, intensa e despreocupada, e tudo dentro de mim fica mais leve.

— Quer dizer, eu diria que eram... lembranças, mas sim.

— Lembranças? Logo você vai chamar de relíquias.

Michael dá de ombros.

— Eles podem ser valiosos algum dia. Sempre fico a fim de levá-los para o colégio, ganhar alguns pontos me enturmando com os estudantes.

Ergo uma sobrancelha.

— Pokémon é legal agora?

Ele faz um beicinho.

— Pokémon sempre foi legal.

Isso tira uma risada de *mim*. Ele está fazendo bico. Por um segundo, quase acredito que temos 16 anos de novo.

E então meio que esgoto o riso e ele parece perceber que está fazendo bico e relaxa os lábios. Nós nos viramos e fitamos as Cataratas.

— Você ainda vem muito aqui em cima? — pergunto.

Michael encolhe os joelhos e os abraça.

— Acho que sim. Quer dizer, não todo dia, mas ainda gosto de vir para cá às vezes.

— Você acha que seus alunos vêm para cá?

Ele faz uma careta.

— Eu tomei a decisão de jamais pensar nisso faz um tempo.

Sorrio.

— Justo. — Meu sorriso desaparece e eu sei que provavelmente não deveria fazer a pergunta que está na minha cabeça, mas não consigo evitar. — Você já veio aqui com outra pessoa?

Estou perguntando de Liz. E estou perguntando em relação a *àquela época* — o último ano do ensino médio.

Michael olha para mim, e mais uma vez não consigo interpretar sua expressão. Não sei dizer se ele sabe do que estou falando de verdade — ou tentando falar.

Ele balança a cabeça.

— Não — afirma Michael e olha de volta para as Cataratas. — Só venho sozinho.

Assinto. A resposta não me faz sentir tão melhor quanto achei que faria.

— Você já voltou para cá? — pergunta ele.

Sinto uma pontada, como se Michael estivesse me dando uma alfinetada. Mas acho que é justo. Acabei de alfinetá-lo.

— Como assim?

Eu sei o que ele quer dizer e nem sei por que estou tentando fingir que não sei, então não fico surpreso quando ele pergunta:

— Você já voltou aqui depois que voltou do internato?

— Não. Acho que me esqueci.

Digo isso ainda encarando a névoa emanando das Cataratas, porque não consigo me forçar a olhar para Michael e mentir. Mas também não consigo me forçar a contar a verdade. Parece vulnerável demais admitir que surtei só porque encontrei a bicicleta dele. Talvez eu esteja preocupado que ele me ache infantil, por ter chorado por tanto tempo no jipe da minha mãe. Ou talvez eu esteja preocupado que, se contar a ele, vou me sentir infantil.

Tudo que Michael diz é:

— Ah.

Será que ele parece decepcionado? Será que estou apenas tentando me convencer de que ele parece?

Ficamos em silêncio por um tempinho, o ruído branco das Cataratas preenchendo o ar.

Então Michael se apoia nas mãos de novo e inclina a cabeça para trás, olhando para a luz do sol pontilhada sendo filtrada pelas folhas.

— Como vai a mudança?

Certo. Mudança de tópico. Estamos chegando perto demais Daquele Assunto de novo.

— Hã... — Tento organizar meus pensamentos. — Bom, eu descobri que minha mãe ainda guarda todas as canecas vergonhosas que já fiz.

Michael olha de relance para mim com a sugestão de um sorriso.

— Ela guardou as canecas de aniversário?

— Cada uma delas.

— Só fique contente por não morar mais perto — diz ele com um suspiro. — Meus pais têm lentamente desovado minhas tralhas antigas lá em casa há anos. Eles não conseguem decidir o que fazer, então agora eu tenho que decidir.

— E... você decidiu?

— Não mesmo. Agora está tudo guardado no *meu* porão.

— Deixa eu adivinhar... uniformes da fanfarra?

Ele grunhe.

— Muitos uniformes da fanfarra.

Minha mente vagueia de volta para a faixa que vi através da vitrine da livraria, pendurada sobre a Locadora da Rua Principal.

— Ainda não consigo acreditar em quantos jogos de futebol eu aguentei só para ver aquela fanfarra de merda tocar no intervalo dos jogos.

— Ei! — exclama ele e me dirige um olhar ofendido. Então dá de ombros. — Na verdade, é, nós éramos uma merda mesmo. Assim como o time de futebol, aliás.

— Aham. Vocês se completavam bem.

— Ai! — reclama ele, mas com um sorriso. — Na verdade, falando em futebol... a abertura da temporada é nessa sexta. Você deveria ir.

Por um segundo, eu só o encaro.

— O quê?

— A abertura da temporada de Plainview — explica Michael. — Futebol do ensino médio? Sexta à noite?

— Sim, eu... — Mas na real não tenho ideia se sabia o que ele queria dizer. Michael me convidar para um jogo de futebol não é exatamente algo que eu esperava acontecer. Ainda mais porque nenhum de nós está mais no ensino médio. — Você vai?

— Bom — diz ele —, eu sou professor, então... sim, eu costumo ir. Enfim, é meio divertido. Sabe, agora que não estou mais no campo tentando tocar trombone.

Sinto como se minha mente estivesse tentando se atualizar, esbarrando no Michael dando aulas no nosso antigo colégio, Michael indo para os jogos de futebol como professor, Michael me convidando para ir com ele...

— É só uma ideia — diz ele.

"Só uma ideia" não é algo que se diz quando você está oferecendo um convite por pena, certo?

"Só uma ideia" faz parecer que ele está mesmo me convidando — como se estivesse deixando a noite passada para trás e tentando de novo. Como se talvez eu não tivesse arruinado com tudo no fim das contas.

— Beleza — digo. — Quer dizer, se você for...

— Passa seu número de celular. — Ele pega o celular do bolso do short. — Posso te mandar os detalhes.

Michael oferece o aparelho para mim, desbloqueado. Parece estranhamente íntimo aceitar. Como se mesmo que eu *não* vá bisbilhotar as mensagens de texto ou fotos ou esse aplicativo chamado AccuWeather (por que o aplicativo comum de tempo não é o bastante para ele?), eu pudesse. Está tudo ali. Pedacinhos de quem Michael é, em um celular nas minhas mãos.

Insiro meu nome e número nos contatos dele e devolvo o aparelho.

— Eu te mando mensagem — diz ele.

Aceno com a cabeça. Tento ser casual com a sensação agitada no peito.

— Ótimo. Obrigado.

O silêncio paira entre nós e então Michael dá um tapa no joelho — outro gesto do Centro-Oeste para *hora de ir* — e se levanta.

— Acho que vou terminar minha corrida e voltar para casa.

— Ah, sim. Lógico.

Eu me arrasto um pouquinho para trás, dando passagem para ele.

— Até mais — diz ele.

— Até.

Michael coloca os fones de ouvido e cuidadosamente gira as pernas sobre a beirada da rocha, virando-se e descendo pelos degraus como uma escadinha, com uma das mãos no guarda-corpo. Ele desaparece de vista bem rápido por trás da encosta porque os degraus são *íngremes*, mas eu enxergo um vislumbre dele através das árvores quando ele chega ao solo — correndo pela mesma trilha na qual andei para cá.

Então ele corre mesmo.

Solto o ar, pegando o exemplar de *O ladrão de raios*. Viro as páginas do jeito que Michael fez, devagar o suficiente para notar nomes familiares conforme eles passam.

Eu provavelmente deveria ir também. Voltar para casa e ajudar minha mãe a empacotar as coisas. Nem sei que horas são, já que meu celular está morto.

Talvez eu precise arrumar um relógio de verdade, se vou continuar voltando à livraria. Mas será que um relógio funcionaria melhor do que o celular? Talvez a bateria também morra.

Solto um gemido, esfregando os olhos sob os óculos. Isso claramente não vai ajudar. Até mesmo o ruído das Cataratas não é capaz de abafar todas as perguntas ricocheteando no meu cérebro.

Mas não consigo me fazer ir embora. Subi o caminho todo até aqui em cima. Quero um minuto só para *estar aqui*. Na Sentinela. Como se eu a estivesse reivindicando, por mais raso e mesquinho que isso pareça.

Eu me deito e espremo os olhos na direção das folhas lá em cima. Não é confortável. A rocha é dura e irregular nas minhas costas. De repente fico consciente demais das minhas omoplatas.

Fecho os olhos assim mesmo, tentando desenterrar memórias de estar aqui em cima com Michael. Até tentando conjurar imagens de Michael sozinho por aqui.

Como se talvez entre essas duas coisas, eu seja capaz de sobrescrever todas as vezes em que o imaginei aqui em cima com Liz, naquele último ano do ensino médio, como se regravasse por cima de uma fita.

CAPÍTULO QUINZE

25 DE AGOSTO

Está chovendo de manhã — o tipo de chuva de verão que faz a temperatura desabar dez graus em vinte minutos e tem cheiro de terra e faz o ar e o piso da cozinha e todas as superfícies que eu toco passarem uma sensação vagamente pegajosa.

Minha mãe e eu estamos na entrada, segurando canecas de café, e observamos a chuva por um tempo, o sr. Ranzinza sentado entre nós.

— Bom — diz minha mãe com um suspiro —, acho que não vamos cortar o balanço hoje.

Olho para as poças se formando no jardim.

— É, eu não vou sair nesse tempo.

Minha mãe se inclina por cima de mim, semicerrando os olhos em direção ao quintal de Jeannie Young.

— Pelo lado bom — aponta ela —, pelo menos você-sabe-quem também não vai aumentar a horda de pinguins hoje.

Sigo o olhar da minha mãe para o quintal da vizinha. Tenho certeza de que Jeannie não aumentou a horda de pinguins desde que cheguei. Pelo menos não no jardim frontal.

Mas, pensando bem, já há tantos pinguins que eu provavelmente não teria notado se mais alguns tivessem aparecido.

— Acho que você vai sentir falta dos pinguins quando se mudar — comento.

Minha mãe só bufa e volta a passos duros para dentro de casa.

Continuo enrolando para voltar à livraria, esperando que a chuva pare. Mas chove a manhã inteira, então eu ajudo minha mãe a empacotar as coisas para doação — roupas que ela não usa mais, velhos casacos, utensílios de cozinha e pratos aleatórios, os esquis do porão.

— Ainda não lembro de ter comprado esquis — comenta ela, enquanto nós os carregamos para a garagem. — Ou de ter ido esquiar.

— Talvez eles tenham vindo com a casa — sugiro.

Ela reflete.

— Acho que isso é possível. Que nem as roupas íntimas no duto da lavanderia.

Apoiamos os esquis no chão.

— Espera... como é?

— Você sabe... no duto da lavanderia!

Quando eu era criança, o duto da lavanderia era algo da nossa casa que sempre me deixava decepcionado por não funcionar. Parecia tão legal — você abre uma portinha no corredor e joga a roupa suja ali dentro, e ela desce por um duto até um cesto lá embaixo. Você nunca precisa carregar um cesto de roupa suja até o porão.

— Espera — digo. — Você me disse que a gente não usava o duto da lavanderia porque *não funcionava*.

— Bom, não funcionava mesmo — responde ela. — Tinha algumas peças íntimas muito velhas no meio do caminho. E é claro que eu não ia tocar naquilo.

— Mãe, você está prestes a vender essa casa.

Ela me dirige um olhar muito inocente.

— E então isso vai ser problema para o novo proprietário.

Ainda está chovendo quando decidimos fazer sanduíches no almoço. E continua a chover depois do almoço, então nós organizamos os livros e os CDs na sala de estar. (Minha mãe não quer se separar de nenhum dos CDs, mesmo que eu tente explicar que ela pode acessar tudo aquilo no celular.)

Quando terminamos de dividir os livros em duas pilhas — livros que vão para o apartamento e livros que minha mãe está planejando dar para o Michael e para a turma dele —, a chuva está finalmente passando, primeiro virando um chuvisco fino e então desaparecendo.

Mas há um pequeno lago no quintal e minha mãe decide que já está sem pique para continuar, então adiamos cortar o balanço de pneu. Ela se senta no sofá para ler, o sr. Ranzinza largando-se ao lado dela, e eu roubo as chaves do carro e vou até o jipe.

Dirijo até a livraria com a janela abaixada, deixando o ar úmido entrar, tão frio que sinto até um calafrio. Os pneus fazem um ruído sibilante no asfalto molhado e as bordas do céu são de um tom rico e profundo de azul. Consigo enxergar listras verticais escuras no horizonte — a chuva caindo muito longe.

As nuvens estão se dissipando quando paro com o carro na frente da livraria. São quase três horas. Espero que o Jovem Darby ainda esteja lá. Não era sempre que eu trabalhava até a hora de fechar porque tecnicamente era um emprego de meio-período. E, de todo modo, Hank sabia que eu ia viajar por um semestre, então ele havia contratado mais duas pessoas para manter a loja funcionando e, no final de agosto, eu estava dividindo o tempo com elas.

Abro a porta e entro sob o barulho do sininho.

Pela primeira vez, a loja não está vazia. Meu primeiro pensamento é que as pessoas entraram para fugir da chuva — antes de olhar de relance pela vitrine para uma rua iluminada e ensolarada e perceber que é lógico que não está chovendo *aqui*.

Não estar vazia ainda não é nada perto de *lotada*. Duas pessoas estão observando a mesa de lançamentos, há um cara perto do estande de revistas e uma mulher que parece um pouco familiar na seção de viagem.

Espremo os olhos na direção dela. Acho que talvez seja professora substituta em Plainview.

Suponho que faz sentido ter mais pessoas por aqui à tarde. Ainda mais no fim do verão. Oak Falls não é exatamente um lugar no qual as pessoas têm costume de viajar nas férias, do jeito que fazem em Nova York, em que a cidade inteira se esvazia em agosto. Mas a família de Michael costumava acampar de vez em quando. Outros jovens da escola viajavam até a cidade de Wisconsin Dells ou para a Disney.

Mas estamos mais para o fim de agosto agora. O primeiro jogo de futebol é na sexta-feira. Qualquer pessoa que estava de férias já deve ter voltado.

Olho de relance para o caixa. Jovem Darby está sentado atrás dele, apoiando os cotovelos no balcão, lendo um livro. O ventilador está apoiado na cadeira de novo, soprando uma brisa estagnada pela loja. Puxo a camisa, sacudindo-a para me refrescar. Está mais quente aqui do que lá fora.

Mesmo que tecnicamente eu tivesse tido a manhã inteira para pensar, ainda não encontrei nenhuma pergunta brilhante para fazer ao meu eu mais novo. Tudo que tenho é o mesmo de ontem: começar uma conversa e tentar não agir como um esquisitão. Pelo menos Jovem Darby sabe mais ou menos quem eu sou agora. Com sorte, pareço uma presença não ameaçadora.

Mesmo assim, talvez eu deva dar uma olhada por aí só por precaução. Para parecer que eu vim até aqui pela livraria, e não só para falar com o adolescente atrás do balcão.

Atrás de mim, o sino sobre a porta toca de novo.

Eu me viro na direção do som automaticamente — e minha boca fica seca.

É Michael. De pé ali, puxando algumas notas amassadas do bolso da bermuda cargo. Ele está usando óculos pretos estilo geek e uma camiseta do Capitão América. Ele é magrelo. Desajeitado. O nariz voltou a ser um pouco grande demais para o rosto. Os cachos suaves estão uma bagunça sem corte.

Esse é o Michael de 16 anos; tão familiar que é como se alguém tivesse arrancado o ar dos meus pulmões com um soco. *Ele está aqui.*

É lógico que está. Michael vinha toda hora na livraria enquanto eu estava trabalhando, especialmente no verão.

Parece óbvio agora — por que ele *não* estaria aqui? —, mas nunca me ocorreu até este momento que ele apareceria. Que eu poderia vê-lo aqui. Talvez porque eu não tinha visto mais ninguém entrar ou sair da livraria… pelo menos não até agora, não enquanto eu estive aqui. Toda vez que eu atravessava a porta, sentia que estava dando um passo para fora da realidade e entrando em uma bolha isolada. Não o mundo real, mesmo que soubesse, no fundo, que era 2009 e eu estava prestes a arruinar minha amizade com Michael. Tudo isso certamente era real.

Mas a viagem no tempo, especialmente para o passado, deveria ser impossível. Meu cérebro não estava focado em resolver cada uma das regras de como nada disso estava acontecendo, porque, em primeiro lugar, nada disso devia ser possível.

Eu me viro de novo para a mesa de lançamentos, a cabeça rodando. *Não encare o Michael.* Pego um livro e abro. Mas não leio — nem sei qual livro estou segurando. Vejo, pelo canto do olho, Michael ir até o balcão.

Jovem Darby ergue o olhar do livro e abre um sorriso.

— E aí?

— E aí? — Michael estende as notas amassadas sobre o balcão. — Chegou?

Darby desliza do banco e se agacha atrás do balcão, emergindo um segundo depois com um livreto fino e de cores vivas, apresentando-o a Michael como se fosse algum tipo de tesouro raro.

— *Vingadores de Estimação*, edição de número quatro, saindo fresquinha do forno.

— Belezinha. — Michael pega o gibi e o abre com cuidado, percorrendo as páginas com o olhar. — Ah, cara, eu tô tão animado. Isso vai ser *épico*.

As sobrancelhas do meu eu mais novo se levantam.

— Sério? *Vingadores de Estimação*?

— Que foi? — pergunta Michael, soando na defensiva.

— Nada. — Minha versão mais nova dá de ombros. — É só que, sabe… os Vingadores. Mas de estimação. Parece o *oposto* de épico.

Michael faz um beicinho — o mesmo tipo de bico falso que eu vi nas Cataratas ontem.

— Você tá tirando uma comigo.

— Só estou dizendo!

Meu peito se aperta, observando como meu eu mais novo está confortável com Michael e como Michael está confortável comigo. O modo como eles se inclinam, próximos um do outro, os cotovelos sobre o balcão, Jovem Darby balançando de leve no banco bambo.

Michael para de fazer bico e sua boca se curva em um sorriso torto familiar.

— Tá, mas eu acho que essa série é inventiva de verdade depois que a leitura engata. É estranho, mas divertido.

— *É estranho, mas divertido: A história de Michael Weaver* — anuncia Darby sem emoção.

Faço uma careta.

Mas Michael só dá uma risada.

— *Eu tiro uma com meus amigos o tempo todo: A história de Darby Madden.*

Tá, eu mereci essa.

Jovem Darby ri e pega as notas amassadas, guardando-as na caixa registradora.

— Então, quanto tempo até eu descobrir o que vai acontecer no final épico?

Michael apoia o gibi sobre o balcão e vira as páginas devagar.

— Você poderia simplesmente ler por conta própria, sabia?

— Você poderia ler o último livro do Percy Jackson também.

Michael dá de ombros.

— Eu gosto da nossa troca. Você faz um resumo de Percy Jackson, eu faço um resumo de *Vingadores de Estimação*. É tipo o nosso próprio Television Without Pity.

Jovem Darby revira os olhos, forçando a gaveta da caixa registradora para fechar.

— Exato, exceto que Percy Jackson é bom, então não preciso ser sarcástico.

Havia me esquecido completamente do Television Without Pity. Foi uma das descobertas de Michael. Um grupo de pessoas com nomes de usuário como Barão do Sofá que fazia resumos de episódios de seriados televisivos on-line, às vezes por vinte páginas.

Normalmente com bastante sarcasmo. Os resumos eram longos demais para mim — eu perdia a atenção lá pela página sete.

— Não são todos sarcásticos — diz Michael. O beicinho falso faz uma breve reaparição. — Algumas das pessoas que escreveram sobre *Buffy* gostaram de verdade do seriado. Elas só são sarcásticas com, tipo, episódios *muito* ruins.

— Eu sei, eu sei. Você já falou isso — afirma Darby, e finalmente fecha a gaveta da caixa registradora com uma pancada. — O que você vai fazer quando eu for para o internato, aliás? Recontar os quadrinhos para todo o pessoal na cantina?

Tá na cara que quis fazer uma piada. Meu eu mais jovem levanta o olhar com um sorriso e Michael sorri de volta, mas parece menos confortável. Tenso.

— Hum, falando nisso…

— O quê?

— Bom, não tem nada a ver, na verdade. Mas tinha uma coisa que eu queria fazer, antes de você viajar…

Michael hesita, os ombros subindo até as orelhas. Ele e Jovem Darby se entreolham. O ventilador zumbe através da quietude.

Meu coração sobe até a garganta. Não sei por quê, mas sinto como se o ar tivesse ficado rarefeito.

Michael baixa o olhar para o quadrinho. Seus ombros relaxam.

— Eu só ia perguntar se você quer ver um pouco de *Buffy* antes de ir. — A voz dele soa baixa. — Tipo… os melhores momentos ou algo assim.

— Ah, pode ser. — Jovem Darby assente. — Eu saio às quatro. Podemos ir até a locadora.

O quê?

Olho para Michael, ainda estudando o quadrinho na frente dele. Não era isso que ele queria dizer. Seja lá o que fosse — o que *realmente* era —, era muito maior do que aquilo.

Mas minha versão mais nova não parece perceber.

E Michael só prossegue.

— Tá, beleza. Podemos ver quais episódios eles têm.

(Devem ter todos. Sempre tinham. Tenho convicção de que ninguém além da gente alugava os DVDs de *Buffy*.)

— Eu só estava brincando — diz Jovem Darby, um pouco mais sério. — Você pode me escrever seus próprios resumos sarcásticos sobre qualquer gibi que estiver lendo, se quiser. Depois que eu for para o internato. Quer dizer, vou ter acesso ao e-mail.

— Sim. Claro. — O canto da boca de Michael se curva para cima, mas parece sem vontade.

— Ou tem o Facebook. E eu vou ter meu celular. — Darby pausa, pensando. — Apesar de que mandar por mensagem um resumo inteiro da Marvel parece um pé no saco.

Isso me faz sorrir um pouco. Não ganhei um smartphone até a faculdade, e Michael também não tinha um — pelo menos não em agosto de 2009. Nós dois tínhamos celulares antigos com botões, e escrever qualquer coisa longa era um porre.

Michael assente, mas não parece tão entusiasmado.

Jovem Darby suspira.

— É só um semestre.

— É, eu sei. — Michael soa cansado.

Tenho a impressão de que eles já tiveram essa conversa antes.

— E eu queria que você tivesse se inscrito também. — Agora a voz do meu eu mais jovem soa magoada. Ou amarga.

— Eu *sei*. — E Michael soa frustrado. — Olha, parece legal e tudo o mais, mas eu te disse, é só… longe demais. E, sei lá… Eu meio que quero ficar por aqui.

Jovem Darby solta uma risada pelo nariz.

— É, quem não *adoraria* ficar por aqui?

É um murmúrio irritado, mas me atinge, afiado e desconcertante.

Michael se inclina, afastando-se, os ombros subindo de novo.

— Não é tão ruim — responde ele, e parece algo que já disse antes.

Jovem Darby faz uma careta.

— Para alguém como você, talvez não.

Deus, o que tem de *errado* comigo? Isso quase soou maldoso.

Os ombros de Michael se erguem mais, o peito afundando. Mas Jovem Darby está batendo com o polegar no balcão, franzindo a testa, e não está olhando para Michael.

Eu me sinto tentado a ir até lá e me sacudir. *Você está sendo um babaca.*

O sino sobre a porta balança de novo. Eu me viro para olhar. Assim como Michael.

Natalie Linsmeier entra, de mãos dadas com Brendan Mitchell. Minha pele se arrepia — ela está igual a como me lembro. Cabelo loiro comprido partido na lateral, cílios longos, nariz pequeno. Ela e Brendan foram coroados rei e rainha do baile em 2009, o que não surpreendeu ninguém. Natalie navegava por tudo com um tipo de confiança que me deixava extremamente irritado e com um pouco de inveja.

Olho de relance para Jovem Darby. A expressão que meu eu mais novo faz parece dizer que esse dia tinha acabado de ficar pior.

Natalie puxa Brendan em direção ao balcão.

— Ei, Darby. Aqui já tem o novo livro de *Jogos Vorazes*?

Jovem Darby dirige a ela um olhar que sugere que esta não é a primeira vez que alguém faz essa pergunta.

— Não, ele sai na próxima terça. Temos o primeiro livro da série, se você quiser.

— Ah, ótimo. — Natalie se vira sem olhar para Michael e sai arrastando Brendan pela loja. — Ainda nem li o primeiro, mas, tipo, *todo mundo* já leu, então preciso me atualizar. Rebecca me contou que o segundo estava para sair e eu não quero ficar para trás.

— Aham — diz Brendan, como se não tivesse ideia do que está acontecendo, o que provavelmente é verdade.

Não tenho certeza se já vi Brendan com um livro.

Olho de volta pra Michael e o Jovem Darby. Meu eu mais novo está olhando para algo no computador, mas Michael está encarando Natalie e Brendan, e a expressão dele parece tão vulnerável que minha respiração para.

Não sei o que aquele olhar significa, mas é dolorido.

— Tô indo — avisa Michael, se virando para o balcão e pegando o gibi. — Me encontra na locadora depois que sair?

Darby ergue o olhar do computador.

— Sim, tudo bem. — Um lampejo de ansiedade cruza a expressão dele. — Você pode só ficar por aí, se quiser. Quer dizer, eu vou sair em, tipo… meia hora.

Os olhos de Michael fitam a outra ponta da livraria, onde posso escutar Natalie ainda falando com Brendan sobre *Jogos Vorazes*.

— Hum… — Michael morde o lábio. — Acho que eu vou comer algo na Prime ou coisa assim. Te vejo daqui a pouco?

Ele já está se endireitando, como se mal pudesse esperar para ir embora.

Jovem Darby dá de ombros.

— Tá bom. Te vejo daqui a pouco.

Michael se vira, segurando o quadrinho com força, como se fosse um tipo de escudo protetor, e segue em direção à saída.

Natalie solta uma gargalhada assim que ele abre a porta. Michael olha para os dois de novo — seja lá onde estão nos corredores — e então vai embora. O sino toca. A porta range ao se fechar depois que ele sai.

O que foi aquilo?

Olho para o livro que ainda estou segurando e abro na primeira página. Natalie e Brendan nem mesmo pareceram notar Michael. Por que ele estava olhando para os dois daquele jeito? Como se um pedacinho do mundo dele estivesse prestes a acabar?

E por que Jovem Darby estava sendo tão babaca?

Minha mente volta para Olivia, perguntando em choque por que eu queria voltar para um lugar que odiava.

Fecho o livro e o coloco de volta na mesa, olhando para o relógio de livros sobre o depósito. Passou das 15h30. É melhor eu me mexer agora, se vou falar com ele.

Ando até o balcão e digo, do jeito mais casual que consigo:

— Eu não sabia que essa loja tinha quadrinhos.

Jovem Darby se sobressalta, o olhar movendo-se do computador para mim.

— Hum... não temos?

Faço o melhor para aparentar confusão.

— Desculpa. Achei que tivesse visto alguém pegar um.

Jovem Darby pisca algumas vezes, mas então entende.

— Ah. Sim. Bom, nós não costumamos ter gibis, mas podemos fazer pedidos de qualquer coisa, então... Aquele era meu amigo Michael, aliás. Ele pede praticamente todo novo quadrinho da Marvel.

Então Jovem Darby se lembra de mim de ontem e lembra que Michael foi mencionado.

— Não era minha intenção escutar — digo, com cuidado —, mas ouvi você mencionar que vai para um internato e, hum... — *Lá vai.*

— Eu também fiz isso. Quer dizer, fui para um internato durante o ensino médio, só por um semestre.

Jovem Darby parece interessado.

— Ah, sério? Eu vou para um programa no norte de Nova York. Foi para lá que você foi ou...?

Eu hesito. É tentador responder que sim. Mas qual é a probabilidade de um estranho aleatório que minha versão mais jovem não conhece *por acaso* ter ido para o mesmo internato?

Tenho muito medo de deixar Jovem Darby desconfiado.

— Não, eu fui para um lugar em Connecticut — minto. — Mas foi legal. É meio que uma mudança das grandes.

— Sim, exatamente. — Jovem Darby parece entusiasmado. — É por isso que eu quero ir. Só, tipo... ir para outro lugar.

— Sei — digo, mas algo no meu peito está apertando de novo.

Será que realmente *não percebi* como Michael ficou tenso no instante em que o assunto sobre a minha ida foi mencionado?

Por um segundo, penso em dizer que se dane e contar tudo ao meu eu mais novo. Dizer a esse jovem: *Não se meta em uma briga com Michael, não importa o que faça.* Inferno, talvez até dizer: *Você é trans! Perceba logo isso!*

Mas mordo o lábio. Deixo guardado. Já vi *De volta para o futuro*. Sei que mexer com meu próprio futuro é uma ideia muito ruim. Ou pelo menos tenho todos os motivos parar presumir que seria.

E, de qualquer jeito, por que Jovem Darby acreditaria em qualquer coisa que eu disser? Eu sou um estranho. Não devia saber essas coisas, e se eu tivesse que explicar por que sei...

E aí? Tentaria convencer essa versão de mim de que sou do futuro? Sem dúvida isso daria muito certo.

Então tudo que digo é:

— Sim. Só por um semestre.

— Seu primo gostou de *O ladrão de raios*? — pergunta o Jovem Darby.

Agora é minha vez de piscar algumas vezes até meu cérebro se ligar.

— Ah. Sim. Um sucesso.

Mas antes que eu possa pensar em dizer mais alguma coisa, o piso range atrás de mim, e ouço Natalie Linsmeier dar uma risadinha. Ela e Brendan reapareceram e ela está abraçando um livro. Reconheço a capa preta e dourada de *Jogos Vorazes*.

É óbvio que estão vindo para o caixa, então dou um passo para trás, saindo do caminho. Natalie apoia o livro no balcão e pega a carteira de dentro de uma bolsinha com franja.

— Você vai ser a única pessoa no colégio que não leu — diz ela.

E está falando com Brendan.

— Eu não leio — responde Brendan, como se isso fosse muito legal.

Eu me retiro para o estande de revistas, olhando de relance para o relógio. São 15h40. A qualquer momento, Hank deve aparecer para assumir o comando, e Darby vai atualizá-lo sobre como tem sido o dia.

Natalie está contando o dinheiro do pagamento enquanto Brendan olha pela vitrine. Darby parece pronto para que eles saiam.

Eu poderia esperar. Falar com minha versão mais jovem de novo assim que Natalie comprar o livro.

Mas não sei o que dizer. Estou fixado demais no rosto de Michael enquanto ele observava Natalie e Brendan. Fixado demais no tom de voz do Jovem Darby — *para alguém como você, talvez não.*

Fixado demais em quanta coisa meu eu mais jovem parece não estar notando. E eu não sei como mudar isso. Ou se deveria.

Ainda não tenho ideia do que vai fazer tudo desmoronar entre mim e Michael, mas estou começando a pensar que Michael pode ter um bom motivo para ficar chateado.

Não sei o que fazer com nada disso. E não vou descobrir nos próximos vinte minutos.

No impulso, eu me viro para a porta. Não tenho para sempre, mas ainda não estou sem tempo. Tenho dias até que Jovem Darby viaje. Posso voltar amanhã.

CAPÍTULO DEZESSEIS

26 DE AGOSTO

Estou pronto para voltar no dia seguinte. Juro.

Mas minha mãe me arrasta para uma ida ao mercado — o grande Mercado Municipal que fica perto da clínica médica — e, no caminho de volta, ela quer passar pelo estande da fazenda Strickland porque "a temporada do milho praticamente acabou, Darby, e precisamos aproveitá-la". E minha mãe leva pelo menos quinze minutos escolhendo espigas de milho. Ela tem todo um método. Que eu ainda não entendo.

E então, quando voltamos para casa, sou chamado para organizar as coisas no banheiro, depois na despensa, e de repente estamos no meio da tarde e eu estou no meio da cozinha com uma sacola plástica cheia de temperos vencidos quando meu celular vibra no bolso.

Carrego a sacola até a bancada e pego o aparelho. É uma mensagem de um código de área local.

> Oi, é o Michael. O jogo começa às 19h hoje à noite, se ainda estiver interessado. Me avisa se quiser que eu te dê carona.

— A mostarda provavelmente fica boa por um tempo, né? — pergunta minha mãe.

Ergo o olhar do celular, sem expressão.

— O quê?

— Mostarda — repete ela da despensa, segurando uma garrafa plástica amarela. — Já se passaram dois anos da data de validade, mas eu ainda não abri.

— Meu Deus, mãe, não, joga essa mostarda fora.

Ela parece desapontada.

— Tá bem. Com quem você está falando?

Apago tudo que acabei de digitar, mas não tem problema porque era tudo terrível mesmo, e guardo o celular no bolso traseiro.

— Só o... Michael me mandou mensagem. Sobre o jogo de futebol hoje à noite. Ele vai e estava perguntando se eu queria ir.

— Ah, eu ia te perguntar sobre isso mesmo!

Minha mãe joga a mostarda com maestria na lata de lixo do outro lado da cozinha; como se em outra vida ela fosse uma jogadora profissional de basquete, se aceitassem mulheres de quase um metro e sessenta.

— Eu vou com todos os meus antigos colegas professores. Eu ia te perguntar se você queria ir junto.

— Desde quando você vai ao jogo de futebol?

— Desde sempre! — Ela faz uma pausa, refletindo. — Bom, isso não é verdade. Comecei a ir depois que você foi para a faculdade. É um bom jeito de sair de casa. Quer dizer, todo mundo vai.

Bom, não sei se é *todo mundo* mesmo. Oak Falls supostamente tem oito mil pessoas e os jogos de futebol não eram *tão* frequentados.

Mas as arquibancadas costumavam estar mais cheias do que vazias, mesmo que o time fosse péssimo e a fanfarra fosse vanguardista sem querer. Talvez minha mãe tenha razão.

Ela pega a sacola plástica de temperos da bancada e a leva até a lata de lixo.

— O que você disse a ele?

Sou arrancado das vagas memórias de luzes brilhantes e cachorros-quentes ruins.

— Quem?

— Michael!

— Ah. — Nada. Ainda. — Hum... Acho que eu devo ir.

— Ótimo! — Minha mãe abre um sorriso largo para mim. — Pergunte se precisa de carona. Ficarei feliz em passar por lá. Podemos buscar ele.

Ela está falando sério?

— Ele é um homem feito, mãe, não acho que precise de carona.

— Não custa nada perguntar! É praticamente no caminho.

Ela não vai largar disso agora que teve a ideia, então eu cedo. Pego o celular e digito a mensagem.

EU

Obrigado pelas informações! Ainda estou interessado. E minha mãe quer saber se você gostaria de uma carona. Desculpa.

Três pontinhos surgem. Michael está digitando.

Haha, é muito gentil da Phyllis, mas não preciso. Te vejo lá!

Não consigo decidir se fico vagamente desapontado que ele não vai me buscar esta noite ou estranho o fato de que acabou de chamar minha mãe pelo primeiro nome. O que é uma coisa bastante adulta de se fazer e acho que faz total sentido porque os dois se esbarram o tempo todo pela cidade. Mas isso não impede que seja estranho.

Pigarreio.

— Michael não precisa de carona. Vou encontrar com ele por lá.

Minha mãe dá de ombros.

— Tá bom, então. — Ela pega o próprio celular. — Bom, nesse caso, vou mandar mensagem para o grupo de professores. Vai ficar todo mundo animado por saber que você vai.

Vão mesmo?

Acho que nunca esperei que minha mãe *não* falasse sobre mim com seus amigos, mas, já que não os vejo há anos, também nunca tive que pensar nisso até agora. De repente, me sinto muito despreparado para esse jogo de futebol.

Outra coisa me ocorre.

— Desde quando você sabe o que são mensagens de grupo?

Minha mãe parece ofendida.

— Eu aprendo coisas! O neto da Jeannie me contou tudo sobre mensagens em grupo na última vez que esteve aqui. Jeannie o recebeu para ajudar com aquele pinguim inflável horroroso no Natal passado...

E lá vai ela, resmungando sobre como eram espalhafatosas e exageradas as decorações de Natal da Jeannie com o tema pinguim, e quanto trânsito havia em nossa rua porque metade da cidade dirigia por ela para ver.

Volto a atenção para meu celular e salvo o número de Michael. Algo quente floresce no meu peito. Eu não tinha o número de Michael desde que ganhei um smartphone. Nenhum dos meus contatos sobreviveu à grande migração de celular-abre-e-fecha-para-iPhone. Não foi um desastre tão grande quanto poderia ter sido. Eu anotei vários dos números com antecedência, só por precaução.

Mas quando cheguei ao número de Michael, eu pulei. Disse a mim mesmo que era hora de deixar isso para trás. Eu não era mais Darby de Oak Falls. Eu era Darby de Nova York. Alguém novo.

Não consigo evitar sorrir sozinho, só um pouquinho, enquanto deslizo o celular de volta para o bolso. É só um número de telefone.

Mas mesmo assim parece meio estabilizador, meio esperançoso, tê-lo mais uma vez.

Eu me sinto decididamente menos estabilizado quando chegamos no estacionamento do Colégio Plainview.

Mesmo se eu não me lembrasse de cada centímetro da rota até Plainview (o que eu lembro), o brilho branco no céu proveniente de todas as luzes do campo de futebol e a batucada distante da percussão da fanfarra faz com que a localização do colégio seja bem óbvia. O sol está se pondo no horizonte quando minha mãe faz a curva com o jipe, entrando no grande estacionamento que fica entre o colégio e o campo. Metade das vagas já está ocupada, a maioria dos carros aglomerados na ponta mais próxima ao campo, e são apenas 18h45. Mesmo assim, minha mãe arrasta o sr. Ranzinza para fora do jipe como se estivéssemos com pressa.

— Precisamos de assentos na frente — diz ela, prendendo a guia na coleira do bassê. — O sr. Ranzinza não gosta de escadas. Na verdade, nem Susan Donovan. Elas são ruins para o quadril dela.

O Colégio Plainview é comprido e baixo, um prédio de tijolos labiríntico de dois andares na cor bege com uma bandeira dos Estados Unidos tremulando na entrada no meio do amplo gramado. É o ápice da arquitetura do Centro-Oeste, espalhando-se como se alguém houvesse esmagado uma peça de Lego. O ar cheira a borracha, metal e pipoca, e o solo fica seco e poeirento conforme nos aproximamos das arquibancadas. A fanfarra já está no campo, alta o bastante para que o som da percussão faça meu esterno vibrar. As arquibancadas estão se enchendo aos poucos, um mar de bonés de caminhoneiro, camisetas, shorts e chinelos. Pessoas falando e rindo acima do barulho dos tambores.

— Ah, lá estão eles! — Minha mãe acena e se apressa em direção à primeira fileira das arquibancadas, arrastando o sr. Ranzinza com ela. — Darby, vem!

Eu a sigo até um grupo de pessoas que estão acenando de volta. *Ai, Deus*. Eu reconheço a sra. Siriani, minha professora de física do ensino médio, assim como o sr. George e a sra. Koracek-Smith. Olhar para eles no site do Plainview foi estranho o suficiente. Isso parece surreal. Todos eles esmaeceram um pouco, envelheceram, mas assim que a sra. Siriani diz que é bom me ver de novo, é como se eu estivesse de volta à aula de física. A voz dela soa exatamente igual.

Minha mãe diz a todos que estou aqui para ajudá-la a se mudar e então começa a falar sobre o apartamento e todas as caixas. Estou começando a pensar se seria rude pegar o celular e tentar mandar mensagem para Michael quando alguém me dá um tapinha no ombro.

Com um sobressalto, me viro e lá está ele. Vestindo uma camiseta do Colégio Plainview e calça jeans. O cabelo relativamente arrumado. Olhando para mim com um sorriso torto e fácil.

— Oi — cumprimenta ele —, você veio.

Minha mãe se vira e se ilumina com um sorriso quando vê Michael.

— Viemos! — exclama ela e olha de volta para o grupo de professores no banco. — Vocês acham que tem espaço para três?

— Ah, na verdade estou sentado ali com alguns amigos — explica Michael, apontando com o polegar por cima do ombro. — Guardei um lugar para Darby, se quiser se juntar a nós.

Ele olha para mim.

Sinto um frio esquisito na barriga.

— Sim. Foi, hã... — Olho de volta para os professores. — Foi bom ver vocês.

Minha mãe dá um aperto no meu braço, então pelo menos ela não parece pensar que estou abandonando-a. Eu me viro e sigo Michael.

— Nós estamos bem ali — diz ele, apontando para o alto da arquibancada.

— Seus pais estão aqui? — pergunto, e imediatamente penso por que perguntei isso.

Os pais dele nem apareciam direito quando ele fazia parte da fanfarra. A presença da minha mãe deve estar me desestabilizando.

Michael apenas sorri.

— Não, eles estão fora visitando Lauren em Iowa essa semana.

— Ah, Lauren mora em Iowa?

— Sim. Ela saiu de Springfield e foi para lá faz um tempinho. O marido dela precisava ajudar na fazenda da família.

Lauren é a irmã mais velha de Michael, de quem me lembro principalmente sendo salva-vidas na piscina quando ela estava de volta em casa nas férias de verão da faculdade. Sempre que não estava atuando como salva-vidas, ela passava tempo com os amigos no shopping em Monroe. Nós não a víamos muito.

— Darby!

Levanto o olhar. Na penúltima fileira das arquibancadas, Amanda está de pé, acenando animada com os braços erguidos. Ao lado dela está Liz, inclinada para a frente e falando com as pessoas nas fileiras abaixo.

Meu estômago afunda.

Sentada na arquibancada, ao lado de Liz, está Rebecca Voss. Ela está igual à foto no site do Plainview — o cabelo num corte tipo bob e óculos. E ao lado dela está uma mulher loira com uma camiseta larga e o cabelo preso num rabo de cavalo alto. Natalie Linsmeier.

Os dois caras ao lado delas também são familiares. Demoro um minuto para reconhecer Cody Garvin — o cabelo cor de areia está curto em vez de ondulado, e ele está vestindo uma camisa polo bem comum, sem colarinho levantado à vista. Mas, ao lado dele, Brendan Mitchell parece quase o mesmo: corte de cabelo sem graça, camiseta da Gap, bermuda cargo. Como se ele tivesse acabado de sair de uma fraternidade em 2014.

Desde quando Michael é amigo dessas pessoas?

Mas ele apenas ergue a mão para Amanda, como se nada disso fosse fora do comum. Nós deslizamos para uma das pontas do banco, Michael ao lado de Amanda, eu ao lado de Michael.

Minhas entranhas estão se contorcendo de ansiedade. Nem me ocorreu que eu poderia esbarrar com pessoas com quem estudei no ensino médio. E tipo... *por que não pensei nisso?* Eu vi no Facebook. Ou via... quando tinha Facebook. Sei que muitas pessoas com quem estudei no ensino médio nunca deixaram Oak Falls. Ou se deixaram, não foram para longe.

Mas eu estava tão focado no Michael...

— Vocês se lembram do Darby?

Michael gesticula para mim e eu dou um aceno e algo que lembra um sorriso.

Rebecca, Natalie e Cody respondem com variações de "oi" e "como vai" e "há quanto tempo". Tudo que recebo de Brendan é um gesto brusco com o queixo que diz "e aí".

Pelo menos nenhum deles parece confuso. Então ou eles me procuraram no Facebook também, ou já sabem que eu sou trans porque todo mundo em Oak Falls sabe.

Esfrego as mãos na calça jeans, as palmas suadas.

Um grito de celebração soa ao nosso redor e a fanfarra começa a tocar, o som agudo dos metais ricocheteando pelas arquibancadas e ecoando no ar. Na verdade, eles não soam terríveis. Devo parecer surpreso, porque Michael se aproxima e diz no meu ouvido:

— Eles melhoraram bastante desde que Keegan assumiu o posto de diretor da fanfarra.

Certo. Keegan. Eu o vi no site de Plainview. Acho que é legal saber que ele está fazendo um bom trabalho.

O time de futebol entra correndo no campo enquanto as animadoras de torcida agitam pompons azuis e amarelos na pista ao lado da fanfarra. Cody e Brendan fazem concha com as mãos ao redor da boca e gritam:

— Vamos, Chargers!

Até Michael bate palmas.

Talvez tenha que bater. Ele é professor. Mostrar apoio para o time de futebol deve ser uma exigência, especialmente em Oak Falls.

Sofri o suficiente com jogos de futebol ao longo do ensino médio para entender as regras. Mais ou menos, pelo menos. Cara ou coroa. Oak Falls ganha. Início da partida. A torcida se acalma e a fanfarra marcha para fora, à espera do intervalo.

Rebecca passa um balde de pipoca para a nossa fileira.

— Então, Darby, Liz disse que você está ajudando sua mãe a se mudar. — Ela se inclina e olha para mim. — Você vai voltar para Oak Falls de vez?

— Ah. Hum… — Eu balanço a cabeça quando Michael oferece o balde de pipoca para mim. Meu estômago está agitado demais para isso. — Não sei ao certo. As coisas estão meio em aberto.

— A casa da sua mãe fica perto da Rua Creek, né? — Agora Natalie está se inclinando para a frente, levantando as sobrancelhas perfeitas, olhando para mim como se ela nunca tivesse me chamado de sapatão na época da escola. — É uma boa região. Você já pensou em comprar a casa da sua mãe? Sabe, que nem o Michael fez?

Michael se mexe desconfortável.

— Eu herdei a casa da minha avó — esclarece ele.

Natalie parece não o escutar.

— Deve ser melhor do que os preços de Nova York, não é? — Ela tira a franja do rosto. — Eu vi alguma coisa na internet sobre como essas cidades são caras. E só para *alugar*, que é basicamente jogar dinheiro fora.

De repente escuto a voz de Joan na minha cabeça, dizendo de modo brando: "Mas me conta, Natalie, como você realmente se sente?"

— Com certeza é mais barato aqui — digo. Porque é, e não era esse um dos motivos pelos quais eu estava de saco cheio de Nova York? — Mas, tipo... é bem fácil de andar por lá. E tem muita coisa para fazer.

Por que estou inventando desculpas para defender a cidade da qual eu estava tão ansioso para sair?

— Você não se importa com a criminalidade? — pergunta Cody, pegando o balde de pipoca que Michael passa.

Eu me sinto meio irritado.

— Não.

— Acho que me sentiria esquisito se não soubesse quem são meus vizinhos — comenta Cody. — Aqui, eu sei que esse cara mora na minha rua.

Ele dá uma cotovelada no Brendan e os dois riem.

Agora eu me sinto frustrado. Primeiro, morar na mesma rua que o Brendan, na verdade, parece horrível. Mas eu reconhecia meus vizinhos do prédio, mesmo que não soubesse os nomes deles. E, para ser sincero, às vezes é meio agradável o jeito que os nova-iorquinos ignoram todo mundo. Se você se perder no metrô, cinco pessoas vão te dar direções. Mas você poderia ter um surto e se acabar de chorar, com o catarro escorrendo do nariz, que ninguém nem olharia para você. Como se os nova-iorquinos sentissem vergonha alheia demais para se envolver, o que de algum jeito te fornece espaço para passar quanta vergonha quiser.

Não que eu tenha experiências pessoais com isso. Porque definitivamente não tenho.

— O que você fazia em Nova York, Darby? — pergunta Rebecca.

— Hum. Eu trabalhava em uma start-up.

Eu me arrependo assim que isso sai da minha boca. Poderia só ter dito que trabalhava para uma empresa de propostas de financiamento. Mas sabia que start-up soava mais chique.

O que diabo estou tentando provar?

— Ah — diz Rebecca, e parece não saber o que falar em seguida.

Um coro de gemidos frustrados se espalha pela arquibancada ao nosso redor. A fanfarra pode estar melhor, mas pelo visto os Chargers de Oak Falls não, e eles já perderam a bola.

Cody solta um longo suspiro de sofrimento e olha de relance para as fileiras à frente.

— Tem algum plano para o fim de semana, Mike?

Michael dá de ombros.

— Acho que só me preparar para as aulas. Arrumar minha sala.

E isso leva a Rebecca se lamentando em relação aos planos de aula que precisa fazer. E Brendan dizendo que precisa fazer o caminho todo até uma loja de construção em Monroe para comprar um novo cortador de grama porque o antigo quebrou.

E agora eles estão basicamente me ignorando, o que é melhor e pior ao mesmo tempo. Porque talvez eu não saiba como falar com eles, mas agora está evidente que eles também não sabem como falar comigo. Eles não sabem o que fazer com esse Darby novo que não tem tanta similaridade ao Darby que conheciam. E isso nem tem nada a ver com ser trans.

Além disso, eu me esqueci de que teriam mosquitos e não passei repelente, então agora estou sendo devorado vivo.

Fico sabendo que Rebecca e Cody estão noivos e planejando se casar no inverno. Mais estranho ainda, Natalie e Brendan são casados. Eles têm um bebê de 2 anos, que no momento está na casa de Cheryl enquanto Natalie e Brendan estão no jogo.

E, no meio de tudo isso, Michael está sentado ao meu lado, torcendo quando acontece algo relevante no campo. Vaiando uma decisão ruim do juiz. A única vez que percebo uma centelha de algo não tão confortável é sempre que Brendan abre a boca. Michael tamborila os dedos no joelho quando Brendan fala sobre o tipo de cortador de grama ele quer comprar (um de carrinho com porta-copo). Michael morde o lábio e fita os sapatos quando Brendan fala que o filho de 2 anos queria brincar com uma Barbie na creche. E quando Brendan menciona a *Fox News* — só por alto —, vejo Amanda estender a mão e apoiá-la casualmente sobre o joelho de Michael para impedi-lo de sacudir a perna.

Não tenho ideia de como aguento até o intervalo. Mas quando os jogadores finalmente saem do campo e a fanfarra segue em marcha, eu me sinto pronto para explodir. Não sei como conciliar nenhum desses adultos com as pessoas com quem cresci, e não sei como me encaixar com nenhum neles. Não é como se eu já tivesse gostado de futebol, mas sinto que estou atuando mal em uma peça teatral, uma cujo roteiro eu nem li.

A fanfarra começa a tocar uma música pop que eu não consigo identificar e Liz se levanta.

— Vou comprar um cachorro-quente — diz ela. — Alguém quer alguma coisa?

Eu me levanto num salto como se alguém houvesse acendido uma bombinha sob mim, desesperado por uma chance de me livrar desse sentimento que é ainda mais estranho do que entrar na livraria e viajar no tempo.

— Ah, eu vou com você.

Posso sentir Michael olhando para mim, mas não olho de volta para ele. Estou com medo demais do que verei se olhar.

— Pega uma gasosa pra mim? — pede Amanda.

Liz faz um joinha para ela e então mexe a cabeça para mim. Hesito por um segundo, meio que esperando que Michael levante e anuncie que vai também, mas ele não se mexe. Apenas se vira e olha de volta para o campo.

173

Então sigo Liz descendo a arquibancada. Minha mãe ainda está sentada com os amigos professores na primeira fileira, papeando e rindo, o sr. Ranzinza largado aos seus pés.

A barraca de comida fica do outro lado do final da arquibancada, comandada por dois adolescentes vestindo camisetas de Plainview e bonés de beisebol. Já tem uma fila se formando.

— Só para avisar, eles basicamente só têm as coisas de sempre — comenta Liz quando entramos no final da fila. — Cachorro-quente, pipoca, batata frita... E também sinto muito a Natalie ter sido uma idiota.

Essa me pega desprevenido.

— Hum. O quê?

Liz só levanta uma sobrancelha para mim.

— Ah, que isso. Você estava com cara de quem queria estrangular ela.

Merda.

— Desculpa. Não foi minha intenção.

Ela solta uma risada.

— Ah, eu sei. Natalie e Brendan são do tipo... sabe, comprar--uma-casa, aparar-a-grama, ter-duas-crianças-e-meia. E Brendan pode ser meio babaca.

Penso em Michael sacudindo a perna. Na versão mais nova de Michael olhando para Natalie e Brendan na livraria com aquela expressão vulnerável.

— Mas vocês são todos... amigos? — pergunto.

Liz faz um biquinho, pensando.

— Bom, moramos todos aqui. Nós nos vemos o tempo todo. Rebecca não é ruim. E Cody e Natalie e Brendan... — Ela solta o ar. — Podemos assistir a jogos com eles, mas não precisamos convidá-los para o Dia de Ação de Graças. Entende?

— Sei — respondo, mas honestamente não sei se entendo.

O estrondo agudo da fanfarra, a proximidade das pessoas na fila, o cheiro salgado das batatas e da pipoca... é tudo uma onda de familiaridade e estranheza que está me afogando. Eu devia ter percebido que Michael teria outros amigos com quem assistir a esse jogo.

Ele teve anos em Oak Falls. Ele conhece todo mundo aqui. Michael me convidar para o jogo não significava que a gente passaria uma noite agradável a sós. É um *jogo de futebol*.

Eu me sinto um tolo e também como se estivesse rapidamente regredindo para meu eu incompleto de 16 anos. Como se talvez Michael estivesse lá na fanfarra e fosse melhor eu voltar para a arquibancada antes de perder a apresentação do intervalo.

Levanto uma das mãos e a encaro. As marcas no pulso, a pinta no polegar, os pelos que percorrem o braço. *Eu não sou aquele Darby que vi antes na livraria.*

Então por que não posso só voltar para a arquibancada e torcer quando os Chargers pegam um passe? Por que não consigo ficar sentado do jeito que Michael estava na arquibancada — pernas separadas, cotovelos apoiados nos joelhos, um tipo confiante de masculinidade que apenas... existe, encaixando-se sem atrito com Cody e Brendan e todos os outros caras por aqui?

Eu deveria ser capaz de falar esse idioma. Passei tempo o bastante aqui. Sei como tudo isso funciona.

E ainda assim não me encaixo.

Um mosquito pousa no meu braço. Dou um tapa, mas ele foge. Lógico.

Tá bom, foda-se. Preciso de um tempo. Pelo menos desses mosquitos desgraçados. Por que minha mãe não me lembrou do repelente?

— Darby.

Levanto o olhar. Liz está me encarando, as sobrancelhas erguidas. Chegamos no início da fila. O adolescente na barraca está esperando que eu faça o pedido.

— Hã, na verdade, tô de boa — digo e gesticulo com o polegar por cima do ombro na direção oposta ao jogo de futebol. — Vou pegar um ar rapidinho.

Liz me lança um olhar que nitidamente diz: "Estamos do lado de fora, você não está enganando ninguém". Mas tudo que ela fala é: "Você que sabe". Então se vira de volta para a barraca.

E eu vou em direção ao estacionamento. O barulho da fanfarra se torna mais difuso quanto mais eu me afasto das arquibancadas. Dispersando-se no ar, borrado e vago.

Em um impulso, sigo para o colégio, atravessando o gramado, que está começando a secar no calor do fim do verão. A grama se parte, amassada sob meus sapatos. Subo os degraus e puxo uma das portas. Está trancada.

O que faz muito sentido. Que tipo de colégio iria quer que adultos aleatórios entrem lá, especialmente hoje em dia?

Então eu me viro e me sento nos degraus de cimento. Talvez seja bom que eu não possa entrar no colégio. Talvez só deixaria tudo isso... *isso*... pior.

Vou só ficar sentado aqui e ser destroçado por mosquitos. Parece meio apropriado. Estou perfeitamente ciente de que estou sentindo pena de mim mesmo e sendo covarde e, mesmo assim, ainda estou aqui — sentindo pena de mim mesmo e sendo covarde. Posso muito bem deixar que os mosquitos reforcem o quanto sou um idiota.

Percebo uma pequena movimentação pelo canto do olho — alguém atravessando o estacionamento na minha direção, apenas uma sombra escondida pelas luzes fortes do campo. Talvez eu não seja o único que ficou cansado do jogo de futebol.

— Darby.

É Michael — e está perto o bastante agora para que eu veja seu rosto enquanto ele caminha sobre o gramado na minha direção, com as mãos nos bolsos.

Ótimo. Agora eu realmente me sinto um fracasso.

— E aí?

Ele alcança os primeiros degraus e para.

— Liz disse que você estava se escondendo.

— Não estou me escondendo. — Estou definitivamente me escondendo. — Eu estava esticando as pernas.

Ele olha de relance para as portas atrás de mim.

— Você estava tentando entrar no colégio?

Eu me retraio.

— Meu Deus, você me viu?

— Há banheiros perto das barracas, se você precisar de um.

Meu rosto parece estar pegando fogo.

— Não, estou bem, eu estava... só estava tentando escapar dos mosquitos.

Não é mentira. Mesmo que eu não tenha certeza se isso é tudo.

As sobrancelhas dele se erguem.

— Ah.

— É, eu sei. Esqueci do repelente.

— Erro de principiante, Madden. — O tom é provocante. Mas não cruel. — Anda, eu tenho no carro.

Eu me levanto e o sigo pelo estacionamento até uma velha caminhonete Toyota branca, parada numa vaga marcada com uma placa de RESERVADO.

— Espera um minuto. Esse não é...

— Não. — Michael destranca a caminhonete e dá um sorriso de leve para mim. — Não é assim *tão* velho.

O carro é quase idêntico à caminhonete que pertencia ao pai dele — na qual Michael aprendeu a dirigir, a que ele usava para me buscar quando estava frio demais para andar de bicicleta por Oak Falls. A que ele usou para levar Liz até o colégio, no último ano, quando não estávamos mais nos falando.

— Você tem um clone do carro do seu pai?

O sorriso se torna constrangido.

— É dez anos mais novo. Juro. Só aconteceu de aparecer na Davis Toyota quando eu precisava de um carro.

Ele bate a porta e joga uma latinha de spray aerossol para mim.

Eu a seguro, sentindo-me um pouquinho orgulhoso por isso, já que as luzes do campo de futebol não ajudam muito por aqui e eu nunca tive coordenação atlética.

— Obrigado. — Passo o spray nos braços expostos, torcendo o nariz. — Esse troço é fedorento.

— É o cheiro do verão — diz Michael.

Um último floreio de finalização da fanfarra ecoa no ar, seguido por uma celebração distante.

Olho de relance na direção do campo de futebol.

— Acho que a gente deveria, hã, voltar.

— Futebol não é mesmo a sua praia, né?

Olho para ele, surpreso. E então me sinto culpado.

— É óbvio assim?

Michael estende uma das mãos e eu jogo de volta o repelente. Ele o apanha com facilidade.

— Só agora ou desde o ensino médio?

Ah. Esfrego a nuca, ficando quente de repente, mesmo na noite que esfria.

— Então você está dizendo que eu sou terrível.

O olhar que ele me dirige é dolorosamente familiar — testa franzida, olhos incautos. A expressão é toda de cuidado e preocupação e perfura um buraco em mim.

— Não, desculpa, não é isso que eu... Só quis dizer que eu sabia que não era sua praia, e você apareceu assim mesmo e isso... isso significou muito para mim. — Ele hesita e então acrescenta baixinho: — Significa muito para mim.

Minha respiração para.

Mais uma celebração das arquibancadas e então a voz amplificada e distorcida do locutor corta o ar. O jogo está recomeçando.

Talvez seja todo o pingue-pongue que eu tenho feito — dentro e fora da livraria, no antes e no agora. Talvez sejam todos os sentimentos emaranhados e desconfortáveis que restaram do ensino médio e foram trazidos à tona de novo no segundo em que eu vi Natalie Linsmeier sentada na arquibancada. Mas de repente estou dizendo:

— Eu sinto muito a sua falta, Michael.

Talvez eu *ainda* esteja fazendo um pingue-pongue entre *antes* e *agora*, porque eu nem mesmo sei se queria dizer *eu sinto sua falta* ou *eu senti sua falta*. Só sei que me sinto partido e frágil por dentro, de pé aqui, coberto de repelente ao lado de uma caminhonete que é igual à que Michael dirigia no colégio... Não ligo se estou chegando perto demais de seja lá o que for que ele não quer falar.

Ele está tão imóvel que é como se tivesse virado pedra. Seus olhos estão grudados nos meus e eu não consigo lê-los no escuro. Mas não desvio o olhar.

E então, num movimento tão brusco que a terra parece tremer, Michael vem na minha direção, toca meu queixo com a ponta dos dedos e me beija.

É a última coisa que eu esperava e ao mesmo tempo parece tudo que eu não sabia que queria. O aperto no meu peito se torna tão afiado e desesperado que eu estendo as mãos e agarro os braços dele, mas isso só piora as coisas — porque agora que estou tocando nele, só percebo o quanto ele pareceu distante e o quanto eu queria tocá-lo, como se precisasse disso para provar a mim mesmo que ele era o mesmo Michael de quem eu lembrava.

E agora, tocando-o, beijando-o, não sei se ele é o mesmo de antes ou se é alguém novo.

E eu não ligo.

CAPÍTULO DEZESSETE

26 DE AGOSTO

Não sei quem de nós dois se afasta primeiro, apenas que nos separamos. Os dedos de Michael deixam meu queixo e eu solto seus braços. E agora estamos nos entreolhando. Ele está mais próximo do que esteve desde que voltei — talvez mais próximo do que jamais esteve. Mesmo na penumbra do estacionamento, posso contar os cílios dele e os pontinhos luminosos em seus olhos refletindo as luzes distantes do campo de futebol. Posso escutar sua respiração e meu coração martelando. Posso sentir o calor dele.

E então Michael dá um passo para trás, me soltando. Algo que não consigo decifrar passa por seu rosto.

— Eu deveria voltar — diz ele.

Espera. Como é?

Mas ele já está se retirando, afastando-se da caminhonete, de mim.

— Michael — chamo.

Ele dá as costas para mim, os ombros subindo até as orelhas, e continua andando, ziguezagueando pelos carros no estacionamento, em direção às arquibancadas.

O que acabou de acontecer?

Eu o observo se afastar, a cabeça girando, e não consigo decidir se devo gritar por ele ou correr atrás dele, mas não consigo pensar em nada para gritar e meus pés estão enraizados no asfalto. Como é que Michael foi de me dar repelente para me beijar e então me abandonar, tudo em cinco minutos?

Mas é tarde demais, porque ele se foi. Desapareceu atrás da arquibancada, e estou a sós.

O que devo fazer agora? Não posso apenas voltar para a arquibancada, subir e me sentar ao lado dele como se nada tivesse acontecido. Não consigo imaginar aguentar o resto do jogo de futebol, às margens da conversa com Natalie e Rebecca e Cody e Brendan, fingindo estar bem.

Mordo o lábio e ainda sinto o gosto dele — um pouco salgado, um pouco do gosto da pipoca.

Esfrego os olhos sob os óculos, e então pego o celular. Mas não mando mensagem para Michael. Mando mensagem para minha mãe.

EU
Desculpa, eu sei que o jogo ainda não acabou, mas podemos ir? Estou no estacionamento.

Engulo, piscando sem parar, porque ainda sinto os olhos arderem. Meu coração não desacelera.

MÃE
Estou a caminho.

MICHAEL ME LEVOU de carro até a escola no último dia do penúltimo ano do ensino médio, como ele havia feito a semana inteira porque sua bicicleta precisava de uma nova roda. Mas quando ele estacionou, nós ficamos sentados no carro, encarando Plainview enquanto uma brisa quente de início de verão soprava pelas janelas abertas da caminhonete branca do pai dele. Nenhum de nós queria sair dali.

— Diga a primeira coisa que você vai fazer amanhã — disse Michael.

Esfreguei os olhos, grogue.

— Dormir?

Ele me olhou com uma expressão que ficava entre preocupação vaga e julgamento profundo.

— Você foi para a cama sem trocar de roupa de novo?

Olhei para mim mesmo. Estava vestindo bermuda cargo e minha camiseta de *Veronica Mars*, e ambos estavam amassados.

— Eu troquei de roupa antes de ir para a cama — respondi na defensiva. — Não é como se essas fossem as roupas que usei ontem. Dez minutos a mais são dez minutos a mais.

Michael suspirou. Recentemente eu havia começado a dormir com as roupas que usaria no colégio no dia seguinte para que eu pudesse dormir por mais um tempinho de manhã. Lógico, eu acordava amarrotado, mas não ligava. O sono extra valia a pena.

Óbvio, o único motivo pelo qual eu precisava daqueles minutinhos a mais de sono era porque eu estava ficando acordado até tarde lendo fanfics. Algo que eu não havia contado para Michael. E não ia contar. Não é que eu achava que Michael desdenharia da leitura ou algo assim. Eu tinha a sensação de que se ele soubesse que existiam fanfics da Marvel, começaria a ler na mesma hora.

Era mais pelo fato da fanfic que eu estava lendo ser... gay.

Eu havia descoberto fanfics apenas há algumas semanas, depois que Michael e eu assistimos ao episódio de *Buffy* em que Willow e Tara se beijaram pela primeira vez. Meu coração ficou disparado durante a cena inteira. Elas estavam simplesmente... se beijando. Como se estivesse tudo bem. Normal. Nada para se comentar.

Mais tarde naquela noite, eu procurei por fanart. Queria ver aquele beijo de novo. Queria ver ele estilizado e belo. E, acho, queria provas de que outras pessoas também pensavam nele.

Eu encontrei fanart. E então encontrei fanfics.

— Qual é a primeira coisa que você vai fazer amanhã? — perguntei a Michael.

Ele mordiscou o lábio, encarando os degraus de entrada do colégio através do para-brisa. As pessoas já estavam subindo, teríamos que sair da caminhonete logo ou nos atrasaríamos.

— Vou à locadora — respondeu ele. E me olhou. — Quer alugar o próximo DVD de *Buffy*? Podemos fazer uma maratona para dar o pontapé inicial no verão.

Meu coração tremulou no peito. Não assistíamos *Buffy* há semanas — desde o episódio em que Willow e Tara se beijaram. Eu estava começando a me perguntar se Michael não queria mais assistir. Fiquei preocupado que pudesse ser pelo beijo. Ele não havia dito nada quando aconteceu. Eu também não, lógico. Foi demais. E, de qualquer jeito, o episódio inteiro foi, além do beijo, tão deprimente que nós meio que logo deixamos a série de lado.

— E as regras da minha mãe? — indaguei.

— Quem sabe ela deixe você assistir a mais de dois episódios porque é verão. — Michael agitou a chave da caminhonete até ela sair da ignição. Costumava ficar presa. — Tipo, podemos dizer que estamos celebrando o fim do ano letivo.

Eu me mexi. Estava quente o suficiente para deixar a camiseta grudada nas minhas costas, presa de encontro ao tecido rasgado do assento da caminhonete.

— Acho que posso tentar. — Conferi o relógio. — Temos que ir.

— Verdade. — Michael abriu a porta, pegando a mochila do meio do banco traseiro, e desceu do carro. — Podemos passar na livraria também. Quando você volta a trabalhar?

— No próximo fim de semana. — Bati a porta do passageiro, arrumando minha mochila no ombro. Eu havia trabalhado em alguns fins de semana nos últimos meses, mas Hank me deixou tirar algumas semanas de folga para me dedicar às provas de fim de ano. — Por quê?

Michael me dirigiu um olhar que eu reconheci como a expressão de "eu quero gibis". Ele era muito bom em fazer cara de cachorrinho abandonado e realmente parecia não perceber o que estava fazendo. Era injusto.

— Ah, fala sério! — Revirei os olhos. — Por que é tão difícil pedir ao Hank para pegar seus quadrinhos?

— Eu peço ao Hank, *sim* — disse Michael. — Mas ele não entende de quadrinhos. Ele tem que repetir o título para mim cinco vezes e então faz uma cara tipo: *Que bobagem é essa?*

Eu dou risada.

— Esse é o verdadeiro motivo de você passar tempo comigo na loja. Você só quer que eu continue trabalhando lá para poder continuar pegando seus quadrinhos sem falar com o Hank.

Michael abriu a porta da frente do colégio, segurando-a enquanto eu passava. Mas, antes que ele mesmo pudesse passar, Natalie Linsmeier e Rebecca Voss correram na frente dele.

— Obrigada — disse Rebecca.

Natalie olhou de relance para mim, os olhos vasculhando minhas roupas amassadas. Ela não disse nada para mim, mas ainda escutei quando comentou com Rebecca, enquanto elas se afastavam:

— Nossa, é tão triste quando garotas bonitas não entendem quantos caras segurariam a porta para elas se elas só se *arrumassem* um pouco.

— Nossa, sim — concordou Rebecca.

Michael passou pela porta e nós começamos a perambular lentamente atrás delas e todo o resto, em direção à sala de orientação. Acho que nós dois estávamos arrastando os pés para deixar Natalie e Rebecca se distanciarem.

— Não segurei a porta para a Natalie de propósito — disse Michael.

Eu sabia disso, mas de alguma forma o fato de que ele sentiu que precisava dizer isso — como se eu precisasse de confirmação de que aquilo não teve nada a ver com a beleza de Natalie...

Isso só me causou uma estranheza. Como se nós dois estivéssemos reconhecendo que Natalie *era* bonita.

Como se nós dois estivéssemos reconhecendo que rapazes provavelmente *abriam* a porta para ela.

Talvez tenha sido por isso que eu perguntei:

— Você me acha atraente?

Os ombros de Michael subiram até as orelhas.

— Hum. Como assim?

Eu parei. Tão abruptamente que ele continuou andando alguns passos sem mim.

— Como assim, *como assim*? É só uma pergunta.

O olhar de Michael saltou para meu rosto e então se desviou.

— Quer dizer, tipo, se eu me sinto atraído por você?

Senti vergonha, decepção e mágoa, e frustração por sentir todas essas coisas.

— Esquece.

Ficamos em silêncio pelo resto da caminhada até a sala de orientação.

Tudo que minha mãe fala quando me encontra no jipe, com o sr. Ranzinza bamboleando ao lado dela, é:

— Pronto para ir?

— Sim.

Eu me senti imaturo por ter mandado mensagem para minha mãe, e grato por ela ter aparecido no estacionamento em menos de cinco minutos, agindo como se nada de estranho tivesse acontecido.

— Tudo bem por você?

— Ah, já está ficando tarde — diz ela e entrega a guia do sr. Ranzinza para mim, destrancando o jipe. — Ranzinza está pronto para dormir.

O sr. Ranzinza apenas me olha, piscando lentamente, as orelhas arrastando no chão. Eu me abaixo e o carrego até o banco traseiro.

Ficamos em silêncio na viagem de volta para casa. O ruído do jogo se dissipa e a escuridão fica, bom, mais escura, conforme deixamos o colégio para trás. Abro a janela para o ar frio bater no meu rosto. Alguns vagalumes piscam na lateral da estrada, e os grilos são tão barulhentos que posso escutá-los até mesmo por cima da brisa atacando meus ouvidos.

Minha mãe estaciona o jipe ao lado do carro alugado na entrada da garagem. O motor engasga até silenciar e então ela olha para mim.

— Está tudo bem?

— Sim — respondo no automático.

Porque é o que sempre digo. Exceto quando liguei para ela de Nova York.

E talvez aquilo devesse ter derrubado qualquer barreira que nos impedia de conversar sobre qualquer coisa *real*, mas eu ainda não consigo contar a ela o que acabou de acontecer. É frágil demais. Complicado demais. E, de qualquer maneira, eu nunca falei com minha mãe sobre ninguém que eu tenha beijado. Não sobre a parte do beijo, pelo menos. Ela conheceu minha namorada da faculdade e meu namorado da pós-graduação. Ela perguntava como eles estavam quando nós nos falávamos no telefone. E parava por aí.

E eu não sei como explicaria que a causa da minha fuga havia sido o *Michael*. Que *é* o Michael.

Ela esbarra no Michael no mercado. Não sei o que fazer com essa informação.

Apesar de dizer que estava ficando tarde, minha mãe se joga no sofá assim que entramos. Mal passou das 20h30, e ela nitidamente não está cansada de verdade.

— Que tal *Assassinatos em Marble Arch*? — pergunta ela, pegando o controle remoto.

— Tá — digo. — Pode ser.

Eu me recolho no outro lado do sofá enquanto ela começa o próximo episódio. O sr. Ranzinza se aproxima vagueando, e nós nos abaixamos juntos e o erguemos para a almofada entre nós. Eu afundo os dedos de uma das mãos no pelo curto do sr. Ranzinza e me forço a observar a senhorinha na tela assim que a música excêntrica começa a tocar.

Mas fico pressionando os lábios, pensando na boca de Michael na minha, e na proximidade dele e em tudo que eu queria de volta.

Fico pensando no meu eu mais novo na livraria, animado para ir para o internato, com apenas um dar de ombros ao pensar em deixar Michael e Oak Falls para trás.

Fico pensando no jeito que Michael disse: "Quer dizer, tipo, se eu me sinto atraído por você?", naquele último dia do terceiro ano, e na torção de mágoa e vergonha nas minhas entranhas.

— Mãe?

Ela desvia a atenção da TV com o rosto relaxado.

— Sim?

Eu inspiro, hesito, porque isso parece demais com falar sobre algo real.

— Você acha que foi bom eu ter estudado aquele semestre no internato?

Ela olha de volta para a TV. A senhorinha acabou de chegar em um vilarejo pitoresco no interior da Inglaterra e está perambulando pelo local, comentando sobre como não é nada parecido com Londres.

— Como assim?

— Acho que... às vezes eu me pergunto se perdi alguma coisa por ter ido embora.

Minha mãe passa os dedos por uma das orelhas compridas do sr. Ranzinza.

— Tipo o quê?

— Não sei. Algo importante.

Ela hesita.

— Não sei se posso responder isso por você, Darby. — Ela me olha de novo e agora seu olhar é quase triste. — Você não falava muito comigo.

Meu peito se contrai, porque é óbvio que minha mãe tem razão. E, ainda assim, ela foi direto para o estacionamento quando eu pedi. Ela devia saber que havia acontecido alguma coisa. Assim como tenho certeza de que, olhando para trás, ela sabia que havia algo durante todas aquelas noites em que assistimos a reprises de *Frasier* juntos no porão.

Se ela perguntava do colégio, eu dizia que estava tudo bem.

Se ela perguntava como estava o trabalho na livraria, eu dizia que estava indo bem.

Se ela perguntava do Michael…

Bom, ela não fez perguntas sobre o Michael. Não depois daquelas primeiras semanas. Quando voltei, ela perguntava de vez em quando se eu ia passar tempo com ele. Se eu queria convidá-lo para assistir TV no porão.

Eu sempre dizia que não. Acho que por fim ela entendeu.

Eu queria, neste momento, que ela perguntasse do Michael. Descobrisse por telepatia, de algum jeito, que deveria perguntar. Se ela perguntasse, neste instante eu contaria tudo. Talvez eu não contasse que ele me beijou e que eu, definitivamente, o beijei de volta. Mas diria a ela que não entendia como Michael podia se *encaixar* naquele jogo de futebol enquanto eu me sentia um amontoado de peças que não combinavam, assim como me sentia no colégio.

Em vez disso, tudo que digo é:

— Desculpa.

Minha mãe estende a mão e dá um tapinha no meu joelho.

— Você não precisa pedir desculpa. E… — Ela suspira. — Acho que você queria ir embora, Darby.

Meu estômago se retorce. Eu sei o que ela quer dizer. Que, na verdade, não importa se agora, olhando para trás, eu me pergunto o que perdi por ter ido. Porque, quando eu tinha 16 anos, não pensava em nada disso. Se não tivesse ido, teria passado o semestre inteiro me perguntando o que eu estava perdendo por ter ficado.

Minha mãe quer dizer que eu não conseguia enxergar nenhuma outra opção a não ser ir — e, já que eu não via, ela também não podia.

— Pois é — concordo.

Ela apoia os pés sobre a mesinha de centro e eu encosto o cotovelo no braço do sofá e o queixo na mão. Nós assistimos ao resto do episódio, deixando que ele preencha a sala enquanto o sr. Ranzinza ronca. Tento me concentrar em todos os modos em que isso é novo e diferente — nós dois rodeados por caixas, sentados na sala de estar em vez do porão, no sofá em vez do velho futon —, em vez de todos os modos em que isso parece familiar e eu apenas me sinto vazio.

CAPÍTULO DEZOITO

27 DE AGOSTO

Na manhã seguinte vejo que Michael ainda não ligou ou mandou mensagem. Fico em pé diante da cafeteira enquanto o rádio está nas alturas, tentando escrever uma mensagem para ele que não seja incrivelmente desconfortável.

Ei, Michael, foi ótimo te ver ontem à noite, podemos conversar?

Desculpa mandar mensagem, você tem tempo para um papo?

Então, sobre ontem à noite...

Apago tudo que digito. Nem sei o que diria se eu *falasse* com Michael. As únicas coisas que sei são que eu não estava mentindo quando disse que sentia falta dele, e não tenho ideia do que aquele beijo significa, e também não me arrependo nem um pouco.

A porta dos fundos abre e minha mãe entra, empurrando o sr. Ranzina na frente dela.

— Que tal uma visita ao bazar? — sugere ela, o tom de voz aumentado por cima da rádio.

Abaixo o celular na bancada.

— Hum. Agora?

— Depois que você tomar café. Ranzinza não parava de comer grama, então agora precisamos esperar para ver se ele vai vomitar — diz minha mãe, fazendo uma carranca para o bassê aos seus pés, que está nos observando placidamente. — Eu preciso comprar mais fita adesiva e plástico-bolha também, então pensei que poderíamos passar na Rua Principal e você poderia me ajudar a levar as coisas para o bazar.

Meu pulso acelera. Ir à rua Principal significa uma desculpa fácil para ir à Livraria Entre Mundos. E eu preciso voltar lá. Preciso falar com minha versão mais nova. Ainda não sei como ou o que bulhufas dizer, mas se a versão atual do Michael não quer falar comigo…

Bom, falar com Jovem Darby parece a melhor opção depois disso.

— Sim, pode ser — respondo, assim que a cafeteira apita e eu pego uma das canecas de aniversário. Essa exibe um boneco de palito de cabelo rosa chamado Bob. Uma obra-prima feita por Darby, aos 7 anos. — Me dá uma hora para ficar cafeinado e tomar um banho.

O ÚNICO BAZAR de Oak Falls fica no porão da Primeira Igreja, a igreja presbiteriana que fica em uma das pontas da Rua Principal, com uma placa na fachada orgulhosamente se intitulando como a igreja mais antiga de Oak Falls — caso Primeira não deixasse isso óbvio o bastante. É um velho prédio de tijolos com um campanário branco alto com um grande relógio de um lado e uma torre do sino que ainda toca.

O bazar no porão é basicamente como qualquer outro: móveis aleatórios que não combinam, prateleiras de bugigangas e araras de roupas que não estão nem um pouco organizadas, tudo sob um teto baixo e luzes fluorescentes desagradáveis. A senhora tomando conta da loja apenas dá um aceno de cabeça quando mostramos a ela tudo no porta-malas do jipe e gesticula para que minha mãe e eu a sigamos até uma sala nos fundos para descarregar tudo. São necessárias várias idas e vindas e, no final, meus braços estão moles feito macarrão.

Mas minha mãe solta um suspiro contente quando saímos do bazar e voltamos para o jipe, onde o sr. Ranzinza está esperando.

— Finalmente estou livre daqueles esquis! — exclama ela. — Agora posso começar a levar as coisas para o apartamento.

— O pessoal da mudança não vem mais? — pergunto, puxando a porta do passageiro e abrindo caminho sob o sr. Ranzinza, que parece não querer abandonar o assento.

— Sim, sim, mas eu não vou confiar tudo a eles. Algumas coisas são preciosas demais. — Ela vira a chave e o jipe ruge ao ligar.

— Enfim, tenho que pegar as chaves com a Cheryl, então posso muito bem usar isso como desculpa para levar algumas coisas para lá.

Saímos do estacionamento da igreja e andamos por uns sessenta metros até uma vaga na Rua Principal, para que minha mãe possa ir à loja do Floyd em busca de artigos para empacotar. Meio-dia de um sábado é quando a Rua Principal fica mais agitada, pelo que vi. Todas as mesas do lado de fora da Grãos Mágicos estão cheias e há pessoas esperando na frente do Oak Café.

— Viu? — Minha mãe gesticula para os carros que rugem ao passar por nós a caminho da Rua Principal. — Trânsito!

— Ah, sim. Verdade.

Mas não estou prestando atenção.

Meu olhar se virou, sem que eu sequer percebesse, na direção da vitrine fosca da Livraria Entre Mundos, apenas a algumas fachadas de distância.

Minha mãe segue meu olhar.

— Deveríamos entrar!

Eu me sobressalto.

— O quê?

— Na livraria! — Minha mãe prende a guia na coleira do sr. Ranzinza. — Vamos ver se o Hank está lá e você pode dizer oi. Você ainda não o viu, não é?

Eu a encaro. Mas não estou pensando no Hank. Estou pensando em outra coisa.

Toda vez que entrei na livraria, eu estive sozinho. Ninguém veio comigo — não desde que voltei para Oak Falls.

O que aconteceria se eu entrasse com minha mãe? Ela viajaria no tempo comigo?

Meu coração bate nas minhas costelas. Quem precisa de uma foto com meu celular se eu posso levar minha mãe comigo e ela pode ver tudo por conta própria…

Bom, imagino que a cabeça dela pode explodir ao ver Jovem Darby e eu ao mesmo tempo. Talvez a cabeça de Jovem Darby explodiria ao ver nossa mãe, porque não há como minha versão mais nova não a reconhecer, mesmo que ela esteja mais velha e grisalha do que em 2009.

Eu não ligo. Quero que ela entre comigo. Porque, se minha mãe puder viajar também, então eu não estaria sozinho, tentando descobrir *por que* isso está acontecendo ou o que vai acontecer entre Jovem Darby e Michael, ou qualquer coisa.

E neste instante, quase com desespero, sinto que não quero estar sozinho.

— Tá. — Minha voz falha. Minha garganta parece uma lixa. — Vamos entrar.

Minha mãe entrega a guia do sr. Ranzinza para mim e eu o levo até a calçada.

— Espero que o Hank esteja — diz minha mãe quando vamos até a porta. — Ele não fica muito mais na loja. A última notícia que tive foi que a filha dele vai assumir. Acho que você não chegou a conhecer ela. Ela cresceu com a mãe em Monroe…

Posso escutar o coração bater em meus ouvidos.

— Não era melhor deixar o Ranzinza do lado de fora?

— Ah, eles não se importam com o Ranzinza. — Minha mãe estende a mão e segura a maçaneta. — Eu te contei que agora eles têm clubes do livro? A filha… o nome dela é Ann… fez muitas mudanças legais, eu acho…

A porta se abre. O sininho toca. Nós entramos.

E é errado.

O cheiro é diferente. O cheiro estagnado e reconfortante dos livros e caixas e poeira sumiu. O ar cheira a flores. Um tipo falso de flor, como de velas aromáticas ou um difusor para ambientes. A mesa de lançamentos está no mesmo lugar, mas a placa é diferente — é uma placa digitada em vez da folha de papel que Hank escrevia em marcador e que ficava presa na mesa com uma fita. As placas escritas à mão nas prateleiras também sumiram, substituídas por rótulos impressos. E, em vez do estande de revistas e jornais, há uma grande mesa plana com pilhas bonitinhas de diários, cartões, canecas e velas.

Acho que isso provavelmente explica o cheiro de flores.

A loja está mais cheia do que eu jamais vi. Ainda não está exatamente lotada, mas há pessoas. Pessoas olhando os diários bonitos. Pessoas dando uma olhada nas prateleiras. Pessoas pegando livros da mesa de lançamentos e folheando-os.

Eu não consigo respirar. Isso não é 2009. Eu sei que não é, mas pego meu celular assim mesmo. Só para ter certeza.

Ele acende, a bateria marca 67%.

— Hank não está por aqui hoje, está?

Levanto o olhar. Minha mãe foi até o balcão, o sr. Ranzinza arrastando-se atrás dela.

A mulher atrás do balcão balança a cabeça. Ela é alta, tem pele marrom-clara e cabelo preto ondulado — talvez esteja perto dos 30 e poucos anos.

— Desculpa — diz ela. — Ele não vem há umas duas semanas.

— Ah, que pena — lamenta minha mãe com um suspiro. — Ele ainda está com problema nos joelhos?

Eu me forço a me mexer, andar até a mesa de lançamentos. Já sei o que vou encontrar, mas abro um dos livros assim mesmo.

A data de publicação é deste ano. Um lançamento de verdade.

Eu não viajei no tempo.

— Darby!

Minha mãe se vira, os olhos buscando até me encontrar. Ela acena.

Vou até o balcão, mas sinto que estou no piloto automático.

Por que não viajei?

— Essa é a Ann — apresenta minha mãe, gesticulando para a mulher atrás da bancada. — Esse é meu filho, Darby. Ele costumava trabalhar aqui com seu pai na época da escola.

— Ah, que legal.

Ann me dá um sorriso amigável.

Eu respondo igual, minha boca se curvando enquanto minha mente parece estar a milhões de quilômetros de distância.

— A loja não está uma beleza agora? — pergunta minha mãe e ergue a sobrancelha, me encorajando. *Diga algo agradável, Darby.*

— É. Está... — Diferente. Estranha. Fofa e instagramável. — Está uma beleza.

Minha mãe franze a testa para mim, mas Ann apenas sorri de novo.

— Obrigada — diz ela. — Tem sido ótimo atrair mais pessoas da cidade. Temos até clubes do livro. — Ann estende a mão para uma pilha arrumada de marcadores sobre o balcão e oferece um para mim. Uma lista de clubes do livro e as datas dos encontros, sobre um fundo roxo-claro pontilhado por flores. — Se você estiver por aqui ainda, venha conferir. O próximo é o clube de mistério e assassinato, no fim de semana do Dia do Trabalhador.

— Esse é muito bom — elogia minha mãe. — Jeannie e eu viemos no mês passado e lemos um livro da Agatha Christie.

Concordo com a cabeça, olhando para o marcador, mas mal estou vendo.

Será que tudo simplesmente *acabou*? Não vou mais viajar no tempo?

Minhas entranhas se contraem. Não quero que isso acabe — ainda não. Não acredito que o único motivo pelo qual viajei no tempo por quatro dias seguidos foi para que o universo pudesse me lembrar de que eu fui um adolescente confuso, perdido e meio imbecil.

Talvez seja a minha mãe. Talvez algo na presença dela tenha bagunçado o buraco de minhoca ou a singularidade ou uma desgraça de *portal* ou sei lá o quê pelo qual eu fazia a travessia. Talvez houvesse uma razão pela qual eu só viajei sozinho — talvez seja assim que funciona.

Preciso que a gente saia daqui. Preciso que a gente vá embora para que eu possa voltar sozinho.

— Parece bom mesmo, vou dar uma olhada. — Faço um gesto vago com o marcador do clube, forçando um sorriso amigável. — Mãe, vamos...?

Mexo a cabeça em direção à porta.

Ela parece surpresa.

— Tem certeza? Podemos dar mais uma olhada.

— Vamos comprar o que precisamos para empacotar as coisas.

Ela dá de ombros.

— Tá bom, então. Foi bom te ver — diz ela para Ann. — Diga ao seu pai que passamos por aqui. Anda, Ranzinza.

Assim que estamos do lado de fora, minha mãe me dirige um olhar crítico.

— Você podia ter falado mais com a Ann. Achei que você gostaria de ouvir como a livraria tem ido atualmente!

— Já dei uma passada lá antes — digo na defensiva, e então pauso. Eu não deveria discutir, essa é a desculpa perfeita. Aceno com o marcador. — Na verdade, você tem razão. Seria bom dar uma olhada na loja e saber mais sobre os clubes do livro. O que acha de você ir até a loja do Floyd e eu te encontrar em alguns minutos?

— Bom… — Minha mãe hesita. — Tem certeza de que não quer companhia?

Eu me sinto um pouquinho culpado. Ela quer ficar comigo — lógico que quer. Ela quer que eu aceite a nova livraria assim como queria que eu aceitasse o novo apartamento.

Deus, será que minha mãe também acha que eu odeio Oak Falls? Afasto esse pensamento da cabeça.

— Fica tranquila. Eu te encontro daqui a pouco.

Ela parece meio desanimada.

— Ok. Se você tem certeza. Vem, Ranzinza.

Espero até minha mãe ter se afastado o bastante na direção da loja de artigos baratos do Floyd, para ter certeza de que ela não vai mudar de ideia e dar meia-volta. Então confiro meu celular mais uma vez (ainda nada do Michael), me viro na direção da porta da Entre Mundos e a abro.

O cheiro mofado. O estande de revistas e jornais. As placas escritas à mão. E a loja está vazia — todas as pessoas que estavam dando uma olhada um minuto atrás desapareceram.

Ah, graças a Deus.

— E aí?

Eu me viro para o balcão. Jovem Darby está sentado lá atrás, segurando um livro e olhando para mim.

Talvez seja alívio que o meu eu mais novo ainda está aqui. Talvez seja tudo que aconteceu na noite passada e o silêncio ensurdecedor de Michael. Talvez seja frustração comigo mesmo, por não saber ainda por que isso está acontecendo, e agora eu só tenho mais três dias até que Michael e eu tenhamos uma briga e tudo mais se desencadeie para nos levar até aqui, um beijo que eu não entendo e esse silêncio ensurdecedor...

Mas eu estouro. Estou cansado demais de não ter respostas e desgastado demais para fingir que me importo se pareço um esquisitão ou não.

— Por que você quer tanto sair daqui? — pergunto.

As sobrancelhas de Jovem Darby pulam de surpresa.

— O quê?

— No outro dia, quando estávamos falando sobre o internato, e você estava falando com o Michael... É como se você mal pudesse esperar para sair logo daqui. O que tem de tão ruim em Oak Falls?

Jovem Darby se mexe desconfortável, os ombros curvando-se para a frente, o peito afundando.

— Nada.

Bom, essa é uma mentira deslavada.

— Então por que você quer ir embora?

— Porque é um bom programa acadêmico. E é só por um semestre.

Ele soa na defensiva. E também como se essas fossem frases que meu eu mais jovem já tivesse dito um milhão de vezes — justificando, mesmo que eu não me lembrasse para quem estava me justificando. Michael? Minha mãe? Eu mesmo?

— Sei — digo, e não consigo evitar a sugestão de amargura transparecendo na voz —, mas isso não é uma resposta.

Agora Jovem Darby me fuzila com uma carranca.

— Por que você se importa? Você não me conhece.

O calor dispara por mim. Porque, neste momento, eu sinto que não conheço mesmo. Não conheço nada sobre essa pessoa na minha frente.

— Talvez não. Mas sei o que é ferrar as coisas com um amigo e sinto que é nessa direção que você está indo.

Darby me encara, parecendo genuinamente confuso.

— Do que você está falando? Michael e eu estamos bem.

É a resposta mais clara que consegui até agora, mas não faz eu me sentir nem um pouco melhor. Só me deixa mais frustrado. Porque se Jovem Darby não pode me dizer por que tudo está prestes a desmoronar com Michael, então ninguém pode, e então por que eu viajo no tempo? Qual é o sentido disso tudo?

O que estou fazendo aqui?

— Você não está bem — retruco, e nem sei com quem estou falando de verdade. — Michael parece não odiar Oak Falls. E você nitidamente odeia, e tudo que quer fazer é fugir.

— Michael não é uma criatura perturbada e desajustada que nem eu! — grita Jovem Darby.

Ele bota tudo para fora, como algo que meu eu mais jovem esteve segurando por um bom tempo, e que me atinge com a força de um soco no estômago, as palavras curvando-se como garras.

— Você não é uma criatura perturbada e desajustada — digo, mas soa vazio até para mim.

Uma resposta automática em que nem mesmo sei se acredito.

— Valeu. — A voz dele sai azeda. — Mas você não sabe de nada.

— Como você sabe que não sei? — Estou soando mesquinho e desafiador, mas não ligo. — Você também não sabe nada sobre mim.

— Tá, mas ninguém mais parece se sentir assim — diz Jovem Darby, tão amargo quanto eu há um minuto. — Todo mundo por aqui parece apenas existir de boa, menos eu. Então acho que eu sei.

Sinto uma vontade repentina e nada saudável de me estrangular.

— Você não tem como saber como qualquer um aqui está se sentindo.

— E você não sabe o que eu estou sentindo, e nem me conhece — retruca o Jovem Darby.

— Tá bem.

Isso não está indo para lugar nenhum. Não sei o que dizer para convencer minha versão mais nova de que eu entendo, de que eu sei, *sim*, sem apenas contar a esta versão de mim que eu sou trans. Que *nós* somos trans.

Mas não posso fazer isso. Por que será que Jovem Darby acreditaria em mim? E se eu piorar tudo porque ele não está preparado e não quer escutar isso? A última coisa de que preciso é lançar meu eu mais jovem em um estado ainda pior de negação.

Esfrego os olhos. Como foi mesmo que eu percebi que era trans? Como eu *realmente* entendi?

Não consigo me lembrar.

Acho que isso foi se aproximando sorrateiramente. E então só estava lá. Mas não consigo me lembrar de um momento singular em que tudo mudou ou o que fez a ficha cair. Lembro quando me assumi para Olivia. Lembro quando contei ao Ian.

Mas não lembro do momento em que admiti para mim mesmo. O momento em que entendi tudo de um jeito mais claro do que apenas *criatura perturbada e desajustada*.

Isso não está ajudando. Nada disso está. E eu preciso me encontrar com minha mãe, antes que ela volte para a livraria atrás de mim.

Não sei como consertar isso e de repente estou cansado e com raiva demais para tentar.

— Tá bem — repito, como se isso resolvesse alguma coisa.

Então me viro e saio pisado duro da livraria, deixando Jovem Darby para trás.

CAPÍTULO DEZENOVE

27 DE AGOSTO

Pego meu celular do bolso assim que estou do lado de fora para conferir se há algo do Michael — mas o aparelho está morto. Óbvio. E isso só me deixa mais frustrado. Frustrado por ter esquecido que ele perderia a bateria, frustrado porque agora não faço ideia se Michael mandou mensagem ou tentou me ligar, frustrado porque eu basicamente acabei de brigar com uma versão mais jovem de mim mesmo e nem mesmo venci.

Eu encontro minha mãe quando ela está saindo da loja do Floyd com o sr. Ranzinza, carregando um rolo de plástico-bolha debaixo do braço.

— Na hora certa! — exclama ela. E então franze a testa. — O que aconteceu?

— Nada. — Dou de ombros, tamborilando inquieto os dedos no polegar. — Hum… Lembra daqueles livros que você queria dar para o Michael?

Ela suspira.

— Sim, sim, isso ainda está na minha lista.

— E se eu levar eles agora?

Ela parece confusa.

— Eles estão lá em casa.

— Sim, eu sei. Estava pensando que poderíamos voltar para casa, depois posso levar com o jipe os livros para a casa do Michael.

O rosto dela se ilumina.

— Ah! Isso seria uma ajuda e tanto da sua parte, Darby. Assim eu finalmente risco isso da minha lista.

Fico agitado o caminho inteiro de volta para casa. Minha mãe não entra com o jipe na garagem, apenas o deixa na entrada, e eu praticamente disparo para dentro de casa para pegar os livros para Michael. Há apenas duas caixas — feitas para armazenamento de arquivos e com alças vazadas, o que pelo menos faz com que seja menos trabalhoso arrumá-las no porta-malas do jipe apesar dos meus braços cansados.

— Você falou com o Michael sobre os livros, né? — pergunto enquanto minha mãe me ajuda a empurrar a última caixa.

— Ah, eu não mencionei nada para ele — diz ela.

Ela está me zoando?

— Por que não?

— Bom, eu ia falar, mas aí pensei: por que dar a ele a chance de dizer não? Só apareça. Ele vai ser educado e aceitar. — Ela abre um sorriso largo. — E assim isso não será mais problema meu.

Não sei dizer se minha mãe é avessa a conflitos ou se na verdade é uma mestra em manipular as regras da Boa Educação do Centro-Oeste. Mas não ligo. Se os livros me derem uma desculpa para ir até a casa do Michael, isso é tudo que importa.

É pouco depois do meio-dia quando entro com o jipe na longa entrada da garagem de Michael, parando atrás da velha caminhonete dele, que reluz tão forte sob o sol que eu preciso espremer os olhos. O verão parece determinado a aproveitar ao máximo os últimos dias de agosto, e está quente e úmido. O ar abafado me sufoca como uma toalha molhada.

Abro o porta-malas do jipe e percebo que não há como carregar as duas caixas sozinho, então pego apenas uma, deixo o porta-malas aberto e vou em direção à casa. Uma cigarra solitária canta em algum lugar distante enquanto subo os degraus da varanda. As cadeiras de jardim ainda estão ali, há um par de chinelos largados sob uma delas e uma latinha de refrigerante abandonada no braço de outra.

Toco a campainha com o cotovelo. Ouço o eco na casa, um *dim-dom* pesaroso. E então silêncio.

Ótimo. Talvez ninguém esteja em casa. O que eu faço se o Michael nem estiver aqui? Deixo os livros? Se eu deixar, isso meio que acaba com minha desculpa para tentar falar com ele...

A porta range ao se abrir e ali, do outro lado da tela, está Michael. Seu cabelo parece desgrenhado e ele está usando óculos e uma camiseta esgarçada e short.

Ele me encara como se eu fosse a última pessoa que esperava encontrar na sua varanda.

— Oi.

Sua expressão só me deixa mais irritado.

— Oi. Eu trouxe livros.

— Livros?

— É, minha mãe achou que você fosse querer esses livros que ela costumava usar nas aulas dela. — Olho para a caixa que estou carregando, principalmente para não ter que olhar para Michael. — Ela está tentando se livrar de algumas coisas antes da mudança, então...

— Hum. Certo. Entre. — Michael abre a porta telada.

Então eu passo por ele e apoio a caixa no chão na entrada, ao lado de uma pilha de sapatos.

— Tem outra no jipe.

— Ah — diz Michael.

Eu espero que diga mais alguma coisa, mas ele não diz, então me viro e volto para a varanda. Pego a outra caixa, conseguindo fechar o porta-malas de algum jeito, e quando subo os degraus da varanda de novo, Michael está do lado de fora segurando a porta telada mais aberta e deixando mais espaço para passar por ele.

E isso também me deixa irritado. Como se significasse que ele não me quer tão perto.

Deixo a segunda caixa ao lado da primeira. Michael volta a entrar, a porta telada rangendo ao se fechar às suas costas. E agora somos apenas nós, frente a frente, nos entreolhando sem jeito enquanto outra cigarra zumbe lá fora.

— Então, você vai querer os livros? — pergunto.

Ele olha de relance para as caixas.

— Sim, lógico. Agradeça a sua mãe. Com certeza posso usá-los com a minha turma... ou outro professor pode.

Solto a respiração. Queria que Michael oferecesse resistência. Que dissesse não precisar dos livros ou não os querer, só para que eu pudesse discutir com ele sobre algo que não fosse tão sensível quanto tudo que quero falar de verdade.

Seu olhar retorna ao meu rosto.

— Você, hum... só veio para deixar os livros?

Ele quer tanto assim que eu vá embora?

— Tá. Entendi o recado. Estou indo.

Vou em direção à porta, mas Michael se coloca na minha frente.

— Não. Desculpa, não foi isso que eu quis dizer. Eu só... achei que você estivesse aqui porque... — Ele enfia as mãos nos bolsos do short, os ombros subindo em direção às orelhas. — Por causa de ontem à noite.

Eu o encaro. Não consigo decidir se me sinto aliviado ou irritado de novo.

— Pelo visto você não se esqueceu daquilo por um passe de mágica.

Meu tom soa meio amargurado e nada parecido com uma pergunta. Michael se retrai, abaixando a cabeça.

— Não. — A voz dele é baixinha. — Não esqueci.

— Mas... você ia falar comigo em algum momento? Ou só me ignorar de novo?

Michael levanta o olhar e sua expressão é tão vulnerável quanto na livraria, treze anos atrás, quando ele olhou para Natalie e Brendan enquanto os dois desapareciam entre as fileiras de estantes.

— Não foi minha intenção te beijar. Ou... eu não sabia que ia te beijar até acontecer, e então eu... acho que meio que surtei. Achei que podia ter passado dos limites e você só... — Ele solta a respiração, passando a mão no rosto. Agora ele parece frustrado também. — Você acabou de voltar e eu normalmente não faria algo assim no colégio, em um jogo de futebol, e somos complicados. A última coisa que eu queria fazer era deixar tudo isso ainda mais complicado...

Preciso reunir tudo que tenho para não gritar: *Por que somos complicados?*

— Então o seu grande plano para depois de me beijar era sair correndo dali e torcer para que eu esquecer no dia seguinte?

Ele fica corado.

— Não, não é isso...

— Você queria não ter me beijado?

Michael me encara nos olhos. Hesita, então responde:

— Não.

Meu coração salta no peito e toda a minha frustração evapora.

— Podemos só... parar de sermos complicados, pelo menos por enquanto? — Minha voz sai rouca. Falhada. — Eu sei que sou uma bagunça e não tenho ideia do que estou fazendo ou sequer do que eu quero, mas eu quis aquilo. Quando você me beijou. Eu quis seu beijo.

Michael me olha por um bom tempo. Posso ouvir meu coração batendo, tão alto que estou quase convencido de que Michael consegue ouvir também.

E então ele dá um passo adiante, meio hesitante, como se estivesse me dando uma chance para mudar de ideia. Seus dedos percorrem minha mandíbula e Michael se aproxima e me beija de novo. Ergo as mãos e envolvo a nuca dele. Eu me sinto muito leve e como se estivesse escorregando de um penhasco ao mesmo tempo.

Michael se afasta e eu o deixo ir. Eu espero, prendendo a respiração.

Por um segundo, parece que ele está segurando também. Então ele curva o canto da boca.

— Podemos parar de sermos complicados por enquanto — diz Michael.

Eu sorrio de volta, mas tem um nó na minha garganta que não consigo engolir.

Não é tão fácil assim, não é?

Porque ainda há algo que ele não está me contando. Posso sentir isso pairando ao nosso redor como uma sombra. E tenho certeza de que isso está conectado a tudo que Jovem Darby não está percebendo na livraria. Tenho certeza de que está conectado àquela versão de mim sentindo-se uma criatura perturbada e desajustada, e a seja lá o que for que vai separar Michael e eu na minha festa de aniversário.

Mas, nossa, eu quero que seja fácil assim.

Michael inspira.

— Estou trabalhando em planos de aula e coisas do colégio hoje, mas… você está livre amanhã? Talvez possamos fazer algo. Tomar um café ou ir ao parque Krape, ou…

— Sim. — Algo se acende em meu peito. — Estou livre.

Um sorriso repuxa a boca dele.

— Tá bom. Parque Krape? Às quatro da tarde?

— Tá bem.

Ele abaixa o rosto, e eu viro o meu para cima e o beijo de novo, brevemente. A sensação da boca dele na minha me causa arrepios. Essa pessoa que era meu melhor amigo e parece um estranho ao mesmo tempo.

— Te vejo amanhã — diz Michael e abre a porta telada.

Saio para a varanda, aquela centelha quente se espalhando por mim com a familiaridade dessas palavras.

— Beleza — respondo. — Te vejo amanhã.

CAPÍTULO VINTE

28 DE AGOSTO

Dou um último gole no meu café da Grãos Mágicos, encarando a vitrine fosca da Livraria Entre Mundos. Estive parado em pé na frente da livraria pelos últimos cinco minutos, terminando meu café e me encorajando a entrar.

Passei o resto do dia de ontem arrumando meu quarto numa tentativa de me distrair dos pensamentos sobre Michael e a entrada da sua casa e o que pode acontecer no parque Krape hoje. Minha mãe ofereceu ajuda, mas eu recusei. Tive a sensação de que se ela estivesse por perto quando eu desenterrasse os vestígios da minha infância dos quais havia me esquecido, a coisa toda levaria três vezes mais tempo porque ela rememoraria tudo, e eu não tinha certeza, naquele momento, se aguentaria isso. O quentinho no peito que eu trouxera comigo da casa de Michael estava se dissipando, e tudo sobre o que o Jovem Darby e eu havíamos brigado estava ocupando o espaço. Se minha mãe estivesse ali enquanto eu tirava os bichos de pelúcia do armário e tentava decidir se guardaria eles ou não…

Eu estava preocupado de que gritaria com ela as mesmas coisas que Jovem Darby havia gritado comigo. Eu estava preocupado que ela ia querer se lembrar de uma criança doce e pequena com uma infância agradável e, cedo ou tarde, eu acabaria me queixando que não sabia de quem ela estava falando, porque o único Darby de quem me lembro era o perturbado e desajustado — e, para ser sincero, eu estava me perguntando se eu *ainda* não era perturbado e desajustado.

Então arrumei os bichos de pelúcia sozinho, escolhendo alguns poucos de que mais me lembrava para minha mãe guardar, porque eu sabia que ela ia querer guardar alguns. Reuni em um saco as peças aleatórias de roupas femininas que ainda restavam à deriva no meu armário, me perguntando por que eu não havia feito tudo isso *antes* de irmos ao bazar. Joguei fora algumas figuras de argila horrorosas que eu devo ter esculpido em algum momento, passando com elas escondido por minha mãe, que estava cuidadosamente tirando a arte das paredes, para que ela não declarasse que as figuras mereciam ser guardadas assim como as canecas de aniversário.

Depois fui para a cama e adormeci, vagando por sonhos estranhos. Sonhos nos quais eu não conseguia encontrar Michael depois de um jogo de futebol. Sonhos nos quais meu cabelo era comprido de novo — como costumava ser no ensino fundamental — e todo mundo comentava como era bonito e não pareciam acreditar em mim quando eu dizia que não gostava.

Eu nem mesmo me lembro do que eram todos os sonhos, mas, quando acordei, senti que estava com uma ressaca de disforia. E eu mal me sentia disfórico atualmente. Tive que encarar o espelho do banheiro só para me lembrar de que ninguém havia me chamado pelo pronome errado em anos. Eu me senti como o clichê horrível de uma pessoa trans, analisando meu rosto no reflexo — o formato do nariz, a grossura das sobrancelhas, a barba rala e esparsa que eu nunca tentara cultivar porque era evidente que nunca se tornaria uma barba de respeito.

E foi então que percebi.

Talvez eu estivesse errado sobre o motivo de estar viajando para o passado. Esse tempo todo, eu havia pensado que isso era apenas — não sei — aleatório, mas meio conveniente. Que, se existisse uma razão para isso, era para que eu pudesse falar com meu eu mais novo e tentar descobrir por que Michael e eu nos afastamos desse jeito tão drástico.

Mas e se for outra coisa?

E se a livraria fica me levando de volta para aquela semana de propósito porque eu tenho a chance de fazer algo diferente?

E se o objetivo for eu mudar alguma coisa?

Por isso, esta manhã, ajudei minha mãe a embalar fotos emolduradas e as artes das paredes, pensando o que eu queria dizer para meu eu mais novo. E então levei as roupas femininas e os bichos de pelúcia para o brechó. Peguei um café. E o bebi, em pé na frente da livraria, tentando me convencer de que o que estou prestes a fazer não vai causar algum tipo de catástrofe no estilo Darby-de-agora-fica-transparente-e-começa-a-esvaecer como em *De volta para o futuro*.

Fecho os olhos. Eu não vou alterar nada muito grande. Não vou dar à minha versão mais nova qualquer resposta que ele não encontraria por conta própria — algum dia.

Jogo o copo de café na lata de lixo na beira da calçada e entro na livraria.

Hoje, Jovem Darby está sentado no balcão, o queixo apoiado em uma das mãos, encarando o monitor grande do computador. O cabelo parece especialmente desleixado — precisa de um corte — e os ombros estão curvados para a frente, escondendo o peito sob a camiseta larga. Os óculos ovais estão escorregando pelo nariz.

A loja está vazia. Não há ninguém mais aqui, e, ainda assim, meu eu mais jovem não está confortável. Eu não conseguia nem existir sem ansiedade em uma loja vazia.

Pigarreio.

— Oi.

Jovem Darby continua encarando o monitor.

— Oi.

Dou alguns passos em direção ao balcão.

— Escuta, eu sei que você não me conhece e eu não te conheço, e eu saí entrando e falando um monte de merda ontem, mas... — Respiro fundo. Lá vai. — Acho que temos algumas coisas em comum. Mais do que você pensa. Desculpa por ter soado meio... intenso.

Jovem Darby me dirige um olhar desconfiado.

— Que coisas nós temos em comum?

Mordo o lábio, escolhendo as palavras com cuidado. *Deus, espero que isso não acabe ferrando com tudo.*

— Bom, nós dois temos um amigo que gosta dos quadrinhos da Marvel.

Jovem Darby franze a testa.

— Temos?

— E... eu cresci aqui também.

Ele me analisa mais de perto.

— Você cresceu em Oak Falls? Eu não... você não parece familiar.

Bom, eu sei que meu eu mais jovem não me reconhecia, mas se não pareço nem um pouco familiar... pelo visto eu era menos observador no colégio do que pensava.

— Eu me mudei por um tempo. Porque senti que não pertencia a esse lugar.

Jovem Darby se afasta, o peito afundando ainda mais.

— Lembra quando me ajudou a encontrar o primeiro livro de Percy Jackson? Você me disse que você e seu amigo Michael passaram uma semana se chamando de Percy e Grover.

Agora Jovem Darby cora e arranha a unha sobre a superfície da bancada, encarando-a.

— É, eu sei, foi bobo e...

— Uma vez eu fiz a mesma coisa com um amigo meu.

Jovem Darby ergue o olhar.

— Hum. Com Percy e Grover?

Abro a boca e hesito.

— Hã... não, com... com outros personagens. Não importa. Foi antes do ensino médio, há muito tempo, mas... eu gostei muito. Foi meio... ridículo. O quanto eu gostei daquilo. Mas foi, tipo, quando meu amigo me chamava pelo nome daquele personagem, quando eu estava meio que fingindo ser aquele personagem... me senti mais como eu do que jamais havia sentido antes.

Jovem Darby me encara — com um olhar vulnerável, como se eu houvesse acabado de contar o segredo mais íntimo do meu eu mais novo em voz alta.

O que, para ser sincero, eu acabei de fazer.

Porque esse deve ser o objetivo. Deve ser por isso que a livraria está me trazendo para cá: para que Jovem Darby tenha uma saída e pare de se sentir como uma criatura perturbada e desajustada. Para que talvez eu possa encontrar essa saída, antes de ir embora, antes de arruinar tudo com Michael.

Porque talvez se eu conseguir…

Bom, não sei, mas não consigo deixar de ter a esperança de que, se o Jovem Darby puder compreender algumas coisas só um pouquinho mais cedo, talvez eu também possa me sentir menos perturbado e desajustado. Talvez meu eu mais jovem possa mudar meu presente para melhor.

Jovem Darby engole em seco, ainda me encarando. E então diz:

— Eu meio que queria ser o Percy. Tipo… de verdade.

Faço que sim devagar.

— Entendo, ser o filho do Poseidon seria bem legal.

Um sorriso se forma no rosto do Jovem Darby.

— Sim. — O sorriso se desfaz. — O personagem que você fingiu ser… — Meu eu mais jovem desvia o olhar, hesitando. — O personagem era, hum… um cara, como você?

Disfarço um sorriso. Jovem Darby não faz ideia do quanto essa pergunta é complicada, mesmo que também seja muito simples. Sim, Percy era um cara, como eu. Eu só não sabia disso na época.

— Se você está perguntando se aquele personagem era do mesmo gênero que eu achava que era… então, não.

Jovem Darby franze a testa para mim. Quase consigo enxergar as engrenagens girando em sua cabeça enquanto processa isso. Ou tenta processar. Concentrando-se em *gênero* e *achava que era*…

A testa franzida desaparece.

— Ah — diz, baixinho.

Parte de mim quer insistir. Quer perguntar se Jovem Darby realmente entende o que estou dizendo. Se alguma luzinha se acendeu.

Em vez disso, pergunto:

— Você pode encomendar livros, não é?

Meu eu mais novo não reage. E então faz um gesto brusco, estendendo a mão para o computador.

— Sim, normalmente recebemos as coisas bem rápido. Se não tivermos na loja.

Este livro sem dúvida não vai estar na loja. Não em um lugar como Oak Falls. Não em 2009.

— Tem um livro chamado *Transgender History* — digo. Historiografia transgênero. — Você pode encomendar para mim? E, na verdade… — falo do modo mais casual que consigo, como se fosse uma ideia repentina. — Você pode achar interessante. Pode dar uma olhada nele, se quiser, antes que eu venha buscar.

Jovem Darby digita no teclado antigo e lê na tela do computador.

— *Transgender History*, de Susan Stryker?

— Esse mesmo.

— Você quer deixar um número de telefone? Assim podemos te ligar quando chegar.

Balanço a cabeça.

— Não precisa. Eu dou uma passada aqui. Não me importo de fazer uma visita à livraria.

Jovem Darby parece em dúvida.

— Tá bom. Se tem certeza. Mas é fácil ligar…

— Tenho certeza.

Ele hesita, olhando entre mim e a tela do computador.

Às minhas costas, o sino toca sobre a porta. O olhar de Darby é atraído pelo som, o rosto se iluminando e se fechando ao mesmo tempo.

— E aí?

— Oi, Darby! — É a voz de Michael.

Eu me viro. A versão mais jovem de Michael está na loja de novo, a porta fechando-se atrás dele. Desta vez ele está usando uma camiseta de Pokémon que é estranhamente familiar. Os óculos estão meio tortos sobre o nariz.

Eu me viro rapidamente, pegando algum livro aleatório da mesa de lançamentos e folheando.

Michael vai até o balcão e apoia os cotovelos nele.

— Quer uma carona esta noite?

Observo pelo canto do olho, bem a tempo de ver Jovem Darby virar o monitor do computador só um pouquinho para não ter chance de Michael conseguir enxergar o que está exibido.

Meu coração afunda. A capa e nome do livro provavelmente ainda estão lá, já que minha versão mais nova ainda não concluiu o pedido.

— O quanto você precisa chegar mais cedo por lá? — pergunta o Jovem Darby.

— Tipo uma hora antes do jogo. Temos que nos aquecer na sala da fanfarra.

Certo. É sexta-feira aqui. Olho de relance para a grande vitrine e a faixa ainda pendurada sobre a locadora de vídeo. Abertura da temporada de futebol. Jovem Darby vai assistir ao Michael tocando.

— Hum… — Jovem Darby se mexe, arranhando uma unha na bancada de novo. — Eu te encontro por lá.

Michael parece chocado.

— Eu posso vir te buscar na minha bicicleta — diz ele.

Ele parece esperançoso.

Jovem Darby dá de ombros.

— Não sei. Preciso ir jantar e tal depois de sair daqui, então…

Meu coração afunda ainda mais. Jovem Darby não soa nem um pouco animado. Deixa transparecer que preferiria ir em qualquer outro lugar. O jantar não tem nada a ver com isso — não queria ir com o Michael porque significava mais tempo sentado na arquibancada sozinho, sentido-me esquisito e deslocado.

— Tá bom — responde Michael. — Se você tem certeza.

— Isso. Eu te encontro por lá.

Michael assente, mas ele não está olhando para Jovem Darby. Ele está olhando para a bancada, o pé batendo no chão, como se estivesse esperando, torcendo para que o amigo dissesse mais alguma coisa.

Mas Jovem Darby fica em silêncio, ainda arranhando a bancada. Como se meu eu mais novo estivesse esperando que Michael fosse embora.

— Tá bom — repete Michael. — Acho que te vejo mais tarde, então.

— Tá bem. — Mas Jovem Darby mal olha para ele. — Eu tenho que arrumar umas coisas no depósito mesmo, então...

Isso parece uma mentira, e fica evidente que ambos sabem disso.

— Beleza.

Michael assente.

Jovem Darby tenta dar um sorriso — é tenso e rápido — e então se vira e desaparece no estoque.

E Michael parte em direção à porta.

Eu o observo ir.

Que se foda.

Ele está bem aqui. Eu preciso tentar. Tenho que dizer algo, perguntar algo. Jovem Darby nitidamente pensa que está tudo bem com Michael. Não faz ideia de que há uma briga se aproximando... mas talvez Michael saiba.

Talvez a loja esteja me trazendo de volta até aqui para ajudar minha versão mais nova a se sentir menos inadequada, mas se o Michael está bem aqui, neste instante...

Fecho o livro que estou segurando, olhando para ele apenas para colocá-lo de volta no lugar certo na mesa de lançamentos. E então me viro para a porta.

Michael se foi. Como se houvesse desaparecido no ar.

Mas eu não escutei o sino. Nem escutei a porta se abrir. Ele apenas sumiu, como se nunca tivesse estado ali.

Um aroma leve de flores atinge meu nariz. Pestanejo — através da janelinha da porta, a calçada lá fora está ensolarada. Devia estar nublado. *Estava* nublado até um segundo atrás, não estava?

Ouço vozes. Um murmúrio distante de conversas. Eu me viro na direção do som e minhas entranhas dão um solavanco tão brusco que me sinto enjoado.

Há pessoas nos corredores, apontando para livros ilustrados e falando umas com as outras. E a placa que rotula a prateleira de livros infanto-juvenis é impressa. Os livros sobre a mesa de lançamentos à minha frente são diferentes. O estande de revistas sumiu, substituído por uma mesa de diários e cartões...

Estou no presente. Estou na livraria que pertence ao meu tempo presente.

Olho de relance para o caixa, só para garantir, e Ann está ali atrás, digitando num computador muito mais moderno.

O que aconteceu?

Atravesso a loja, indo até a fileira mais distante de prateleiras, espiando cada corredor como se de alguma forma eu fosse encontrar a velha livraria se escondendo em algum lugar.

Não é assim que deveria funcionar. Eu entro na livraria e, contanto que esteja sozinho, viajo no tempo. Vou para o passado. Quando saio, volto para o presente.

O que fiz para voltar ao presente? Talvez eu tenha feito alguma coisa, deflagrado algo, sem perceber.

Retorno para a mesa de lançamentos. Pego um livro, boto de volta, me viro na direção da porta — assim como fiz quando estava prestes a ir falar com Michael.

Mas nada acontece. Ainda estou no presente, encarando pela janelinha da porta as mesas da cafeteria do outro lado da rua.

Meu coração está martelando. Isso não faz o menor sentido. Eu já peguei livros no passado. Comprei *O ladrão de raios* e saí com ele. Isso não me retirou do passado e me largou na versão do presente da livraria.

Preciso sair daqui. Preciso voltar para a velha Entre Mundos, onde eu deveria estar. Vou em direção à porta, o coração acelerado, a pele formigando, e a abro com um empurrão, saindo para a calçada.

Assim que a porta se fecha atrás de mim, eu me viro e a abro de novo e volto para dentro.

Jovem Darby está saindo do estoque, carregando alguns livros. O estande de revistas está de volta. O aroma de flores sumiu. Essa é a loja em que eu estava um minuto atrás.

Exceto que…

— Michael foi embora?

Jovem Darby levanta o olhar.

— Hum, sim? Quer dizer, ele disse que estava indo… — Meu eu mais jovem desliza os livros para a bancada, erguendo uma sobrancelha para mim. — Você precisava… dele para alguma coisa?

— Não — respondo rapidamente. — Não é nada.

Meu olhar vagueia para o relógio de livro acima na parede. São quase quatro horas. Tenho que me encontrar com o Michael — a versão atual dele. E agora que meu celular está definitivamente sem bateria, não posso mandar mensagem para ele e dizer onde estou caso me atrase.

O que significa que eu deveria ir.

Eu vacilo, o coração ainda batendo acelerado. E então me viro para a porta de novo.

— Você tem certeza de que não quer deixar um número de telefone para aquela encomenda? — pergunta Darby.

Olho mais uma vez para minha versão mais nova, me observando com as sobrancelhas erguidas, ainda segurando os livros.

— Não, eu… eu volto aqui. Obrigado.

E saio da livraria antes que possa pensar duas vezes. A porta retine e range atrás de mim.

Um acaso. Foi apenas isso. Algum acaso estranho, porque essa situação toda é impossível, e eu não faço ideia de como funciona, então por que não existiria um acaso estranho?

Mas me sinto inquieto. Como se houvesse uma coceira por baixo da pele. Eu me viro mais uma vez, abro a porta e só estico a cabeça para dentro.

O estande de revistas ainda está lá. Jovem Darby está desaparecendo por uma fileira de prateleiras com os braços cheios de livros.

Solto a maçaneta e a porta se fecha com delicadeza.

Ainda está lá. A livraria ainda está lá. Eu ainda consigo visitá-la. *Aquilo foi só um acaso.*

CAPÍTULO VINTE E UM

28 DE AGOSTO

Michael está me esperando perto da bilheteria do carrossel no parque Krape, virando o celular nas mãos. Ele está vestindo uma camisa de botão de manga curta e bermuda cáqui colada, e parece muito bonito e muito adulto.

Eu nem mesmo pus uma camisa polo. Estou usando uma camiseta sem graça e calça jeans dobrada acima dos tornozelos. E sandálias.

Por Deus, Michael está vestido como se isso fosse um encontro, e eu me vesti como... como se eu estivesse passado o dia todo preocupado em tentar sugerir gentilmente para meu eu mais novo que ele é trans e não apenas um perdido na vida.

Michael sorri quando me vê e ergue a mão, como se pudesse passar despercebido, apesar de ser a única pessoa perto do carrossel que não está com uma criança pequena.

— Oi — diz ele, quando o alcanço. — Ainda bem que você recebeu minha mensagem.

Olho para Michael sem entender.

— Que mensagem?

— Mandei mensagem para avisar que estava perto do carrossel.

— Ah. Desculpa. Hum... meu celular morreu. Eu esqueci de carregar. Só te vi do estacionamento.

Gesticulo em direção ao estacionamento, onde deixei o jipe.

— Bom... você me achou. É isso que vale. Então... — Ele mexe a cabeça na direção do carrossel e levanta a sobrancelha. — Pronto?

Olho dele para o carrossel antigo. Mesmo que ainda não esteja escuro, as luzes do brinquedo já estão acesas, piscando ao longo da borda do telhado pontiagudo como uma coroa de estrelas. Elas lançam um brilho dourado sobre os cavalos pintados de cores vivas em seus mastros de latão.

— Você tá falando sério?

Michael sorri e pega algumas moedas no bolso.

— Estamos aqui.

— Você é ridículo.

Ele apenas ri e joga as moedas para mim, que, de algum jeito, consigo apanhar.

Nós dois parecemos nos destacar conforme avançamos na fila, trocando as moedas por bilhetes de papel antiquados. Todos os outros da fila têm menos de 10 anos. Eu me sinto estranhamente alto quando subo em um cavalo branco com uma sela dourada cafona e crina preta.

— Acho que não piso nessa coisa há vinte anos — comento enquanto a música tilintante começa a tocar.

Michael monta em um cavalo amarelo-vivo com uma sela vermelha.

— Ah, eu venho toda semana — diz ele com uma expressão seríssima.

— Mentira.

— É o que me mantém jovem.

O carrossel range ao começar a se mover, ganhando velocidade aos poucos. Quanto mais rápido gira, mais a coceira sob a pele diminui. A música, as luzes e o sorriso torto de Michael são como uma âncora, me amarrando aqui, ao presente, enquanto o mundo gira ao nosso redor. Quando o passeio termina, já tirei a livraria da cabeça.

Depois do carrossel, Michael me leva até o caminhão antigo dos bombeiros, que está deserto, então nos sentamos no largo banco, atrás do volante.

— Na minha memória, isso era muito maior — falo.

— Pois é, é meio decepcionante como tudo fica do tamanho normal quando se é adulto — lamenta Michael. Ele olha ao redor.

— Bom… várias coisas ainda devem ser meio grandes para você.

Dou uma cotovelada nele.

— Ah, sim, verdade, você é hilário.

Do caminhão de bombeiros, perambulamos ao longo do parquinho, além do grande gazebo, das mesas de piquenique e da concha acústica. E falamos sobre nada importante. A última vez que Michael tocou na concha acústica. Quem foi àquele aniversário que ele fez no gazebo. Ele pergunta se Nova York tem carrosséis, e eu dou de ombros e mudo de assunto — porque não quero falar daquela cidade.

Digo a mim mesmo que é porque estou aqui para fugir de Nova York. E não porque, no segundo em que Michael perguntou de lá, eu senti um puxão esquisito atrás das costelas e de repente me percebi imaginando o que Olivia estaria fazendo. Se ela estava com Joan. Ou Ian. Se eles estavam todos passando tempo juntos sem mim.

Andamos pelas trilhas do parque Krape até que os mosquitos apareçam e o sol comece a mergulhar no horizonte. Então nós nos viramos e voltamos para o estacionamento, porque esqueci de passar o repelente (de novo) e estou sendo devorado vivo, servindo de piada para Michael.

Ele anda comigo até o jipe.

Estendo a mão e seguro a dele.

— Achei nosso dia divertido.

— Também. — Ele sorri, mas gentilmente afasta a mão. — Escuta, eu tenho que estar no colégio amanhã para uma reunião, mas… quer jantar lá em casa? Quer dizer, nada especial, só Liz, Amanda e eu, mas você será bem-vindo. Se quiser.

Enfio a mão no bolso traseiro. Não sei mais o que fazer com ela. Não sei por que ele se afastou.

— Claro. Pode ser.

— Ótimo.

Eu me estico, na ponta dos pés, mas ele não se mexe para me beijar. Só me dá mais um sorriso de canto e se vira, partindo em direção à sua caminhonete.

Coloco o celular para carregar assim que me deito na cama, tentando impedir que a livraria volte à minha mente. Tentando não pensar, de novo e de novo, sobre Michael afastando a mão.

O que aquilo queria dizer?

Depois de um minuto, o celular desperta. Duas notificações surgem na tela.

A primeira é uma mensagem de Michael — a que ele havia enviado mais cedo e eu não tinha visto, dizendo que estava no carrossel.

A segunda é de Ian.

IAN ROBB

Oi, Darb, eu sei que você tá muito ocupado, mas Ollie tá com muita saudade de você. Manda uma mensagem pra ela qualquer hora? Bjs

CAPÍTULO VINTE E DOIS

29 DE AGOSTO

Pego a rota da Rua Principal em direção à casa de Michael para o jantar no dia seguinte, assim eu posso parar na livraria primeiro. Agora que o fim de semana passou, a rua está mais quieta de novo. Há várias vagas de estacionamento disponíveis e apenas uma família tomando sorvete do lado de fora da loja de Ethel May.

Não há sinal da versão mais nova de Michael quando entro na livraria. É sábado aqui, mas a loja está vazia. Jovem Darby parece meio sem ter o que fazer, sentado atrás do balcão, encarando a vitrine.

— Tem algum livro para mim? — pergunto enquanto a porta range ao se fechar atrás de mim.

O olhar do meu eu mais novo se desgruda da vitrine.

— Ah, oi. Desculpa, ainda não chegou. Normalmente recebemos as coisas rápido, mas… não tão rápido.

— Sem problema. — Eu não achava que o livro já estaria aqui. Vinte e quatro horas seria rápido até para a Amazon. Só parecia a desculpa mais fácil de dar para eu estar aqui. E eu não tinha como dizer: *E então, já rolou alguma grande revelação de gênero?* — Só pensei em conferir. Estava por perto.

Darby assente.

Eu espero, mas ele não parece com vontade de dizer mais nada.

Certo. Minha vez, acho.

— Então, hum… deve ser esquisito não voltar para o colégio daqui.

— Um pouco.

O que está acontecendo? Achei que Jovem Darby estaria… não sei, animado? Ou pelo menos um pouco menos triste? Quer dizer, acabei de dar a ele informações cruciais e um livro que meu eu de 16 anos jamais tinha ouvido falar. Será que ele nem ao menos pesquisou no Google quando chegou em casa?

— Como foi o jogo de futebol? — pergunto.

Ele curva os ombros, escondendo o peito.

— Foi legal.

Bom, isso soa como mentira.

— Hã, escuta… aquele livro que eu te falei…

— Sim?

— Você pesquisou alguma coisa sobre ele?

Jovem Darby tamborila os dedos no polegar.

— Eu fiz a encomenda.

— Não, quer dizer… você pesquisou alguma coisa no Google? Ou… sei lá, só achei que pudesse te interessar, então imaginei se você teria procurado saber mais.

Ele se mexe e o banco balança um pouco.

— Eu descobri uma coisa no YouTube…

Fico sem reação. Não era isso que eu estava esperando.

— YouTube?

— É, hum… um cara, ou… uma pessoa que era… que é… transgênero. — O Jovem Darby se atrapalha com a última palavra, apressado. — Ele estava… falando sobre o que isso significa. E sobre a vida dele e tal.

Eu nunca encontrei nada no YouTube. Nem mesmo pensei em procurar por lá. Os pelos dos meus braços se arrepiam. *Eu mudei alguma coisa.*

Quero desesperadamente perguntar: *Você se enxergou nele? Você entendeu alguma coisa?*

Mas tudo que digo é:

— Que legal.

Jovem Darby assente… mas sem qualquer entusiasmo.

— Ele mora em Boston.

Ah.

Minha versão mais nova volta a encarar a janela e acho que entendo. Boston é uma cidade grande. Boston fica na Costa Leste. Boston não é Oak Falls, no Illinois.

— Isso não significa nada. — Minha voz soa desesperada até para mim mesmo. — As pessoas podem estar... em qualquer lugar.

— É.

Ele não parece convencido.

Merda. Isso não está ajudando do jeito que eu imaginava.

Talvez meu eu mais novo só precise de mais tempo. Talvez quando o livro chegar, e o Jovem Darby der uma olhada nele, ele perceba que só porque não é *óbvio* que não há pessoas queer por perto, isso não significa que a gente não exista...

Meus pensamentos param de supetão. Poderia jurar que estou escutando música. Alguma coisa tranquila e calma flutuando de algum lugar distante, abafada como se estivesse do outro lado de uma parede...

— O que é isso? — indago.

Jovem Darby levanta as sobrancelhas.

— O quê?

— Essa música. De onde ela está vindo?

Ele se inclina para olhar pela vitrine.

— Não estou escutando nada...

Eu me viro para a porta. Talvez seja um carro lá fora tocando rádio...

Tudo ao meu redor se transforma. A música de repente fica mais alta, mais *presente*. Está sendo transmitida através de alto-falantes na loja. Um saxofone suave de jazz...

O ar tem cheiro de flores. O estande de revistas sumiu.

Não, não, não...

— Oi — diz alguém.

Eu me viro na direção do balcão e sinto tontura.

— Darby, não é? — pergunta Ann. — Não te vi entrando.

Estou de volta no presente. Como se eu tivesse despencado do passado direto para a nova versão da livraria. De novo.

O que está acontecendo?

— Oi — digo fracamente.

Mas não consigo falar mais nada nem retribuir o sorriso de Ann. Meu coração está batendo tão forte que dói. Minha visão embaça. Eu me viro e avanço porta afora, o sininho tocando acima da cabeça.

Piso na calçada. Fecho os olhos com força. Me faço contar até cinco. E então volto a entrar.

— Esqueceu alguma coisa? — pergunta Ann.

Merda. *Que porra está acontecendo?* Eu não viajei no tempo. Não viajei. Jovem Darby se foi.

— Não — respondo. — Tudo bem.

E vou embora de novo.

NÃO SEI COMO sobrevivo ao jantar. Meu coração não desacelera. Eu fico jogando o cozido vegetariano que a Liz fez de um lado para o outro do prato, incomodado demais para comer qualquer coisa. Nós nos sentamos à mesa da cozinha — Michael, Liz, Amanda e eu —, e eles três conversam e riem, mas eu mal consigo acompanhar trechos do papo.

Alguma coisa está errada.

Alguma coisa está acontecendo com a livraria, com seja lá o que for que me permita viajar no tempo. Ainda não sei o que vai causar a briga entre Jovem Darby e Michael, e dar ao meu eu mais novo um nome para nossa identidade não foi a solução mágica que achei que seria.

Eu deveria ter mais dois dias. Mais dois dias para consertar as coisas ou descobrir o que aconteceu ou sei lá que porra é o *objetivo* disso tudo. E agora nem sei se verei Jovem Darby de novo.

Terminamos o jantar e retiramos os pratos, e antes que eu esteja sequer ciente do que estou fazendo, digo:

— Eu deveria ir.

Liz e Amanda se entreolham.

Michael responde:

— Não precisa ir agora.

Olho para ele. Ele está usando óculos. Eu nem tinha percebido.

— Desculpa — falo. — Estou muito cansado. Com as coisas da mudança.

Michael franze a testa por um momento, mas assente.

— Hm... tudo bem. Eu entendo.

Andamos juntos pelo corredor até a porta da frente, deixando Liz e Amanda na cozinha. Eu percebo, me sentindo culpado, que nem perguntei como foi o dia dele. Como estavam as preparações para a escola. O que ele ensinaria. Se havia descoberto o que fazer com os livros que minha mãe deu.

Mas agora parece demais. Esquisito demais. Nem consigo descobrir como formar uma pergunta.

Michael abre a porta telada e nós saímos para a varanda. O crepúsculo já está avançando no jardim. Quase sinto os dias ficando mais curtos agora.

— Bom, hum... obrigado por vir.

Ele estende a mão e segura a minha e o movimento ativa alguma coisa no meu cérebro. Eu puxo a minha mão.

— Você não gostou que eu segurei sua mão ontem.

Michael se afasta um pouco, surpreso.

— Como assim?

— No estacionamento do parque. Eu segurei sua mão e achei que você ia me beijar, mas você se afastou. O que foi aquilo?

Ele se mexe, desviando o olhar, e enfia as mãos nos bolsos.

— Eu só... não curto muito demonstrações públicas de afeto.

— Sério?

— Eu te falei — diz ele, meio na defensiva. — Eu não sou de beijar ninguém no estacionamento do colégio.

— Bom, sim, mas imaginei que fosse mais porque você... não teve oportunidade. — Algo espinhoso se espalha nas minhas entranhas. — Espera aí. É por que você é gay? Porque nós parecemos... gays?

Michael volta o olhar para mim, na defensiva.

— Do que você está falando?

Solto a respiração. Cortante e irritada.

— Não é a demonstração pública de afeto. Você não se importa de ser gay em Oak Falls contanto que ninguém tenha que lidar com o fato de que você é gay. É por isso que você vai aos jogos de futebol e se senta com as pernas arreganhadas, e é por isso que queria que eu viesse para o jantar. Porque não tem ninguém olhando aqui. Você pode me beijar e não se preocupar que alguém note que você não é um homem heterossexual.

Michael dá um passo para trás.

— Isso não é verdade.

Mas eu não consigo mais lidar com isso. Fico ouvindo Jovem Darby na livraria falando: *Ele mora em Boston*. Fico ouvindo Olivia perguntando por que diabo eu gostaria de voltar para o *fim do mundo*. Fico pensando na mensagem do Ian, sem resposta no meu celular sem bateria.

— Tenho que ir — digo, me virando e andando em direção ao jipe antes que Michael possa me impedir.

CAPÍTULO VINTE E TRÊS

30 DE AGOSTO

Vou fazer uma festa de aniversário para você — declara minha mãe, assim que eu entro na cozinha na manhã seguinte. — É o seu trigésimo. Você deveria ter uma festa.

Esfrego os olhos. Sinto que mal dormi direito na noite passada e definitivamente não estou desperto o suficiente para anúncios desse tipo.

— Quando? Meu aniversário é daqui a dois dias.

— Amanhã! — Minha mãe abre um sorriso largo para mim. — Já reservei o deque no terraço do condomínio. Pensei em talvez fazer uma surpresa, mas a logística parecia complicada demais e, de qualquer jeito, eu quero que você ajude a escolher um bolo.

Solto a respiração.

— Não preciso de uma festa de aniversário.

— Ah, que nada. Você está aqui. É a oportunidade perfeita. Eu não faço uma festa de aniversário para você há anos! Enfim, eu já convidei as pessoas.

— Quem?

— Michael. O pessoal que mora com ele. Não sei com quem vocês estavam naquela festa na casa dele ou no jogo de futebol, então só falei para ele convidar quem quisesse.

Ai, meu Deus. Depois da noite passada, não sei nem se o Michael vai aparecer.

— Mãe, eu realmente não… não preciso de uma festa de aniversário. Quer dizer, é gentil da sua parte, mas…

— Bom, não é só por você. — Ela parece um pouco constrangida. — Vários dos meus amigos também estarão lá. Achei que podia ser uma festa dupla. Festa de aniversário para você, festa de mudança para mim! Eu estava querendo experimentar o deque do terraço. A festa teria que acabar às nove da noite por causa das regras do condomínio, mas é a minha hora de ir dormir mesmo.

Ah. Então é isso. Minha mãe quer uma festa — algo especial para marcar a mudança para o apartamento —, mas ela não pode só fazer uma festa para si mesma. Isso seria egoísta. O segundo pecado capital do Centro-Oeste, logo depois de aceitar um convite que você devia ter recusado.

Meu aniversário é a desculpa perfeita.

Posso lidar com isso.

— Tá bom. Quando precisamos escolher o bolo?

— Assim que você tomar o café da manhã — diz ela, pegando um bloco de anotações e uma caneta. — Vou começar uma lista agora. Vamos precisar de petiscos e gasosa e copos e pratos descartáveis...

Meu celular vibra no bolso e meu coração vai parar na boca. Talvez seja Michael, mandando mensagem para me dizer que de jeito nenhum ele vai comparecer a essa festa. Ou Ian, se perguntando por que diabo estou ignorando-o.

Mas não é nenhum dos dois.

OLIVIA HENRY

Feliz semana de aniversário!

Perco o ar.

Feliz semana de aniversário é algo que Olivia começou quando estávamos todos formados. Na faculdade, Olivia, Ian e eu sempre celebramos os aniversários uns dos outros no dia oficial. Mas, quando saímos da faculdade, a vida e os empregos aconteceram, e às vezes eu tinha aulas vespertinas no programa de mestrado, e Olivia estava se preparando para o stand-up, e Joan passava semanas trabalhando sem parar...

Então Olivia inventou a Semana de Aniversário. Festas e presentes que poderiam surgir na semana e contava do mesmo jeito.

Minha Semana de Aniversário tecnicamente começou ontem, na segunda-feira. Mas não ligo. Ela mandou mensagem. Não tem cinco milhões de pontos de exclamação do jeito que a maioria das mensagens dela tem, mas Olivia falou comigo.

E de repente minha mente não está mais focada no bolo. Mas na batata frita sexy. E na batata mais sexy ainda. E na cerveja. E Olivia e Joan e Ian todos apertados numa mesa de um bar esquisito que Olivia escolheu para mim, porque eu não sei nada sobre bares e nunca serei maneiro o bastante para encontrar os que não têm placas. Consigo imaginar Olivia passando a tiara de plástico como se estivesse passando uma coroa real. E imaginar Ian me dando um download gratuito de algum jogo que ele fez, porque é isso que ele oferece a todos como presente, todo ano. Eu nunca joguei nenhum, porque não tenho o equipamento necessário para isso, mas não importa, porque sempre acabamos no apartamento de Ian cedo ou tarde e jogamos os jogos por lá...

— Você está bem?

Sou arrancado dos meus pensamentos e levanto o olhar do celular. Minha mãe está me observando por cima dos óculos redondos vermelhos com uma ruga de leve na testa.

— Sim. Tranquilo.

Eu me viro para a cafeteira e enfio o celular no bolso, tentando ignorar o vazio estranho no peito.

MINHA MÃE INSISTE para que eu vá com ela à loja do Floyd para comprar artigos de festa. Quase tento inventar uma desculpa para ir até a livraria. Está bem ali. Eu poderia entrar e ver se o livro que encomendei chegou, se parece que algo mudou para melhor...

Mas estou com medo demais. Com medo demais de entrar só para descobrir que ainda é a livraria do presente.

E, de qualquer jeito, não me sinto diferente. Nada parece melhor no meu presente também — então talvez isso signifique

que Jovem Darby ainda se sinta como uma criatura perturbada e desajustada.

Então só sigo minha mãe pelos corredores da loja de Floyd, segurando a cestinha e oferecendo opiniões quando ela insiste que eu diga algo. Compramos pratos, copos e guardanapos e uma toalha de mesa de papel estampada com chapéus de festa, então vamos até o mercado escolher petiscos. (Minha mãe decide que vai deixar o bolo para amanhã para não ficar velho.)

E de algum jeito o dia inteiro passa. Sinto como se estivesse atordoado. Penso em mandar mensagem para Michael e não mando. Penso em responder Olivia e não consigo decidir o que dizer.

Depois do jantar, acabo no meu quarto, tentando arrumar as coisas na mala, porque o pessoal da mudança vem depois de amanhã e minhas roupas estão espalhadas por toda parte.

Deus, eu nem sei o que estou fazendo. Preciso devolver o carro alugado daqui a alguns dias. E se eu não o devolver em Nova York, vou ter que encontrar uma unidade da locadora por aqui para devolver. Ainda tenho as caixas e os sacos de lixo — com tudo que trouxe de Nova York —, e ainda nem pensei se o pessoal da mudança vai carregar isso também. Nem se essas coisas vão acabar no segundo quarto do apartamento da minha mãe daqui a dois dias "porque eu ainda não descobri o que vou fazer".

Eu desisto. Finalmente, sentado no meio dessa bagunça, rodeado por roupas, eu faço o que esteve no fundo da minha mente o dia todo. Abro uma janela do navegador no celular e pesquiso no Google "viagem no tempo" de novo.

Todos os mesmos resultados da outra vez. Passo os olhos por eles, procurando por qualquer coisa sobre portais e singularidades. Procurando por alguma resposta sobre por que a viagem no tempo pode parar de acontecer. Mas não há nada, porque viagem no tempo, especialmente para o passado, é impossível.

Tento uma busca diferente. "Colapso de buraco de minhoca".

Isso só me oferece vários resultados explicando o que são buracos de minhoca. Nada útil.

"Colapso de singularidade."

Resultados sobre buracos negros e Stephen Hawking.

"Colapso de portal de viagem no tempo."

Sites de pseudociência e artigos de tabloides.

Largo o celular no chão e tiro os óculos, pressionando os punhos nos olhos. *Porra.*

Estou perdendo a cabeça. Talvez seja essa a resposta. Meu primeiro pensamento, desde o primeiro dia em que entrei naquela livraria, estava certo no fim das contas. Estou tendo algum tipo de crise existencial colossal que me fez surtar e agora estou perdendo a noção da realidade e pesquisando sobre singularidades no Google como se eu soubesse o que essa palavra significa.

Não. Não posso acreditar nisso. É real demais — tudo tem sido real demais.

Coloco os óculos de volta e pego o celular. São 19h45.

Merda.

A livraria fecha às oito da noite.

Algum pedacinho minúsculo do meu cérebro tenta sugerir que eu posso esperar até amanhã de manhã. Que não há como eu chegar lá antes da loja fechar.

Mas todas as outras partes de mim insistem que preciso ir *agora*. Tenho que ir e me certificar de que não estou perdendo a cabeça, que é real, que a loja não sumiu e ainda consigo ver meu eu mais novo.

Eu me levanto, tropeçando sobre uma pilha de camisas, e vou em direção ao corredor.

— Mãe.

— Oi, Darby.

Ela está na cozinha, empacotando os últimos potes e panelas, a torradeira, os utensílios para cozinhar.

— Eu, hã… estou indo para a casa do Michael — digo.

Ela levanta as sobrancelhas.

— Ah. Eu ia empacotar mais algumas coisas e deixar no jipe para levar para o apartamento amanhã…

— Vou levar o carro alugado.

— Tá bom. — Ela franze o cenho para mim. — Está tudo bem?

— Sim. Eu, hum… só preciso de um tempo.

Eu nem mesmo espero pela resposta dela. Apenas volto para meu quarto, desenterro as chaves do carro alugado na pilha de bagunças ao lado da mesinha de cabeceira e saio de casa.

O carro apita agradavelmente quando o ligo. Eu me acostumei tanto com o jipe velho que as luzes no painel parecem brilhantes e chamativas demais e o banco do motorista parece ao mesmo tempo duro e flexível.

São 19h58 quando estaciono o carro na Rua Principal. Eu nem me preocupo em travar, só bato a porta e corro para a Livraria Entre Mundos…

A placa na porta está exibindo o lado que mostra FECHADO. Lá dentro, a loja está escura.

Mas, quando trabalhei na livraria, ficava até tarde todas as vezes se estivesse no último turno. Mesmo depois da loja estar tecnicamente fechada, eu desempacotava livros ou limpava a loja sob a meia-luz como gostava tanto. Eu nunca trancava a porta até ir embora. Então talvez eu ainda possa entrar. Talvez, se a porta não estiver trancada em 2009…

Agarro a maçaneta e puxo, mas a porta não abre. Sacudo a maçaneta. Puxo de novo, com toda a força que tenho, mas a porta não se mexe.

— Anda, anda, anda…

Estou murmurando baixinho, com sussurros trêmulos e em pânico enquanto meu coração bate contra as costelas.

Sacudo a maçaneta de novo e de novo, mas é inútil. Ela não vira.

Não posso entrar.

Meus olhos ardem. Encosto a testa na porta.

Não posso entrar.

O motor de um carro ruge vindo na rua atrás de mim e o freio chia.

— Darby?

Eu me sobressalto, largando a maçaneta e girando como se tivessem me pegado roubando.

Uma caminhonete branca estacionou no meio-fio, a janela do passageiro aberta. Inclinando-se para baixo e olhando para mim do banco do motorista está Michael.

Tudo dentro de mim desmorona. Estou ao mesmo tempo aliviado e envergonhado por vê-lo. Envergonhado por estar aqui, tentando entrar numa livraria fechada. Envergonhado por tudo que joguei na cara de Michael na noite passada. Ciente demais, de repente, da minha camisa grudando nas costas e do cabelo grudado na testa e da sensação dolorida na garganta.

— Oi — digo.

Ele olha de mim para a livraria.

— O que você está fazendo?

Surtando. Desmoronando. Perdendo a cabeça.

— Nada. Eu só... — Meus olhos ardem. Tiro os óculos para poder esfregá-los. Minhas mãos estão tremendo. — Não sei.

— Posso te dar uma carona para casa?

Aponto, desanimado, para o carro branco na rua.

— Meu carro está bem ali.

Michael se vira, olhando para o carro através do para-brisa traseiro. Então morde o lábio e olha de volta para mim.

— Quer ir lá para casa um pouco?

Inspiro, trêmulo, muito perto de surtar aqui mesmo na calçada e começar a chorar.

— Pode ser.

Ele se inclina para o lado e abre a porta da caminhonete para mim. Sento no banco do passageiro e partimos pela Rua Principal, deixando a livraria e o carro alugado para trás. A brisa soprando pela janela é quase gelada. Esfria meu rosto até eu não me sentir tão quente, estranho e em pânico. E, por fim, percebo que alguma coisa na caminhonete tem um cheiro salgado, apimentado e incrível. Baixo o olhar — tem uma sacola plástica branca no banco entre nós que diz CANNOVA's. O restaurante italiano da Rua Principal.

Michael percebe que estou olhando.

— Pedido para viagem — diz ele, tímido. — Amanda e Liz saíram para um encontro e eu não estava com energia para cozinhar, então... preferi comprar.

Aceno com a cabeça. Não consigo focar em mais nada nem pensar em nada para dizer, então volto a encarar a janela.

Michael faz a curva com a caminhonete para a entrada da sua garagem. Eu o sigo pelos degraus da varanda e para dentro da casa.

— Podemos ir lá para cima — sugere ele. — Passar tempo no quarto e assistir alguma coisa ou...

Ele parece hesitante. Como parecia na livraria — como a versão mais nova parecia, perguntando se Jovem Darby queria alugar um DVD de *Buffy* da locadora de vídeo. Um pouco esperançoso. Um pouco como se achasse que eu pudesse morder.

— Desculpa — falo. — Eu não devia ter falado tudo aquilo na noite passada. Fiquei meio bitolado.

Michael se remexe. Desconfortável.

— Quer um pouco da comida?

Ele não quer falar sobre o que aconteceu. Assim como não quer falar sobre por que nos afastamos.

Os cantos dos meus olhos ardem.

— Sim. Pode ser.

Ele se vira e sobe as escadas até o segundo andar, então eu o sigo, percebendo vagamente que nunca estive aqui em cima. Eu não tinha motivo para subir até aqui quando a casa era da avó de Michael.

Há um pequeno corredor. Um banheiro. Um conjunto de portas deslizantes que parecem um closet. Em uma ponta há um quarto, a porta meio aberta. Vejo uma cama com edredom listrado e várias almofadas decorativas.

Michael segue em direção ao cômodo na outra ponta do corredor. O quarto dele. É estranho e íntimo vê-lo. Uma cama bem arrumada com um edredom azul simples. Uma escrivaninha coberta por livros didáticos e cadernos, um notebook equilibrado precariamente em cima da bagunça. Um armário antigo e desgastado em outra parede, com uma pelúcia conhecida do Pikachu no topo. A pelúcia que dei a ele. Um vestígio do Michael de antes, do Darby de antes.

Michael apoia a sacola de comida e os garfos na mesa de cabeceira e abre o notebook na escrivaninha.

— Quer ver um filme?

— Pode ser.

Ele olha para mim.

— Alguma sugestão?

Para mim tanto faz. Estou uma bagunça de cansaço e ansiedade e com uma sensação de temor crescente, e não consigo descobrir como formar uma opinião sobre coisa alguma.

— O que você quiser.

Michael me encara por mais um instante e então volta a atenção para o computador. Ele caça por vários serviços de streaming durante alguns minutos e então aperta play em *Cantando na chuva*.

Nós nos sentamos na cama dele, com as costas apoiadas nos travesseiros. Michael abre as embalagens de comida e me dá um garfo. Posso jurar que não estou com fome, mas acabo comendo mesmo assim — espetando alguns espaguetes e girando o garfo. Está gostoso.

Por fim, acabamos com a comida e as embalagens voltam para a mesa de cabeceira. Em algum momento quando Debbie Reynolds está cantando "Good Morning", Michael passa o braço ao redor do meu ombro e eu me acomodo nele. Ele é quente e sólido e reconfortante e está *aqui*. E eu quero desesperadamente estar aqui. Quero desesperadamente ser reconfortado. Quero desesperadamente me convencer de que está tudo bem.

Viro o rosto para cima, e Michael olha para mim, e não sei quem de nós dois se mexe primeiro, mas nossos lábios se encontram e estou beijando-o de novo. Ou ele está me beijando. Enfim, o beijo está acontecendo, e então se aprofundando, os braços dele se apertando ao meu redor e minha mão se atrevendo a segurar o rosto dele.

E talvez seja desespero ou ansiedade ou pânico ou todos os três, mas sinto como se alguém tivesse acendido uma faísca no meu peito, uma centelha que virou chama. Eu me viro na direção de Michael, a mão deixando o rosto e descendo pelo pescoço, sobre o peito. Antes que eu pense, estou montando em cima dele, passando os dedos pelo cabelo bagunçado. Ele encontra a barra da minha camiseta e desliza a mão por dentro, a ponta dos dedos tocando de leve as cicatrizes da minha mastectomia. E como parece que minha camiseta está no caminho, eu a arranco. Mas não parece justo, então puxo frustrado a camiseta dele, e Michael a tira. Passo as mãos sobre seu peito e o beijo de novo, mas isso não é o bastante e eu desabotoo sua calça.

Ele se afasta.

— Darby...

Eu paro, me inclino para trás, o medo subindo pela garganta.

— Desculpa. Eu... eu posso parar.

Michael balança a cabeça.

— Não, eu... tudo bem por mim. Eu só... Tudo bem por você?

Consigo dar um leve aceno de cabeça, de repente sem ar para responder. Minhas mãos voltam à calça e ele fala:

— Espera — pede ele. Eu me retraio de novo. Mas ele pergunta:
— Sem calça?

Estou pegando fogo.

— É.

Saio do colo dele e Michael meio que tira a calça jeans atrapalhado, porque não existe jeito sexy de tirar uma calça. A peça cai no chão e estou prestes a subir em seu colo de novo quando ele estende a mão, segurando minha cintura, e me puxa pelo passador de cinto.

Engulo em seco, a ardência de volta à garganta. Mas eu me remexo para tirar a calça também. Meu coração está acelerado e eu quero, preciso daquilo, e estou aterrorizado.

— Eu, hum... — Minha voz sai rouca. — Você já...? Tipo, com um cara trans? Porque eu...

O rosto de Michael já está corado, mas ele fica ainda mais vermelho.

— Na verdade, sim. Uma vez.

Não era isso que eu estava esperando.

— Sério?

— Na faculdade.

Ele engole em seco e eu vejo o pomo de adão subindo e descendo. O desejo volta num turbilhão. Eu o beijo e ele me puxa de encontro a si. Em algum momento, até as cuecas parecem excesso demais entre nós, e nos livramos delas também. E então as mãos de Michael estão me explorando e as minhas estão o explorando e é realmente uma coisa boa que Amanda e Liz estejam fora porque estou começando a fazer *barulhos*...

Nós pausamos de novo, apenas o bastante para que Michael abra uma camisinha e eu feche o notebook e deixe meus óculos sobre a mesinha de cabeceira e apague as luzes. E então as mãos dele me encontram e estamos os dois na cama, e eu me entrego com abandono até que o mundo não exista mais entre nós dois. Até que minha mente vire ruído branco e não estou apenas pegando fogo, mas ardendo em chamas.

CAPÍTULO VINTE E QUATRO

31 DE AGOSTO

Acordo com o cheiro forte de café. Minhas pálpebras estão pegajosas, preciso piscar algumas vezes para abrir os olhos.

Estou encarando um teto com acabamento *gotelé* desconhecido, com uma única luminária no centro. O que Olivia gosta de chamar de luminária de peitinho. Ela tem um esquete inteiro do stand-up sobre isso.

Espera aí. Estou de volta em Nova York?

Pisco os olhos de novo e o dia de ontem volta em fragmentos. A porta trancada da livraria. Michael e sua caminhonete. A casa dele e então a boca e as mãos de Michael e…

Eu me apoio nos cotovelos para me levantar, observando o resto do quarto entrar em foco. A luz do sol entra pela janela e se derrama sobre a escrivaninha de Michael.

— Merda. — Eu me atrapalho, me enrolando às pressas no lençol de risca de giz de Michael, procurando meu celular. — Merda, merda, merda.

Ao meu lado, ainda com a cara enfiada no travesseiro, Michael geme.

— O quê?

— Eu dormi aqui. — *Cadê meu celular?* — Merda.

Michael vira para o lado e olha para mim espremendo os olhos, sonolento.

— E daí?

— Eu não queria ter caído no sono. Falei pra minha mãe que viria para cá, mas...

Estico o corpo para fora da cama. Meu celular está no chão. Eu o pego, tateando pela mesinha de cabeceira em busca dos óculos. Não recebi nenhuma mensagem de voz. Ou de texto. Acho que isso é um bom sinal.

— Ela provavelmente achou que você dormiu aqui — diz Michael, se sentando.

Ele está sem camisa, apoiando-se nas mãos inclinado para trás. *Ai, meu Deus.*

Eu nunca nem contei para minha mãe que Michael havia me beijado, mas... quanto será que ela já descobriu?

Esfrego os olhos.

— Tenho que ir.

Michael estende a mão, mas para logo antes de me tocar.

— Tá. Quer dizer, tudo bem.

Inspiro profundamente, mas sinto algo apertando meus pulmões.

— Você está bem? — pergunta Michael.

— Estou. — Eu me desvencilho dos lençóis, jogando as pernas para a lateral da cama. Parece que estou vestindo uma cueca. Para ser sincero, eu nem me lembro de ter colocado a cueca de volta. — Por que não estaria?

— Esquece.

Olho de relance para Michael, mas ele não está olhando para mim. Está pegando uma camiseta e vestindo-a.

Então pego minhas roupas, botando a calça e a camiseta. Há uma dor esquisita no meu peito, uma coceira por baixo dele. Minha festa de aniversário é esta noite. A festa de aniversário de Jovem Darby é esta noite.

Estou sem tempo.

Amanhã, mesmo se a livraria ainda estiver aqui — mesmo se eu ainda puder viajar no tempo —, Jovem Darby vai ter sumido.

— Eu vou só dar uma passada no banheiro — digo.

Estou morrendo de medo de sair do quarto e esbarrar com Liz ou Amanda, mas ouço o murmúrio das vozes delas vindo lá de baixo. O cheiro de café é mais forte aqui fora, e me desperta quando entro no banheiro. Fecho a porta atrás de mim, encostando nela. Não é um cômodo muito grande, e a penteadeira está abarrotada de escovas de dente, caixinhas de lentes de contato, enxaguante bucal, pasta de dente e uma chapinha para o cabelo de alguém.

Olho para aquelas coisas, tentando me forçar a não largar aquele sentimento de *desejo* da noite passada com Michael. Mas não consigo encontrá-lo. Tudo que sinto é ansiedade.

Jogo água no rosto, mas isso não esclarece nada. E então percebo que nenhuma das toalhas pertence a mim e não sei qual devo usar para enxugar o rosto, então acabo só passando a mão, como se isso ajudasse.

A coceira não sai do meu peito.

Quando volto para o quarto de Michael, ele saiu da cama e está vestido, passando a mão no cabelo bagunçado.

— Oi — digo.

Ele pega os óculos da escrivaninha, mas não olha para mim.

— Oi.

Eu me abaixo, pegando as meias.

— Tenho que ir pegar meu carro.

— Tá. Tudo bem.

— Michael…

Ele olha para mim. Finalmente.

— Eu realmente só sinto que deveria ir — explico. — Não é sobre a noite passada.

Ele hesita.

— Tem certeza?

— Sim.

E tenho. E não tenho.

Michael assente. Não sei dizer se está decidindo acreditar em mim, e não sei se isso faz eu me sentir melhor ou pior.

— Você quer um pouco de café? Comida?

Não. Quero voltar imediatamente para o carro de aluguel. Quero tentar entrar na livraria de novo.

Olho para meu celular. São quase nove da manhã. A livraria ainda não abriu.

A coceira fica dolorida.

— Ah — digo. — Tomar café da manhã parece uma boa.

São quase 10h30 quando Michael me deixa na Rua Principal. De algum jeito eu consegui beber café e comer um pedaço de pão, e me concentrar em Michael, Liz e Amanda enquanto eles se movimentavam pela cozinha, seguindo suas rotinas matinais. Observei o modo como Michael ficava relaxado perto delas. O modo como os três falavam e riam. Nem Liz nem Amanda pareciam surpresas ou espantadas pelo fato de que do nada eu estava lá de manhã.

Era tudo apenas... normal. Normal, confortável, fácil. E eu senti como se estivesse observando de longe.

— Então, acho que te vejo essa noite? — pergunta Michael enquanto saio da caminhonete. — Na festa?

— Sim. Te vejo à noite.

Ele vai embora com o carro e eu me viro para a livraria com o estômago revirando. Seguro a maçaneta, abrindo a porta, entrando...

E ainda está aqui. O cheiro mofado, os lançamentos que não são recentes, o estande de revistas. Estou em 2009. Consegui.

Solto a respiração toda de uma vez. A coceira no peito desaparece. Eu me viro para o balcão e lá está minha versão mais nova, saindo do estoque, segurando um livro.

— Uau, veio na hora certa — diz o Jovem Darby. — Seu livro acabou de chegar.

E meu eu mais novo mostra o exemplar: *Transgender History.* Reconheço a capa imediatamente.

Olho de relance para o rosto dele. Meu coração acelera.

— Hum... que ótimo. Você... já leu alguma coisa?

Jovem Darby olha para o livro.

— Eu tinha começado a dar uma olhada.

Algo chama minha atenção atrás do balcão — um formato borrado, como uma sombra em movimento. Mas, quando olho de novo, ela sumiu.

Tento me concentrar no meu eu mais novo.

— O que você acha? Quer dizer, sobre o livro?

— Hum... é... — Jovem Darby me encara e então desvia o olhar, dando de ombro. — Eu gostaria de ler.

Deus, estou escutando música de novo? É fraca, levemente distorcida, quase como se estivesse debaixo d'água.

Mais uma centelha no canto do olho. O estande de revistas está piscando — como se estivesse ali num instante e então sumisse no próximo.

Jovem Darby parece não perceber.

— Você pode ficar com o livro, se quiser — digo.

Mas minha voz parece estar a um quilômetro de distância. Como se eu estivesse com algodão nos ouvidos.

Jovem Darby franze a testa, olhando para o livro de novo.

— Ficar com ele?

— Por enquanto. — Fecho os olhos com força, tentando ignorar a música distante, como se, ao fazer isso, ela fosse embora. — Quer dizer... por que você não lê? Eu volto depois.

— Tá bom — responde o Jovem Darby. — Se pra você tudo bem, então...

Mas eu não descubro o que viria a seguir, porque abro os olhos e Jovem Darby se foi. Estou em pé na outra livraria, a livraria do presente. Diários. Canecas. Música suave tocando nos alto-falantes. Alguém que eu não reconheço está atrás do balcão, falando com outra pessoa que está comprando um livro.

Merda.

Vou em direção à porta, para a calçada.

Eu não me viro nem tento entrar de novo. Não sei que bem isso faria. Não sei o que diria para meu eu mais novo.

É tarde demais. *Eu* estou tarde demais.

Ando para o carro alugado, mal enxergando algo além da calçada à minha frente.

Talvez tudo isso tenha sido aleatório — o universo sendo estranho e incognoscível, e eu só quis que existisse um propósito porque sou humano e é isso que os humanos querem. Talvez eu jamais seja capaz de mudar nada para melhor. Talvez eu jamais seja capaz de mudar nada.

Entro no carro alugado e fico sentado por um tempo, com a cabeça apoiada no volante.

Mas nem consigo reunir energia para chorar.

CAPÍTULO VINTE E CINCO

31 DE AGOSTO

O terraço do condomínio é cruzado por pisca-piscas, que lançam um brilho amarelado sobre as cadeiras e mesas do deque. Há chamas de verdade crepitando na fogueira, e uma mesa dobrável coberta pela toalha de papel da loja de Floyd. Sobre a mesa há um bolo retangular e pilhas de pratos e copos descartáveis.

E no meio disso tudo, desembrulhando um pacote de guarda-napos, está minha mãe.

Eu a deixei aqui (com o sr. Ranzinza) quase uma hora atrás para que ela pudesse começar a arrumar as coisas, enquanto fui caçar os talheres de plástico que esquecemos de comprar. Eu não queria voltar à loja de Floyd, porque isso significava voltar para a Rua Principal, então segui de carro pelo longo caminho até o Mercado Municipal.

— Darby! — Minha mãe larga a bolsa sobre a mesa e vem correndo até mim, tão rápido que colide comigo e eu solto um *ai*. Ela me enlaça num abraço e dá um aperto. — Meu aniversariante! Feliz 30 anos, querido.

— Obrigado, mãe. — Minha voz sai meio estrangulada. — Meu aniversário é, hum... amanhã.

Ela me solta e abana a mão.

— Sim, eu sei disso, mas a festa é hoje. Ainda conta. Você comprou os talheres?

Exibo a sacola plástica.

— Comprei. Só garfos, certo?

— Sim, sim. — Ela pega a sacola plástica e me puxa até a mesa dobrável. — Você ainda não viu o bolo! O que acha?

O bolo retangular é a epítome de um bolo pronto de mercado — cobertura perfeita de glacê branco, algumas flores redondas ao redor das bordas e um punhado de granulado. FELIZ AVENTURAS NOVAS DARBY & PHYLLIS! está escrito em letras azuis e cursivas com cobertura, meio que me lembrando de pasta de dente.

Semicerro os olhos.

— Tá parecendo que a gente é um casal, mãe.

— O quê? — Ela olha para o bolo. — Não parece, não! Só está nos desejando novas aventuras! Não tinha espaço para dizer feliz aniversário *e* feliz novo apartamento ou mudança, sei lá.

— Tá bom.

— Para de pensar besteira. — Ela dá um tapa de leve na parte de trás da minha cabeça e olha para o sr. Ranzinza, ao lado da mesa, nos observando placidamente. — É melhor eu levar o Ranzinza para fazer as necessidades lá fora antes de a festa começar. Arruma os talheres, tá bem?

E minha mãe puxa o bassê em direção à porta, os chinelos batendo nos calcanhares. Deixando-me ali encarando o bolo.

Feliz aventuras novas.

O sentimento de pânico ferve de novo no meu estômago. Tiro o celular do bolso, olhando a hora. São 18h33.

Uma hora e meia até a livraria fechar.

Duas horas até minha festa começar em 2009.

Engulo em seco, me sentindo meio enjoado, e inclino a cabeça para trás, fitando o céu, além dos pisca-piscas, ficando num tom mais escuro de azul, misturando-se com um tom de roxo nas margens. Uma estrela brilhante está piscando — provavelmente é um planeta, imagino, se eu já consigo enxergar, apesar de não ter ideia de qual.

Decidi que isso é aleatório. Decidi que não há explicação. Então preciso desapegar. Talvez o único motivo pelo qual viajei no tempo foi para me lembrar de que não tenho controle de porra nenhuma.

A vida só continua e eu vou junto, e de repente estou no terraço do novo apartamento da minha mãe, prestes a fazer 30 anos, sem ter ideia de como cheguei até aqui.

Preciso de uma bebida. A fraqueza para o álcool que se dane.

Atrás de mim, uma porta range.

— Uau. Isso é incrível.

Eu me viro. Michael está no terraço, segurando um cooler, que faz com que os músculos cheios de veias dos seus braços se destaquem. Ele está olhando para as luzes penduradas no alto.

— Sua mãe fez tudo isso?

— Acho que os pisca-piscas já estavam aqui, na verdade. — Vou até ele. — Quer ajuda com isso?

— Sim, obrigado.

Nós carregamos o cooler pelo deque, apoiando-o no chão ao lado da mesa. Michael olha para o bolo.

Faço uma careta.

— Eu sei.

— É bonito — comenta ele.

— É estranho.

Michael sorri.

— É um pouco estranho.

Inspiro devagar, tentando engolir o ácido subindo pela garganta.

— Por favor, me diz que você não é o único que vem.

— Liz e Amanda estão vindo com mais gelo — conta ele. E passa um braço ao redor do meu ombro, me puxando para um abraço de lado. — Feliz aniversário.

Michael soa sincero, mas o abraço parece meio desajeitado e não sei dizer se é por minha causa ou por causa dele. Aquele aperto nos pulmões está de volta. A festa ainda nem começou e eu já quero ir embora.

— Obrigado.

Eu me afasto e pego a sacola plástica com os talheres, esvaziando o resto sobre a mesa.

— O que foi? — pergunta ele baixinho.

Olho de relance para Michael, que está de pé com as mãos no bolso, me observando com a testa meio franzida.

— Nada. — Eu me viro de volta para os talheres de plástico. — Você acha que consegue encontrar uma lata de lixo? Vamos precisar de uma.

Ele fica ali por mais um instante, então diz:

— Beleza.

Eu o ouço se afastando, voltando para a entrada do terraço. A porta range ao abrir e então se fecha.

Pego meu celular de novo.

18h37.

APESAR DE TODA a minha ansiedade e medo de que a festa fosse um fracasso, as pessoas comparecem. Jeannie Young. Um monte de amigos da minha mãe, todos da época que ela era professora. A sra. Siriani. Rebecca Voss. John e Lucas. Cheryl Linsmeier, mas não Natalie ou Brendan, ainda bem. E, lógico, Liz, Amanda e Michael. O terraço se enche de conversas e risadas e pessoas segurando pratos de bolo e copos de papel, enquanto o sol se põe e as chamas dançantes da fogueira lançam sombras tremeluzentes.

Tudo isso parece errado.

Sinto como se estivesse no meio da minha própria festa e observando de longe ao mesmo tempo. Como se pudesse enxergar um caminho se desdobrando aqui — um que vai até o segundo quarto no apartamento da minha mãe e talvez, por fim, até a casa de Michael, aprendendo a aceitar o fato de que eu teria que ir de carro até Chicago para pegar os hormônios ou me consultar com um médico que sabe das coisas sem que eu precise explicar tudo. Aprendendo a viver na mesma cidade que minha mãe, aprendendo a passar uma hora no mercado porque esbarro com frequência nas pessoas que conheço, aprendendo a ser queer do jeito que Michael e Liz e Amanda são.

Aprendendo a aceitar a possibilidade de Michael nunca segurar minha mão na rua quando existir a possibilidade de que outra pessoa possa notar.

Eu poderia comprar um carro, porque teria que dirigir para todos os lugares, especialmente no inverno.

Eu poderia me acostumar a voltar para meu antigo colégio, seja nas noites de sexta-feira para os jogos de futebol, ou porque estou levando para Michael um almoço que ele esqueceu, ou porque está chovendo e ele não quer voltar de bicicleta para casa.

Eu poderia mandar mensagem para Olivia, Ian e Joan. Poderia falar com eles por chamada de vídeo. Poderia planejar uma viagem anual para vê-los, se puder pagar. Poderia me conformar se eles nunca viessem me ver.

Eu poderia me conformar caso eles viessem e não entendessem nada disso.

Mas talvez essa seja a parte realmente aterrorizante. *Eu poderia me conformar.*

Eu poderia existir.

E eu teria o Michael. Eu quero isso, não quero?

Ele me traz um pedaço de bolo e então uma bebida. Ficamos ao redor da fogueira com Liz, Amanda, John e Lucas. Tento fazer parte da conversa, mas toda hora perco o fio da meada. Fico pegando o celular e conferindo as horas, como um tique nervoso, como algo que não posso controlar.

19h25.

19h35.

O aparelho vibra na minha mão, e estou prestes a enfiar ele de volta no bolso, bem quando o relógio muda para 19h36.

OLIVIA HENRY
Feliz véspera de aniversário.

Sinto como se alguém tivesse enfiado a mão no meu peito e espremido meu coração.

Algumas pessoas trouxeram presentes para a inauguração do apartamento da minha mãe, mesmo que (de acordo com os convites que ela mandou por e-mail) não precisassem. Nós a observamos desembrulhar uma garrafa de vinho, um vale-presente da Grãos Mágicos e um pano de prato bordado. Jeannie Young insiste para que minha mãe abra o presente dela por último — uma manta com um pinguim gigante. Liz cobre a boca para segurar a risada. Minha mãe lança Um Olhar na minha direção, mas abre um sorriso e agradece a Jeannie pelo presente.

E o tempo todo Michael está ao meu lado. Perto o bastante para nossos braços se tocarem. Quase sinto a voz dele e a risada vibrando no meu peito.

Mas estou a milhões de quilômetros de distância. Nada disso parece meu lar. É como uma realidade alternativa — como se eu tivesse atravessado outra porta e viajado, e houvesse chegado em alguma versão diferente da minha vida.

Por fim, chego ao meu limite, e, enquanto estão todos rindo com minha mãe dando um pedacinho de bolo ao sr. Ranzinza, eu me esgueiro para o outro lado do terraço. Inspiro profundamente mais uma vez, tentando diminuir o aperto no peito. Dou um gole na bebida — um gole grande demais. O álcool desce queimando.

Pego o celular.

19h53.

— Ei.

Eu me assusto, abaixando o aparelho rapidamente. É Michael. Nem mesmo o escutei se aproximando por trás de mim. Mas agora aqui está ele, com as mãos nos bolsos da calça jeans desgastada, os ombros encurvados, olhos analisando meu rosto.

— Oi — digo.

Ele dá alguns passos adiante, devagar, até estar ao meu lado, e apoia as mãos no parapeito do terraço, olhando para a copa das árvores do parque Krape.

— Darby — chama ele baixinho —, o que está acontecendo?

— Nada.

Michael não está olhando para mim, mas tento sorrir mesmo assim. Meu rosto parece tenso demais. Não consigo fazer a boca esticar.

Ele solta o ar. Um ruído frustrado.

— Isso é... isso é por causa da noite passada?

Esfrego as têmporas. Minha cabeça dói.

— Não. Não é. Juro que não é.

Michael me analisa com o olhar de novo e parece encontrar a resposta de que precisa. E engole em seco. Assente.

— Tá bom. Então... é o quê?

Passo a mão no cabelo, fitando o parque. O céu escurecendo. O crepúsculo se tornando noite. Abro a boca, mas não sei o que dizer. Parece que o tempo está escorrendo pelos meus dedos e eu não sei como agarrá-lo.

— Estou bem — digo, mas não é nem um pouco convincente.

Michael passa a mão no rosto.

— Eu não acho que esteja.

O aperto nos meus pulmões aumenta, repentino e ardente.

— Tá bom — admito. — Não estou. Mas não quero falar sobre isso. Não é algo que você vá entender, beleza?

Uma ruga se aprofunda entre as sobrancelhas dele.

— O que isso quer dizer?

Eu me atrapalho em busca das palavras, mas não encontro nenhuma.

— Não sei, Michael. Só significa o que eu disse.

Ele se afasta de mim.

— Certo. Isso está começando a parecer familiar.

— O quê?

— Entendo que você está lidando com um monte de coisas. — A voz de Michael está rouca. — É o seu aniversário e sua mãe está se mudando e você está tentando descobrir o que fazer, mas... eu estou bem aqui, e parece que toda vez que estou aqui, você só me empurra para longe. Como se não valesse a pena confiar em mim.

Eu o encaro.

— Do que você está falando?

Um espasmo de mágoa passa por seu rosto.

— Isso parece muito com o que aconteceu da última vez que celebramos seu aniversário, Darby.

Estamos longe demais para escutar as Cataratas — muito longe —, mas eu podia jurar que há algo rugindo nos meus ouvidos. Um barulho de turbulência como a água caindo de um penhasco.

Michael está falando da minha festa de aniversário de 17 anos. Ele está falando *daquela época*.

— Isso foi... isso foi anos atrás — falo.

— É, e ainda assim parece que a história de algum jeito está se repetindo — diz ele sem emoção.

Sinto como se o chão estivesse virando água.

— Não sei o que você acha que está se repetindo, Michael. Você ficou chateado *comigo*. Nem sei por que começamos a brigar. Foi por isso que eu *perguntei* o que aconteceu, e você não quis tocar no assunto.

Ele balança a cabeça. Os olhos dele parecem cintilar demais.

— Foi tão irrelevante assim para você?

— Irrelevante? — Todo o pânico se revirando no meu estômago sobe até a garganta. — Você era meu *melhor amigo*. E de repente você estava chateado de um jeito que eu nunca tinha visto antes, por causa de alguma coisinha que eu disse e nem me lembro, que nem foi nada de mais, e de repente estávamos gritando um com o outro. Foi *você* que me jogou pra escanteio, Michael. Você não se despediu quando eu fui embora e, quando voltei, aparentemente eu tinha morrido para você.

Michael balança a cabeça de novo, com mais veemência desta vez.

— Não. Isso não é verdade.

— Então por que você jamais me dirigiu a palavra depois que eu voltei?

— Não é verdade que não foi nada de mais. Não é verdade que fui eu que comecei.

— Então o que *é* verdade?

Minha voz está subindo de tom e provavelmente está alta demais, mas não ligo. O aperto no meu peito estourou e toda a pressão acumulada está buscando uma saída agora, algum tipo de válvula de escape.

Estou respirando rápido demais, como se tivesse acabado de correr uma maratona.

Os olhos de Michael brilham.

— Você estava chateado naquela época também. Que nem agora. Alguma coisa estava errada, e eu te perguntei o que estava acontecendo e você só me ignorou. — A voz dele falha e ele desvia o olhar, como se fosse demais continuar me olhando. — Você disse que *alguém como eu* jamais entenderia. E eu estava... eu estava tentando me assumir para você há *semanas*. Eu queria te contar antes de você ir embora, mas toda vez que eu tentava, simplesmente *não conseguia*. Eu estava com medo demais de falar. Ficava torcendo para você adivinhar, assim eu não teria que contar. E naquela semana...

A voz dele falha. Michael esfrega o rosto com a mão.

— Na semana antes do seu aniversário, eu levei a última edição dos *Vingadores de Estimação* para o Prime Pie Pizza enquanto estava esperando você sair do trabalho, e aí Brendan Mitchell entrou e me disse que aquilo era a coisa mais gay que ele já tinha me visto ler.

Um frio se estabelece no fundo do meu âmago.

— E aí o Brendan estava na sua festa de aniversário e... — Michael olha para mim, desesperado. — Eu estava dando sinais há *semanas*, Darby. Eu achava que você sabia, e você sabia que o Brendan falava umas merdas esquisitas pra mim, e ele estava lá, e você me disse que *alguém como eu* jamais entenderia...

Alguém está montando uma fita de vídeo na minha cabeça. Posso ver meu eu mais novo na livraria, os ombros curvados para esconder o peito. Eu me vejo insistindo que preciso ir embora; que tenho que sair de Oak Falls. Mas agora estou na minha festa também — de volta ao meu próprio corpo, dolorosamente consciente de todos os modos que isso parece errado. Dolorosamente consciente de que minha mãe convidou todas aquelas pessoas da minha turma para preencher o espaço, para preencher uma festa de aniversário, para que não fosse apenas Michael e eu.

E, rodeado por meus colegas de classe, era muito óbvio que eu não me encaixava. Eu sentia que era todo feito de ângulos, vértices afiados saindo de mim enquanto todas as outras garotas eram bordas suaves. Queria poder me vestir como elas se vestiam, e fiquei com tanta raiva por não conseguir me forçar a isso.

Eu não sou uma garota. Foi a primeira vez que me lembro de pensar isso. Exatamente isso. *Eu não sou uma garota e não sei como explicar isso a ninguém.*

— Eu não convidei o Brendan — murmuro, mas minha voz sai fraca e parece uma desculpa. O que é.

Michael só balança a cabeça de novo.

— Não importa — responde ele com a voz embargada.

Não, não importa. Porque o que importa é que Michael achava que eu sabia. Ele achava que eu sabia que ele era gay, e quando eu disse que *alguém como você jamais entenderia...*

Isso me atinge como trovão. Eu me lembro daquelas palavras saindo da minha boca com amargura. Quase posso enxergar Michael — não o Michael diante de mim agora, mas o que eu conhecia na época — se afastando, como se eu o houvesse estapeado.

Ele disse algo do tipo "uau, obrigado", com a voz mais cortante que eu jamais havia escutado ele usar. Tão cortante que me fez despertar da névoa de raiva, tristeza e egoísmo na qual eu estava perdido. Não entendi por que Michael estava tão bravo. Isso o deixou com ainda mais raiva. E ainda não me lembro de tudo que dissemos, gritando um com o outro no meio da minha sala de estar enquanto todo mundo se afastava e tentava nos ignorar.

Mas não importa. Porque eu disse a ele que *alguém como você jamais entenderia*, e Michael achou que *alguém como você* significava que eu sabia que ele era gay. Ele achou que eu estava dizendo que ele não poderia me entender mais porque era gay, porque eu achava que existia algo de errado com ele, e jamais confiaria a ele qualquer coisa sobre mim.

E quando Michael começou a gritar comigo, eu explodi, porque estava esperando para explodir há semanas, provavelmente meses, e tudo isso só significava que *eu tinha razão*, ninguém me entenderia. E então estávamos nos machucando, destroçando as partes mais vulneráveis e invisíveis de cada um, aterrorizados demais para revelar esses pedaços para o outro.

Não é de se espantar que ele não se despediu antes de eu ir embora.

Não é de se espantar que ele não ligou para mim no internato.

Não é de se espantar que tenha procurado outra amizade para me substituir. E ele encontrou Liz — encontrou alguém queer, alguém a quem confiar aquela parte frágil de si. Não é de se espantar que Michael não tenha olhado para trás.

Não é de se espantar que ele tenha tentado seguir em frente.

O rosto de Olivia surge na minha mente. O jeito como me olhou ansiosamente, com avidez, quando me assumi para ela naquele salão aleatório na NYU. O modo como ela estava tão ansiosa para se assumir para mim.

O modo como nos agarramos com tanto afinco um ao outro durante aquele primeiro semestre. O modo como nos agarramos ao Ian quando o encontramos. O modo como nós quatro ainda nos agarramos um ao outro, mesmo em Nova York, onde há bares queer e shows de drag e um centro LGBTQIAPN+ gigante. Porque, lógico, talvez seja mais fácil viver em um lugar onde há mais de nós e onde não nos sentimos tão esquisitos, mas ainda estamos abrindo espaço para existir. Sempre estamos abrindo espaço para nós mesmos, e o único motivo pelo qual aprendi a fazer isso — pelo qual fiquei *bem* — foi porque conheci Olivia. Porque conheci Ian e Joan.

Porque percebi que não estava sozinho.

Todo o ar é expulso dos meus pulmões.

— Michael — sussurro —, sinto muito.

Da Rua Principal, o sino da Primeira Igreja começa a tocar.

Oito da noite.

E eu sei, como se alguém tivesse ligado um interruptor no meu cérebro, o que tenho que fazer.

Não, mais do que isso. O que eu *quero* fazer.

É preciso me apressar, porque estou quase sem tempo.

Estendo a mão e seguro as mãos de Michael com força.

— Sinto muito — repito com a voz trêmula. — Eu não sabia que você era gay. E não percebi o que estava acontecendo. E quero falar mais com você sobre isso, mas tenho que ir. Eu só... Eu tenho que fazer uma coisa e isso não pode esperar. Mas vou voltar. Eu volto logo.

Michael me encara e então abre a boca, mas parece não encontrar as palavras, e eu não posso mais perder tempo.

— Eu vou voltar — digo mais uma vez.

Mesmo que não tenha certeza se irei voltar, ou certeza se serei capaz disso. E então solto as mãos dele e me esgueiro por fora do grupo de pessoas em direção à porta que leva para a saída do terraço.

CAPÍTULO VINTE E SEIS

31 DE AGOSTO

Não espero pelo elevador. Eu me lanço pela escada, descendo os degraus com tanta velocidade que meus sapatos escorregam várias vezes e eu preciso agarrar o corrimão para não cair de cabeça. Pulo os últimos degraus e saio correndo pelo saguão, pela porta da frente e pela calçada. O ar quente da noite gruda nos meus pulmões e cada pisar faz meus ossos vibrarem enquanto me arremesso na direção da livraria.

O último toque do sino da torre ressoa.

Os postes de luz estão acesos ao longo da Rua Principal. A maioria das fachadas de lojas está escura. A de Ethel May ainda está aberta, algumas famílias sentadas às mesas do lado de fora. Alguém está passando pano no chão atrás da janela do Subway. As luzes emoldurando a janela de Cannova piscam chamativas na noite.

Mas só me importo com a Livraria Entre Mundos. E por trás das letras foscas na janela, algumas luzes fluorescentes ainda estão acesas.

Não diminuo o passo. Não me dou tempo para pensar no que estou fazendo, no que estou prestes a fazer, ou até mesmo tempo para pensar no que vai acontecer se eu não puder entrar, porque a placa na porta está exibindo o lado que diz FECHADO...

Só corro direto para a porta e *puxo*.

Ela se abre tão rápido que eu tropeço para a frente, o sino balançando no alto. O cheiro reconfortante de mofo enche minhas narinas quando cruzo o umbral, tentando respirar, os olhos se acostumando à meia-luz. O estande de revistas está aqui. As placas escritas à mão também. Estou no passado.

— Darby.

Minha voz sai rouca e falhada.

O piso range e lá está minha versão mais nova, saindo do estoque, segurando uma pilha de livros. A confusão está expressa no rosto do meu eu mais novo. Tenho certeza de que é porque a loja está fechada e eu simplesmente fui entrando assim mesmo, mas então percebo que nunca chamei essa versão de mim pelo nome.

— Hum. — Os livros escorregam e Jovem Darby rapidamente os coloca na bancada. As lombadas reluzem sob o brilho das luzes dos postes do outro lado da janela, todas em um tom desbotado e apagado de vermelho. — Oi. A loja está fechada.

— Eu sei. — Estou sem ar. Minha garganta está seca e minha cabeça está latejando. — Desculpa. Mas tem uma coisa… Preciso te contar uma coisa.

— Vou estar aqui amanhã — diz Jovem Darby, inexpressivo. — Mas só de manhã, aí vou ter que fazer as malas…

— É importante. — *E eu não sei se conseguirei te encontrar. E mesmo se eu puder…* — Isso não pode esperar.

Darby franze o cenho.

— Tá bom. Mas… — Ele se vira, olhando para o relógio de livro sobre a porta do depósito. — Tenho que ir daqui a pouco. Hoje é a minha festa de aniversário.

Minha versão mais jovem olha de volta para mim, talvez tentando sorrir, mas é um gesto que não se materializa direito. Porque não é uma festa para a qual estou animado. É uma festa que vai acontecer porque tenho uma todo ano e não consegui pensar num jeito de falar para minha mãe que eu não tinha certeza se queria uma festa naquele ano, e quando enfim tive certeza de que não queria mesmo, ela já tinha convidado as pessoas e era tarde demais.

E, de qualquer jeito, eu não sabia o que diria se ela me perguntasse o motivo.

A luz fluorescente sobre a bancada pisca. Olho para ela por um instante e acho que posso ver a sombra de uma pessoa por trás da bancada. Só por um segundo. E então a sombra desaparece.

Meu coração martela. *O tempo está acabando.*

Preciso fazer isso agora. Eu tenho que falar tudo agora, antes de voltar para o presente.

Respiro fundo.

— Tem uma coisa que você sabe sobre si. Uma coisa da qual temos falado nas entrelinhas. É uma coisa importante e transformadora e ao mesmo tempo muito simples. Você sabe quem você é, mesmo que provavelmente ainda não tenha dito em voz alta. E, acredite em mim, eu sei como é difícil olhar ao redor e sentir que há espaço para você existir. Como é difícil enxergar qualquer tipo de futuro para você.

A luz no alto diminui de intensidade e então brilha mais forte. A mesa de lançamentos parece se mexer alguns centímetros, a pilha de livros cresce e diminui, as lombadas mudando de cores. Quase como se eu estivesse olhando para tudo só com o olho esquerdo e então mudando rapidamente para o direito.

Não, não, não. Eu preciso ficar aqui. Só me dê mais alguns minutos.

— Eu sei que você está prestes a ir embora para uma escola nova — digo, e o desespero está impregnando minha voz. — Sei que você está esperando que isso seja uma fuga, mas... — Eu me concentro o máximo possível no meu eu mais jovem em pé ali ao lado da bancada, me observando com os olhos arregalados. — Não presuma que você vai perder as pessoas quando elas souberem quem você é. Cuide-se. Proteja-se. Mas não se machuque ainda mais ao afastar as pessoas.

Jovem Darby desvia o olhar, se encolhendo.

— Não sei do que você está falando.

Ah, cara.

— Sim, você sabe.

— Você não sabe nada sobre mim.

Mas não soa tão desafiador desta vez. Soa temeroso, como uma frase erguida como um escudo.

A luz fluorescente sobre nós pisca de novo e agora acho que consigo escutar música, ao longe. Algo tipo jazz de novo, abafado e suavizado.

— Nós já falamos disso — digo. — Você faz eu recordar de mim mesmo, lembra? — Quase rio, mas a risada fica presa na garganta. — E eu sei bastante sobre mim mesmo.

Jovem Darby me olha. Um olhar profundo. Tão profundo que me sinto exposto.

E então vejo — uma lenta centelha de reconhecimento. Não que eu sou *eu*, não que nós somos a mesma pessoa.

Um reconhecimento muito mais profundo do que isso.

Com a voz bem baixinha, Jovem Darby indaga:

— Se você sabia, por que não me contou?

Porque você perguntaria como eu sabia. Porque eu não sabia se você acreditaria em mim.

— Porque ninguém mais pode te dizer quem você é.

Jovem Darby inspira e a música está esvaecendo nos meus ouvidos agora, e ouço a respiração trêmula.

— E agora? Você está aqui para me dizer que vai ficar tudo bem?

— Não. — Engulo em seco. — Estou aqui para te dizer para confiar nos seus amigos.

Algo perpassa em seus olhos. Dúvida, ou talvez medo.

— O que isso significa?

— Significa que você não precisa recomeçar do zero.

Agora Jovem Darby se dissolve na minha frente. Por um segundo desconcertante, enxergo, através do meu eu mais novo, a fileira de livros que está atrás — como se Jovem Darby tivesse virado um fantasma. Espremo os olhos, fechando-os com força.

— Você não precisa recomeçar do zero, porque se quiser ser quem você é, por inteiro, seus amigos podem te fazer companhia. — Abro os olhos. Meu eu mais novo está sólido de novo. — Não presuma que você é complicado demais para alguém, ou estranho demais, ou inédito demais. Sei que nem todo mundo é confiável e que você precisa se manter em segurança, mas... mas às vezes vale a pena arriscar. Você vai saber quando vale a pena, e então... — Engulo em seco de novo, porque minha garganta está se fechando. — E então você precisa se arriscar, porque a única alternativa é ficar sozinho, e isso é muito pior.

Jovem Darby olha para a pilha de livros sobre o balcão. Noto o detalhe de um pássaro na capa do livro no topo da pilha. *Em Chamas*. A livraria vai ficar lotada amanhã. Ou... tão lotada quanto a Livraria Entre Mundos já ficou quando eu trabalhava aqui.

— Eu nem mesmo me entendo. — É um sussurro. Darby passa o polegar no canto de um dos livros. — Não sei como as outras pessoas vão me entender.

— Bem-vindo à vida real. — Solto o ar e dou de ombros. — Eu também não me entendo. Mas, juro, é assim que as coisas são para todo mundo. Quer dizer, alguns de nós têm mais dificuldade, porém... ainda podemos escolher quem está conosco enquanto nos perdemos por aí.

Jovem Darby não reage, mas vejo uma lágrima escorrer por seu rosto.

— Como pode ter tanta certeza? Tipo, talvez seja assim que funcione para você, mas...

— Não tenho — respondo. O que é verdade, afinal. — Mas tenho um pressentimento.

Meu eu mais novo me olha, de modo quase acusatório.

— Um pressentimento?

Faço que sim.

Minha versão mais nova vacila. Olha para os livros de novo. E então diz:

— O único amigo que eu tenho é... bom... é o Michael.

Assinto de novo.

— Ele vai na minha festa de aniversário hoje. — Jovem Darby enxuga rapidamente a lágrima. Talvez torcendo para que eu não perceba. — E se você estiver errado?

Abro a boca e hesito. Porque mesmo que eu queira dizer que não estou errado, mesmo que eu queira prometer que sei o resultado disso e que vai ficar tudo bem...

A verdade é que eu não sei. Só tenho um pressentimento. O Michael que eu conheço é o que acabei de deixar no terraço — e ele não é o mesmo de treze anos atrás, assim como eu não sou o mesmo. Não posso fingir que conheço alguém que não existe mais.

O que significa que finalmente Jovem Darby e eu estamos na mesma posição — nenhum de nós tem a menor ideia do que diabo está por vir.

— Você segue em frente assim mesmo — digo. — E encontra pessoas que entendem. Elas estão por aí.

E isso, pelo menos, eu sei que é verdade.

Vejo os ombros do meu eu mais jovem se erguerem e caírem, e se erguerem de novo. Ele hesita, então fala:

— Tá bom. Talvez eu conte ao Michael.

Seja o que for que está me segurando se estilhaça. Meus joelhos bambeiam e perco o fôlego.

A música abafada está de volta aos meus ouvidos — mais perto desta vez. Atrás do Jovem Darby, vejo a porta do depósito se fechar sozinha. A mesa de lançamentos está se mexendo de novo. Uma forma sombreada se movimenta atrás da bancada. Quase posso jurar que é a Ann, filha do Hank.

— Você vai ficar bem — digo para o Jovem Darby.

Mas começo a sentir como se minha versão mais jovem estivesse muito distante. Olho para o relógio de livro sobre a porta do depósito. A capa cor de vinho tinto de Sherlock Holmes fica saturada e então desbota.

20h15.

Olho de volta para Jovem Darby. A loja inteira ao meu redor parece estar se mexendo agora, sombras rodopiando pelo chão, a escuridão avançando aos poucos, livros piscando nas prateleiras, a música ficando mais alta. Apenas Darby permanece igual diante de mim, a luz nunca mudando no rosto do meu eu mais jovem.

Dou um passo adiante e, antes que eu possa prever o que farei, antes que eu possa pensar melhor, estendo as mãos e puxo meu eu mais jovem para um abraço.

A música é interrompida, como se alguém tivesse desligado o rádio. A luz acima de nós fica piscando, acendendo e apagando bruscamente como se alguém estivesse brincando com o interruptor. A pilha de livros vermelhos sobre a bancada desaparece. Um aroma suave de flores preenche o ar.

Os braços de Jovem Darby me envolvem com força.

Meu tempo acabou.

Estou voltando. Posso sentir.

Solto meu eu mais jovem, dando um passo para trás, fora do alcance dele.

— Boa sorte — digo.

— Espera — pede ele.

Mas não espero. Não posso esperar.

— Você vai ficar bem — repito e então me viro e vou em direção à porta.

E me ocorre, nos segundos antes de alcançá-la, que eu devia ter mandado mensagem para Olivia antes de entrar esbaforido aqui e acabar com a bateria do celular. Para Olivia ou para o grupo. Pelo menos dizer: *Foi bom ter conhecido vocês.*

Porque não faço ideia do que vai acontecer agora. Se vou ser lançado para além do passado ou se vou conseguir atravessar essa porta...

Se Jovem Darby confiar no Michael — se meu eu mais novo for à festa de aniversário e as coisas se desenrolarem de outro jeito —, talvez isso mude meu passado. E se isso acontecer, talvez eu só deixe de existir. Talvez eu desapareça.

Se Jovem Darby mudar tudo sobre o próprio futuro, o que acontece comigo?

Estendo a mão e seguro a maçaneta. Empurro a porta para abrir. O sino balança. E eu saio da loja.

CAPÍTULO VINTE E SETE

31 DE AGOSTO

— **A**h, desculpa!

Alguém esbarra em mim. Eu tropeço e me viro.

É a Ann, saindo da livraria. Ela carrega uma bolsa sobre o ombro. As chaves na mão.

— Desculpa — repete ela. — Não te vi.

Estou na calçada. Estou na calçada diante da Entre Mundos, e Ann está fechando a porta atrás de si, trancando-a. Por trás da vitrine fosca, a loja está escura.

— Sem problema — digo automaticamente.

Estou aqui. *Estou aqui.*

O que isso significa?

— Fiquei sabendo que é seu aniversário amanhã — comenta Ann, guardando as chaves na bolsa.

— É sim.

Não sei como ela sabe disso, mas estamos em Oak Falls. Todo mundo sabe de tudo.

— Feliz aniversário — diz ela, e então se vira e sai andando pela calçada.

Fico observando Ann ir embora e então volto o olhar para a livraria. Vou até a vitrine e me aproximo, fazendo conchas com as mãos ao redor do rosto.

Está escuro. Não consigo enxergar nada além do contorno vago das prateleiras.

— Darby?

Eu me viro.

É Michael. Ele está um pouco mais adiante na calçada, o campanário da Primeira Igreja erguendo-se às suas costas. E está olhando para mim, ansioso.

O que está acontecendo?

Estou no presente. No *meu* presente. Tudo tem a mesma aparência de antes de eu entrar na livraria. Ainda me lembro de brigar com Michael na minha festa de aniversário — na festa de 2009. Isso significa que nada mudou? Isso significa que Jovem Darby não confiou em Michael, no fim das contas? Não contou a verdade a ele ou os dois brigaram mesmo assim?

— O que você está fazendo aqui? — pergunto.

Michael vem até mim.

— Eu te segui. Ou... tentei. — Ele desvia o olhar e esfrega a nuca. — Quer dizer, eu meio que te perdi... Você é rápido. Mas eu tinha a sensação de que você estava vindo para cá.

Olho de relance para o relógio na lateral da Primeira Igreja. Passou das 20h15.

Será que continuo aqui porque, em 2009, Jovem Darby ainda não chegou à festa? Isso faz algum sentido?

O tempo tem se movimentado em paralelo desde que entrei na livraria pela primeira vez. Toda vez que voltei, era a mesma data, a mesma hora do lado de fora. Então talvez ainda esteja funcionando assim. Talvez, no minuto em que minha versão mais jovem falar com Michael — se isso acontecer —, vai ser o momento em que tudo muda no meu presente.

Ou talvez a mudança vá acontecer à meia-noite, quando não for mais 31 de agosto.

Quem sabe? Tudo isso deveria ser impossível de qualquer jeito.

— E você não atendeu o celular — acrescenta Michael.

Sou tirado dos meus pensamentos e foco no rosto dele.

— Eu... meu celular morreu. A bateria acabou.

Ele para a alguns passos de distância.

— O que está acontecendo? — pergunta ele.

De maneira egoísta, uma parte pequena de mim quer ignorá-lo. Porque não sei quanto tempo tenho de sobra. Porque ainda parece que eu poderia parar de existir e não tenho ideia de quando isso pode acontecer.

Mas, pensando bem, se eu vou sumir, não quero deixar as coisas desse jeito, não é? Dei a Jovem Darby a chance de consertar tudo. Eu deveria consertar as coisas também.

Penso, por um segundo, em só dizer que se foda e contar a Michael a verdade toda, por mais louca que pareça. Contar a ele que sou uma crise existencial viajante no tempo com sentimentos em relação a gênero e só ver como ele reage. Posso desaparecer em alguns minutos mesmo, então qual seria o problema?

Mas não posso. Talvez eu não queira que Michael pense que perdi a cabeça. Talvez eu não queira que ele faça um milhão de perguntas. Talvez seja só porque há algumas verdades que eu *quero* contar a ele, e não quero perder tempo tentando explicar tudo que aconteceu na livraria primeiro.

— Eu tinha que falar com a Ann — minto. — Sei que soa ridículo, mas tem um livro que eu queria muito comprar para minha mãe, e tive que encomendar hoje para chegar a tempo e… — Eu me esforço para parecer pesaroso. — Esqueci de vir antes e meu celular morreu, então… eu queria tentar me encontrar com ela.

Michael franze a testa por um instante. Ele não parece acreditar totalmente em mim.

— Não dava para esperar até amanhã?

— Não. — Solto o ar. — Mas eu… eu quis mesmo dizer aquilo. Sinto muito de verdade.

Ele enfia as mãos nos bolsos.

— É um motivo meio esquisito para sair correndo no meio…

— Não, é sério, sinto muito por tudo que aconteceu naquela época. Eu realmente não sabia que você é gay, e não tinha ideia de que as pessoas estavam sendo ruins com você… — Eu paro. Não é isso que quero dizer, não é nisso que quero focar quando não sei quanto tempo ainda tenho. — Eu estava tão focado nas minhas próprias questões.

Acho que… acho que eu sabia que era trans, mas não conseguia admitir isso nem para mim mesmo. Eu me convenci de que ninguém mais entenderia. Que o único jeito de ser eu mesmo, por inteiro, era indo embora. E de algum jeito estar na minha festa de aniversário… deixou tudo tão óbvio. Eu falei que você não entenderia porque… porque eu achava que ninguém cis entenderia. — Respiro fundo, e dói, como se o ar estivesse me cortando. — Achei que seria mais fácil se eu começasse do zero. Se eu não desse a ninguém a chance de enxergar o meu verdadeiro eu. Se eu fugisse. — Engulo em seco. Minha garganta está se fechando de novo. — Acho que comecei com você.

Michael está imóvel.

— Eu não… — A voz dele falha. — Eu achei que você estava me rejeitando.

— Bem, então… — Inclino a cabeça para trás porque meus olhos estão ardendo e olhar para cima talvez ajude a impedir que as lágrimas caiam. — Quando você não falou comigo depois que eu voltei… Acho que pensei a mesma coisa.

Michael olha para os sapatos.

— Desculpa — diz ele. — Acho que parte de mim sabia que você não estava bem, mesmo antes de você ir embora. Tipo, dava para ver que você não estava confortável… tipo… do jeito que você era. — Ele olha para cima. Inspira. — Acho que eu torcia para que você fosse gay. Por isso… por isso eu pensei que você poderia adivinhar sobre mim. Desculpa. — Michael fica corado. — Eu não sabia nada sobre transgeneridade naquela época…

Um sorriso repuxa minha boca.

— Somos dois.

Ele curva o canto da boca. Só por um momento. E então o sorriso some.

— Você não me ligou — continua ele. — Ou mandou e-mail. O semestre inteiro em que esteve fora.

A voz dele é tão carregada de uma mágoa remanescente que eu queria que a calçada se abrisse e me engolisse, só para que eu não tivesse que enfrentar isso.

— Eu sei. Eu... sou ruim nisso. Deixo a distância aumentar e aí digo a mim mesmo que é melhor assim. Eu não sabia como consertar as coisas. Então só... deixei pra lá.

Michael dá de ombros, mas parece... triste.

— Eu queria que você tivesse me contado.

Alguma versão de mim está tentando.

— Eu sei. Eu também.

— Você acha que se tivesse... — Ele hesita, balançando-se sobre os calcanhares. — Você acha que se tivesse contado, teria ficado?

Quase pergunto o que ele quer dizer. Se quer dizer que eu teria ficado em vez de ir para o internato. Ou se eu teria escolhido uma faculdade mais perto de casa. Ou se eu teria voltado para Oak Falls depois da faculdade como ele.

Acho que não importa — no fim das contas, todas são mais ou menos a mesma questão.

Se eu tivesse contado a Michael quem eu era, estaria morando em Oak Falls agora?

— Não sei — respondo.

Porque não sei mesmo. Será que fugi de Oak Falls porque sou trans e achei que não havia espaço para mim? Ou iria embora de qualquer jeito?

A parte de mim que não sabe como pertencer a este lugar agora, que não sabe como se comportar durante os jogos de futebol do ensino médio, que não consegue ficar a sós na calmaria da noite...

Será que essa parte sempre existiu ou é parte de quem me tornei depois que fui embora?

Não tenho resposta para isso. É um nó tão emaranhado que não sei se algum dia saberei a verdade.

Solto a respiração, olhando mais uma vez para a torre do relógio. São quase 20h30.

— Quer voltar? — pergunto. — Acho que a gente meio que abandonou minha mãe.

— Pois é — diz Michael. — Vamos lá.

Há uma certa distância se abrindo entre nós de novo. Posso sentir. Nós despejamos nesse espaço tudo que estivemos ignorando e, mesmo que eu finalmente tenha descoberto o que nos afastou, e finalmente tenha descoberto como consertar as coisas... isso ainda afastou Michael. E não há um modo rápido de trazê-lo de volta. Ainda há feridas de mais que deixamos expostas. E feridas que levam tempo para sarar.

E tempo é algo que não sei se tenho.

Mas, mesmo com a distância, Michael estende a mão. Olho para baixo e então para a Rua Principal.

— Tem certeza? Quer dizer, há pessoas por perto...

— Por enquanto — diz ele.

Então seguro sua mão.

Não falamos nada enquanto andamos pela rua. Mas fico repetindo em pensamentos: *Estamos aqui estamos aqui estamos aqui.*

Quando voltamos para o terraço, ninguém pergunta para onde eu fui. Alguns dos antigos colegas de trabalho da minha mãe já estão se despedindo, e Liz e Amanda estão falando com John e Lucas, e todos parecem felizes em me deixar ficar ao lado deles com Michael, nenhum de nós acrescentando muito à conversa. Meu cérebro está ficando nebuloso. Tento permanecer presente, tento registrar na mente cada detalhe do que está acontecendo ao meu redor. Fico perguntando a Michael que horas são e, por fim, depois da quinta vez, ele me pergunta com o que estou preocupado.

— Só... o regulamento do condomínio — digo, o que não é de todo mentira. — Não pode fazer barulho depois das nove.

Eu não precisava me preocupar com isso. As pessoas vão saindo uma por uma ou em grupinhos. John diz que precisa acordar cedo para estar na fazenda, ele e Lucas me desejam feliz aniversário mais uma vez, em seguida vão embora. Jeannie Young garante a minha mãe que ela pode visitar os pinguins no quintal a qualquer hora e minha mãe agradece (soando mais ou menos sincera) pela manta de pinguim.

Por fim, ficamos apenas minha mãe, Michael, Liz, Amanda e eu. E o sr. Ranzinza, que parece pensar que já passou muito da sua hora de dormir e se deitou no terraço, debaixo da mesa dobrável. Nós limpamos o tabuleiro vazio de bolo e os copos e pratos espalhados. Michael leva o saco de lixo até a caçamba lá embaixo enquanto Liz e Amanda carregam o cooler e minha mãe reúne os presentes que ganhou. Cutuco o sr. Ranzinza para fazê-lo se levantar. Ele solta um grunhido irritado, mas vem atrás de mim até a porta.

Amanda e Liz levam o cooler até o carro de Amanda e elas dão um abraço em mim e na minha mãe, então partem com o carro na noite escura e silenciosa. Minha mãe pega a guia do sr. Ranzinza de mim e vai destrancar o jipe, me deixando com Michael, que está em pé, esperando ao lado da caminhonete.

— Feliz quase aniversário — diz ele.

Sorrio.

— Obrigado.

Ele estende a mão e eu a seguro com força. Mas Michael não se aproxima de mim e eu também não me mexo. Ainda há muito entre nós. E, por enquanto, nós dois precisamos deixar as coisas como estão.

— Até amanhã — diz ele.

Um nó se forma na minha garganta, mas eu concordo. Não sei o que mais fazer.

— Beleza. Até amanhã.

Ele solta minha mão e entra no carro, e eu me viro e ando em direção ao jipe. Ouço o motor da caminhonete ligar às minhas costas, mas não olho para trás quando Michael sai com o carro roncando do estacionamento.

Sento no banco do passageiro do jipe e solto a respiração, lenta e comprida.

— Mãe.

Ela gira a chave na ignição e o jipe acorda com um ruído.

— Oi, querido.

— Você sabe que eu te amo, né?

Ela olha para mim com as sobrancelhas levantadas.

— Eu também te amo, Darby.

Dou um sorriso, e ela sorri de volta, as rugas ao redor dos seus olhos se aprofundando. Depois estende a mão e aperta meu braço.

— Vamos para casa — diz minha mãe. — Estou exausta.

Não sei que horas são quando finalmente caio na cama, mas lá fora está começando a chover — um chuvisco que se transforma em um martelar constante no telhado enquanto coloco meu celular para carregar. Tiro a calça e então caio de cara no travesseiro. Estou mais cansado do que jamais estive.

Considero, por meio segundo, levantar a cabeça para esperar o celular ligar de novo, para que eu possa conferir a hora. Para que eu possa tentar adivinhar o que meu eu mais novo está fazendo. Se alguma coisa pode ter mudado a essa altura.

Quanto tempo ainda tenho de sobra.

Mas não faço isso. Em parte, porque estou cansado demais.

Em parte, porque... qual seria o objetivo?

Não tenho ideia do que está por vir. Não tenho ideia se meu tempo aqui está acabando. Se vou acordar amanhã de manhã. E, caso acorde, se vou me lembrar de qualquer coisa ou se de alguma forma serei uma pessoa diferente.

E se, caso não me lembre de nada disso, vou sequer ser *eu mesmo*.

Saber que horas são não vai mudar nada.

A porta do meu quarto range ao se abrir e o sr. Ranzinza entra arfando. Ele senta e apoia as patas dianteiras na cama.

Eu me abaixo e coloco-o no colchão. Ele se deixa cair aos meus pés com um suspiro satisfeito.

E eu fecho os olhos, escutando o ronco do sr. Ranzinza e o barulho da chuva, e imagino que amanhã, de algum jeito, vou estar em um bar aleatório de Nova York, onde Ian vai estar puto de fome, e Joan vai estar ao celular, e Olivia vai me envolver em um abraço.

CAPÍTULO VINTE E OITO

1º DE SETEMBRO

Eu acordo.

Demoro um minuto, pestanejando para o teto do quarto, até reconhecê-lo. Minhas pálpebras estão pesadas. Eu me sinto grogue e distante, como se estivesse realmente num sono profundo. Talvez estivesse. Pela primeira vez há dias, não me lembro de sonhar...

Meu estômago se contrai e meu coração martela com tanta força que me sinto enjoado. Eu me sento — rápido demais. Minha cabeça gira.

O sr. Ranzinza acorda grunhindo, levantando a cabeça dos meus pés. Ele me dirige um olhar sonolento e boceja.

Inspiro, afundando as mãos no colchão atrás de mim. A luz morna do sol atravessa a janela aberta do quarto, junto com um aroma suave e terroso de solo enlameado e pavimento molhado. Vestígios da chuva da noite passada.

Busco meus óculos sobre a mesa de cabeceira. Pego o celular. *Quinta-feira, 1º de setembro. 9h43.*

A tela é uma confusão de mensagens de texto.

JOAN CHU
Bem-vindo aos 30, tonto.

IAN ROBB
Mandando cerveja e batata
frita virtuais, Darb.

OLIVIA HENRY

Feliz aniversário, querido.
Te amo e tô com saudade.

IAN ROBB

Batata frita mais sexy ainda. Caso
não tenha ficado claro: a batata gay.

Afasto os pés do sr. Ranzinza e me levanto da cama. Eu me sinto quase zonzo. Vou cambaleando até a janela telada. A calçada e a rua ainda estão molhadas da chuva. Pingos de água brilham na grama. O vapor se ergue do carro alugado onde a luz do sol atinge o teto.

Definitivamente choveu ontem à noite. Bem como me lembro. Eu me lembro de tudo. Da festa. De abandonar Michael. Da livraria. De Michael esperando por mim do lado de fora...

Olho ao redor do quarto. A aparência é a mesma de ontem à noite. Vazio e desocupado, a não ser pela minha mala aberta e as roupas espalhadas ao redor.

Inspiro fundo, tentando acalmar o coração. E inspiro mais uma vez porque percebo que estou respirando.

Estou respirando.

Estou aqui.

Eu existo.

Lá fora, uma cigarra começa a zumbir. O que me faz perceber que, além dessa cigarra, está silencioso. Não há o som do rádio na cozinhando fazendo as paredes estremecerem. Nada de programas de notícias.

O pânico embrulha meu estômago. Abro a porta com força e saio em disparada pelo corredor.

E lá está minha mãe, virando-se no seu lugar à mesa da cozinha.

— Bom dia! Você dormiu até tarde!

Ela está aqui.

O pânico vai embora tão rápido que preciso me apoiar na parede para evitar desmoronar ali mesmo no chão da cozinha.

Minha mãe franze o cenho.

— O que deu em você?

Abro a boca, mas não tenho ideia do que dizer. Não posso contar a ela que baguncei meu próprio futuro e que parte de mim estava aterrorizada de que eu estivesse sozinho em algum tipo de purgatório esquisito. Mesmo que isso não faça sentindo algum.

Tudo que eu falo é:

— Você não está escutando rádio.

Ela me dá um olhar muito paciente.

— Lógico que não. Eu guardei o rádio na caixa ontem.

Olho para a bancada. Está vazia — sem rádio, sem pratos, sem torradeira ou cafeteira.

Certo. A mudança. Dã.

— Você está bem? — pergunta minha mãe.

— Estou.

Minha voz sai rouca. Minha garganta parece seca e áspera. Eu olho para as pilhas de caixas na sala de estar e ao lado da mesa de jantar. As paredes vazias. As janelas sem nada, desprovidas das cortinas rurais antigas. E a data que vejo no celular finalmente me dá um estalo.

— É dia primeiro de setembro.

— É, sim! — Minha mãe se levanta da mesa e me envolve num abraço tão apertado que eu tusso. — Feliz aniversário, meu amor.

Tenho 30 anos.

Fico esperando que a ficha caia. Que entendimento se estabeleça de verdade. Que Saturno volte ou seja lá o que for que deveria acontecer de acordo com os Queers da Astrologia.

Mas tudo que sinto é uma vontade desesperada de ir à livraria o mais rápido possível.

— Tenho que ir — digo ainda no abraço.

Ela me solta e dá um passo para trás.

— O quê? Agora?

— Sim. Resolver uma coisa rapidinho. — Já estou me retirando em direção ao corredor. Meu coração dispara de novo, quase dolorosamente. — Só preciso ir até a Rua Principal.

— Tá bom. — Minha mãe soa desconfiada. — Bom, enquanto estiver por lá, pega um café superfaturado para mim, por favor? — Ela suspira e bota as mãos na cintura, olhando ao redor da cozinha vazia. — Eu guardei a cafeteira cedo demais…

De volta no meu quarto, boto uma roupa qualquer, pego a carteira e as chaves e saio de casa sem nem escovar os dentes. Estou ultrapassando o limite de velocidade dirigindo para a Rua Principal, virando nas curvas rápido o suficiente para que o jipe derrape um pouco e incline de modo alarmante.

Diminuo a velocidade quando chego à Rua Principal. São 10h02 e a rua mal está acordada. Os únicos sinais de vida são as mães com carrinhos de bebê, de volta às mesas do café na frente da Grãos Mágicos.

Estaciono o jipe na frente da Livraria Entre Mundos. A placa na janela está exibindo o lado de ABERTO. Meu coração bate tão forte que eu me sinto zonzo quando estendo a mão e seguro a maçaneta. O sino toca quando entro.

Eu paro. Minha mão desliza da maçaneta. A porta range ao se fechar.

Tudo dentro de mim desaba.

O cheiro mofado dos livros e papéis sumiu. A loja tem aroma de flores. As placas escritas à mão foram substituídas pelas digitadas, e onde o estande de revistas devia estar, há apenas uma mesa com diários e canecas. Os lançamentos têm capas que eu não reconheço e nenhuma delas é do vermelho vibrante de *Em Chamas*.

Esta é a livraria do presente. Eu sei que é, mas ainda assim não consigo evitar pegar o celular, só para garantir.

Minha bateria está em 95%.

Não. Não, não, não…

Engulo o pânico subindo pela garganta e me viro. Saio da livraria e volto para a calçada. Talvez, se eu apenas esperar um minuto o portal ou sei lá o que for vai estar lá.

Mas quando entro de novo, tudo parece igual. Tudo *está* igual. Firmemente no presente.

Noventa e quatro por cento de bateria.

— Posso te ajudar? — pergunta alguém.

Por uma fração de segundo, minha garganta aperta e meu coração salta, porque tem uma adolescente atrás da bancada. Com cabelo castanho curto.

Mas meu coração despenca no momento seguinte porque essa jovem é uma estranha. Ela está usando brincos longos e lápis de olho. E óculos — com aros metálicos finos.

— Desculpa. — Minha voz sai rouca. — Só estava procurando por alguém.

— Ah. — A garota olha ao redor. — Acho que ninguém mais entrou ainda. Acabamos de abrir.

— Certo. Obrigado.

Eu me viro e saio andando para um dos corredores. Não posso simplesmente ir embora. Não consigo me impedir de torcer para que, talvez, se eu esperar mais um pouquinho, eu vire em um corredor e de repente me encontre de volta em 2009, mesmo que eu saiba que nunca funcionou assim. Só aconteceu de eu *sair* do passado. Nunca acabei nele sem mais nem menos.

Ando de um lado e para o outro dos corredores, mas toda vez que faço uma curva, os rótulos impressos impecáveis ainda estão na próxima fileira de prateleiras. Toda vez que vislumbro a bancada, a garota ainda está sentada atrás dela, mexendo no celular. Estão acabando os corredores nos quais posso perambular, e um nó está se formando na minha garganta e eu não consigo engolir, e meus olhos estão se enchendo de água…

Estou aqui e minha versão mais nova sumiu. Não posso perguntar a Darby o que aconteceu com Michael. Não posso perguntar se os dois brigaram ou se compartilharam segredos em vez disso.

E não me lembro de nada diferente. Eu me lembro de tudo que lembrava ontem. Nada mudou para mim.

O que isso significa?

Chego à última fileira de prateleiras, mas a livraria permanece a mesma. Silenciosa e florida e firmemente parte desta nova Oak Falls.

Estendo a mão e toco na lombada de um livro na prateleira. O papel grosso da sobrecapa da capa dura é macio e estranhamente reconfortante sob a ponta dos meus dedos. Os livros podem ser diferentes, mas a sensação é a mesma de que me lembro. Como sempre foram.

— Tem certeza de que não precisa de ajuda?

Olho de relance para a garota atrás do balcão, me observando com uma sobrancelha erguida.

— Não, obrigado. — Dou um sorriso vacilante. — Na verdade, eu já trabalhei aqui. Só passei para… fazer uma visita, em nome dos velhos tempos.

— Ah. Que legal.

— É.

Ela nitidamente está esperando que eu diga mais alguma coisa, mas não consigo pensar em nada. Não quero conversar amenidades sobre trabalhar na loja. Não quero contar a ela sobre *aquela época* ou *quando eu era jovem*.

Em primeiro lugar, isso faria eu me sentir supervelho. Mas também… parece pessoal demais. É algo que quero apenas guardar para mim mesmo.

Meu olhar vagueia até o relógio do livro de Sherlock Holmes acima do depósito. Mais desgastado no aqui e agora, mas ainda tiquetaqueando. Os ponteiros de caneta tinteiro apontam para 10h15.

Inspiro fundo e solto o ar devagar.

— Tenha um bom dia — digo e ando até a porta.

Abro-a com um empurrão. O sino balança. Volto para a calçada.

E hesito, mordendo o lábio. Não consigo deixar por isso mesmo.

Eu me viro no impulso, abrindo a porta de novo e voltando para o interior porque *e se e se e se…*

Mas a loja é a mesma de um segundo antes. Firmemente no presente.

É isso.

Não sei como sei, mas eu *sei*. Seja lá como for que eu viajava no tempo — acabou. Finalmente chegou ao fim. O colapso da singularidade. Ou sei lá qual seria o termo técnico para aquilo que, em primeiro lugar, não devia ter sido possível.

Saio da loja e volto para a calçada. A Rua Principal parece exatamente igual a de todos os dias em que estive aqui, mas sinto que estou enxergando-a através de uma janela ou uma tela. Observando algo que não é meu. Como se o puxão, a atração de todos os *e se* ao meu redor também estivessem entrando em colapso.

Tiro o celular do bolso. Rolo de novo pelas mensagens do meu grupo de Nova York, para além das mensagens de aniversário. E então abro meus contatos e — finalmente — ligo para Olivia.

Ela atende depois do segundo toque.

— Darby. Feliz aniversário. Eu sinto muito.

O nó está de volta a minha garganta. Por um segundo, não consigo falar.

— Darby?

— Estou aqui. — Minha voz falha. — Obrigado pelas mensagens e tudo mais. E… desculpa por ter sido tão babaca.

— Não, não, a babaca fui *eu* — diz Olivia. — Eu estava sendo uma completa babaca, você não precisa se desculpar. Eu me sinto a pior amiga do mundo. Não devia ter falado nada daquilo sobre Oak Falls.

— Tudo bem. — Não está, mas ela sabe, e eu sei, e nós dois sabemos que o que eu estou dizendo de verdade é *Ficaremos bem.* — Tipo, é *mesmo* no meio de um milharal. Então…

Ela dá uma risadinha ansiosa.

— Bom… ainda assim, me desculpa, e eu realmente… hum… Bom, como vai tudo?

Tudo?

Abro a boca, mas demoro um segundo para encontrar as palavras. *Tudo* é coisa demais para que eu possa sequer compreender. Não faço ideia de por onde começar ou mesmo o que eu gostaria de dizer.

— Tem sido… demais para mim.

Ela está quieta. E então:

— Você está bem?

Estou?

Estou aqui. Isso é algo.

E também me sinto como uma sola gasta de sapato. Como se eu estivesse correndo há dias ou semanas ou, inferno, talvez anos, e alguém finalmente tivesse me falado que eu podia parar. Como se eu estivesse procurando por algo há décadas só para descobrir que essa coisa nunca existiu em primeiro lugar.

E, ao mesmo tempo, me sinto livre. Porque se não há um ponto de partida ou de chegada, existe apenas… eu.

O que é meio que um alívio.

— Eu acho — digo lentamente — que vou ficar. E… podemos dar uma trégua? Porque eu estou com uma saudade do caralho de vocês.

Ouço o ruído de Olivia soltando o ar.

— Ai, nossa, sim. Por favor. Eu estou sentindo tanto a sua falta. Tipo, todos nós sentimos, mas… mas, sim. Eu sinto muita saudade.

— Talvez aquela coisa do retorno de Saturno tenha nos atingido com força, né?

Ela ri, e o tom parece meio choroso.

— Eu te falei!

— Falou mesmo, dessa vez você estava certa.

— Eu estou sempre certa — diz Olivia. E então acrescenta rapidamente: — Exceto quando estou muito, muito errada, tipo quando chamei o lugar em que você cresceu de fim de mundo.

Um sorriso repuxa minha boca.

— Para ser sincero, não acho que você odiaria se viesse visitar aqui algum dia. Quer dizer… — Olho para os dois lados da Rua Principal. — Você provavelmente odiaria quase tudo, mas não é tão ruim.

Outro silêncio.

— Quando é a mudança? — pergunta Olivia.

— Amanhã. O pessoal da mudança vem de manhã cedo.

— Como é o novo lugar?

— É bacana. Novinho em folha, então… bacana. E grande para um apartamento. Quer dizer, maior do que muita coisa em Nova York.

— Deve ser mais barato também — comenta Olivia, e agora a voz dela parece sofrida.

— É.

— Então... você vai ficar?

Essa é a pergunta de um milhão de dólares. Ou *era*. Em algum momento. Foi o motivo de eu ter vindo para cá, não foi? Não só para ajudar minha mãe a se mudar. Mas porque eu estava mal e pensei *e se eu voltar para Oak Falls*, e então decidi fazer isso, afinal por que não...

Mas agora, depois de *tudo*...

Eu ainda não sei o que vou fazer com a minha vida — porque não sei qual carreira quero seguir, e é isso que todo mundo quer dizer quando pergunta o que você está fazendo da vida. Não sei se quero reviver meus velhos sonhos — emprego no mercado editorial, no mundo acadêmico —, ou se eles pertencem a uma versão do passado de Darby e eu preciso encontrar algo novo.

Mas sei a onde pertenço e com quem quero estar e sinto como se meu coração estivesse se estilhaçando e se remendando ao mesmo tempo.

— Não — digo para Olivia. — Eu não quero ficar.

— Você acha que vai voltar? — Ela soa esperançosa. — Porque, a questão é que... eu não queria te dizer logo de cara porque não queria que parecesse que eu estava botando pressão em você. *Não* quero que pareça que estou botando pressão em você... Mas o Dan está se mudando.

Fico confuso.

— Dan?

— Hã... nosso colega de apartamento? O ex do Ian? Darby, você *já* o conheceu.

Ah. *Dan*. Certo. Lógico.

— Faz meses que eu não vejo esse cara. Ele nunca está por perto.

— É, porque ele estava basicamente morando com o namorado. Acho que os dois decidiram oficializar agora, então ele está se mudando. E meio que nos contou de última hora, mas enfim.

De qualquer jeito, sei que somos a Joan e eu, e somos um casal, mas temos um quarto extra, e Joan não quer usá-lo como escritório e nós meio que queremos um colega de apartamento, então...

Sinto um frio na barriga.

— Então?

— Então tem um quarto para você, se quiser voltar. Tipo, não é como se o aluguel fosse barato, mas não é tão ruim e acho que o proprietário não vai aumentar o valor ainda, e todos nós podemos te ajudar com a grana até você encontrar um emprego ou algo assim...

O restinho de tensão em mim evapora.

— Eu quero voltar.

— Quer?

Ela soa mais ansiosa do que nunca.

— Quero. Posso morar com vocês?

— Nossa. Sim. Darby, é lógico. Por favor. Não é um quarto enorme, mas é agradável, e nós costumamos dividir as compras de mercado e tal e revezar as tarefas domésticas...

Ela continua, me contando do aluguel — que não é barato, porque nada em Nova York é, mas é menos do que eu estava pagando pela minha quitinete — e de quando o Dan vai sair, e de como as duas dividem as tarefas e as compras...

Mas quase não estou prestando atenção. Na minha mente, estou imaginando chegar em casa depois de seja lá qual emprego eu arrumar e não me sentir sozinho. Estou imaginando acordar de manhã e me enfiar naquela cozinha minúscula com Olivia e Joan, e provavelmente Ian em algum momento, todos nós tentando fazer o café e comer e formar poeminhas safados e engraçadinhos com os ímãs de geladeira. Estou imaginando levar bagels para casa e me irritar quando eles desaparecerem muito mais rápido porque não serei mais apenas eu comendo. Estou imaginando morar em uma cidade grande cheia de gente tentando se encontrar, e me permitindo ser uma delas, e deixando isso ser mais do que suficiente — deixando isso ser maravilhoso.

Quer dizer, eu gostaria que tudo parecesse mais estável e o metrô não funcionasse com velocidade reduzida à noite e não houvesse caminhões com o motor ligado às duas da madrugada quando estou tentando dormir, mas...

— Então... posso contar para a Joan? — pergunta Olivia.

Sou arrancado dos meus pensamentos.

— Sim. E pro Ian. Eu mando mensagem quando tiver pensado no resto, tipo que dia vou embora e tal...

— Tá bem.

A voz dela está cheia de alívio.

Hesito e então digo:

— Oak Falls ainda é importante para mim.

Um momento de silêncio.

— Eu sei — responde Olivia baixinho.

— Eu preciso voltar para cá algumas vezes e preciso de espaço para ficar irritado com Nova York de vez em quando.

— Eu sei. E... tipo, eu me irrito com Nova York também. Só fiquei muito assustada com você indo embora. Você... todos vocês... são minha família.

Engulo o nó na garganta. Meus olhos estão ardendo.

— Eu sei.

E isso é tudo que consigo dizer.

— Você me mantém informada? — pede Olivia.

— Pode deixar.

Termino a ligação e atravesso a rua em direção à Grãos Mágicos.

CAPÍTULO VINTE E NOVE

1º DE SETEMBRO

Mando mensagem para Michael enquanto espero a barista fazer dois *lattes*. Pergunto a ele se podemos conversar.

Ele responde imediatamente.

MICHAEL WEAVER
Sim. Onde?

Hesito, mordendo o lábio, os polegares pairando sobre o celular. Não posso ir à casa dele. Eu sei, de algum jeito, que isso vai ser muito mais difícil se eu for à casa dele. E mesmo que eu saiba o que quero, mesmo que saiba do que preciso — talvez pela primeira vez —, o ato de escolher, *de novo*, dói mais do que imaginei.

EU
Me encontra nas Cataratas
daqui uma hora?

Três pontinhos surgem na tela do celular. Michael está digitando. Eles pulam e então desaparecem. Pulam e então desaparecem. Finalmente, depois da terceira vez:

MICHAEL WEAVER
Ok.

Sinto uma pontada, porque sei que ele está se perguntando o que está acontecendo. Sei que ele quer perguntar — que provavelmente começou a perguntar antes de apagar o que havia escrito.

Mas não quero explicar nada disso por mensagem.

Dirijo de volta para a casa da minha mãe com os *lattes* no porta--copos. Ela está ao telefone quando entro, andando de um lado para o outro da cozinha, de short e blusa, enquanto o sr. Ranzinza observa do seu lugar sobre uma pilha de papéis que ainda precisamos reciclar.

Minha mãe aponta o dedo para o celular. *É o pessoal da mudança*, ela me conta mexendo a boca.

Faço que sim e ofereço o copo de café. Os olhos dela se iluminam. Falo mexendo a boca que preciso sair de novo e ela parece entender a mensagem. Ou não se importa. Ela acena para mim e então diz ao telefone:

— Não, não, *dois* quartos, não três...

Não preciso me virar agora e sair de casa de novo. Eu disse uma hora para o Michael — e pelo visto esqueci que nada em Oak Falls é tão distante assim e eu poderia facilmente ter voltado com o café e então partido para as Cataratas em menos de meia hora. Mas não posso simplesmente ficar parado aqui. Estou agitado demais para isso.

Então tomo a rota mais sinuosa que posso até os limites do parque Krape. Até faço um desvio ao redor do campo de golfe só para levar mais tempo. E ainda assim paro fora da estrada ao lado da placa cheia de mato do carrossel vinte minutos antes.

Mas meu carro não é o único. A caminhonete de Michael já está estacionada, fora da estrada em direção à grama. A cabine está vazia. Não consigo evitar um sorrisinho, mesmo que doa um pouco. Nós dois ainda chegamos cedo e somos ansiosos para tudo.

Michael já está sentado na Sentinela quando chego ao pé das Cataratas. Posso vê-lo lá em cima atrás da cortina de folhas, os joelhos encolhidos, mexendo no celular distraidamente. Pelo menos ele não está olhando para mim, o que faz a subida lenta pelos degraus cobertos de vegetação, me impulsionando pelos tubos expostos, um pouco menos desconfortável.

Meu coração está martelando quando chego ao topo, e é só em parte devido à subida.

— Oi.

Michael ergue o olhar, mas não parece surpreso ou assustado. Tenho a sensação de que ele me escutou subindo. Ele não está com fones de ouvido desta vez e não é tão fácil subir os degraus das Cataratas na surdina. Ele ajeita os óculos sobre o nariz com o nó dos dedos.

— Oi.

— Há quanto tempo você está aqui?

Eu me remexo com cuidado e me sento ao lado dele, deixando os pés penderem sobre a borda da encosta.

— Não faz muito tempo.

Ele olha para o celular e então o apoia sobre a rocha.

Ficamos em silêncio, ambos observando a névoa subindo das Cataratas, evaporando-se no ar à nossa frente, ocasionalmente com um arco-íris surgindo na luz. O rugido da cachoeira encobre o barulho do meu coração acelerado e as cinco vezes em que preciso engolir em seco, tentando descobrir como falar.

No fim das contas, é Michael quem quebra o silêncio.

— Você vai embora.

Não é uma pergunta — apenas uma constatação. Viro para ele e ele retribui o olhar. A luz do sol sendo filtrada pela copa das árvores sobre nós reflete nos olhos cinzentos dele e brilha em seu cabelo ruivo bagunçado. Ele está usando uma calça jeans surrada e uma camiseta desbotada da universidade de Illinois, e há algo em seus óculos e nessa velha camiseta da faculdade e nos seus braços fortes que me faz sentir como se eu finalmente pudesse enxergar como meu melhor amigo de treze anos atrás se transformou no homem ao meu lado. Posso enxergar o Michael do ensino médio, o Michael da faculdade e este Michael ao mesmo tempo.

E me sinto triste, mais uma vez, por ter perdido tanto.

— Sim, vou.

Ele assente devagar, como se estivesse processando essa informação, e olha de volta para a névoa à nossa frente.

Eu me encolho, culpado.

— Como você sabia?

Michael dá de ombros, apoiando os cotovelos nos joelhos.

— Não sei. Acho que parte de mim sempre soube que você não ia ficar. — Ele olha para mim. — Quer dizer, teve um motivo para você ir embora em primeiro lugar.

— Teve, mas foi porque eu não sabia que tinha espaço para mim aqui. — Não sei por que estou discutindo, afinal não muda em nada o que vim dizer. — Se eu tivesse entendido isso antes...

Engulo em seco, minha mente voltando num lampejo para a noite passada na livraria. Por um segundo, penso de novo em contar tudo a Michael. Foda-se se ele acharia que perdi a cabeça. Quero contar cada coisa impossível que aconteceu e crer que ele acreditaria em mim.

Mas não posso. Talvez existam alguns riscos que não posso me obrigar a assumir. Ou talvez eu só não queira compartilhar tudo aquilo, nem mesmo com Michael.

— Se eu tivesse entendido isso antes — continuo —, não sei se teria ficado tão ansioso para ir embora.

Michael solta a respiração devagar.

— Talvez não. Mas você foi embora. E isso te transformou.

Minha garganta se aperta. Ele está dizendo tudo que eu ia dizer — mas machuca muito mais escutar isso dele.

— Ainda sou eu — digo, mesmo que pareça fraco.

— Eu jamais disse que você não era. — Não é acusatório. Não é raivoso. Apenas suave e estável. — As pessoas mudam. Você mudou. Eu mudei, mesmo sem ir embora. É a vida.

A forma das folhas ao nosso redor fica borrada. Há um peso nos meus pulmões, como um bloco pesado de ferro.

— Você já desejou que as coisas tivessem se desenrolado de outra maneira? — pergunto. — Ou já se perguntou o que teria acontecido se tivessem?

Michael fica quieto por tanto tempo que começo a pensar que vai só me ignorar.

Então ele se mexe, inclinando-se para trás sobre as mãos, e confessa:

— Eu me perguntei isso praticamente todo dia depois que nós dois fomos para a faculdade. Toda vez que voltei para casa durante as férias e você não estava por aqui. Eu ficava com raiva de mim mesmo por não ter tentado consertar as coisas naquele último ano do ensino médio, quando teria sido muito mais fácil porque a gente se via todo dia. E depois que eu descobri que você se assumiu, fiquei... ainda mais bravo. — Michael abaixa a cabeça e me olha de relance, constrangido. — Acho que, quanto mais tempo eu deixei passar, mais difícil ficou...

Mas a voz dele morre.

Voltar.

Arrancar todo o tecido cicatrizado.

Entrar naquele espaço de dor de novo.

— É — digo. — Entendo.

Eu me sinto terrivelmente triste por um momento por não ter pensado nele todo dia. Que, quanto mais tempo passava, mais fácil era enterrar tudo.

Mas acho que esse era meu jeito de me proteger. Fazer um corte limpo. E, por mais que eu queira voltar e mudar tudo, isso ainda me fez, bom, ser *eu mesmo*.

É o motivo pelo qual tenho Olivia, Ian e Joan.

E também não quero mudar isso.

Respiro lentamente, trêmulo, e digo o que estive me preparando para dizer desde que mandei mensagem para Michael me encontrar aqui:

— Você pode vir comigo.

As sobrancelhas dele saltam.

— Ir com você?

— Para Nova York. — Meu coração está batendo loucamente de novo. — Tem um monte de escolas por lá, deve ter vaga de professor. Você pode vir comigo e...

— Darby...

— Morar em um lugar com a Parada do Orgulho, com tanta gente e lugares queer que não é nada de mais, e você não precisaria se preocupar em segurar minha mão ou me beijar...

— E aquela história de precisar de um tempo longe de Nova York?

Abaixo o olhar para a rocha, enfiando o dedo na superfície esburacada.

— Eu só...

Mas não sei o que dizer. Não sei como explicar que sempre vou me irritar com a barulheira, vou ficar frustrado toda vez que tiver que carregar alguma coisa para casa no metrô, mesmo sabendo que ter um carro seria pior, e ainda não faço ideia de que tipo de trabalho vou procurar ou se serei capaz de algum dia parar de viver de aluguel e comprar um imóvel.

E eu me importo com tudo isso e ao mesmo tempo não me importo nem um pouco, porque vale a pena. Porque talvez eu não precise amar tudo em um lugar para pertencer a ele. Talvez eu possa escolher pertencer, mesmo que de vez em quando pedaços de mim não se encaixem direito, porque eu pertenço às pessoas que encontrei. As pessoas que escolhi.

Porque eu as escolhi, sim, mesmo que não tenha percebido que era isso que estava fazendo.

— É o mais adequado para mim. — Olho para Michael. — E eu... preciso voltar.

Ele assente e volta a mirar as Cataratas, mordendo o lábio. E então olha para mim, com uma expressão triste, e diz:

— Eu me encaixo aqui.

— Você pode só ir e experimentar — sugiro, mesmo sabendo qual vai ser a resposta.

— Você e eu... — Michael balança a cabeça. — Faz menos de duas semanas, Darby. Eu moro aqui há... bom, desde sempre. Sei que você não entende, mas eu amo esse lugar. Amo as pessoas que tenho aqui. Não preciso estar num lugar com a Parada do Orgulho ou um monte de bares gays. E eu sei que você acha que vou para os jogos de futebol do ensino médio e me sento com Natalie e Brendan para me encaixar ou algo assim, mas… eu gosto de ir. Natalie e Brendan não são tão ruins quanto costumavam ser e, sim, ainda são héteros pra caralho e às vezes me irritam demais, mas é uma cidade pequena. Todo mundo irrita todo mundo alguma hora. E talvez às vezes eu fique ansioso quando penso em dar as mãos em público, ou no que pode acontecer se alguém me vir beijando outro homem, mas… — Michael dá de ombros. — As pessoas não são exibidas aqui. As pessoas não ficam demonstrando afeto em público, mesmo as hétero. E eu… ainda estou tentando encontrar um bom meio-termo. Ainda estou descobrindo como ser eu mesmo por aqui, mas, mesmo com tudo isso, ainda me encaixo. Aqui. Eu preciso… — Ele olha ao redor, para as Cataratas e a privacidade sombreada do parque Krape. — Eu preciso disso.

Sinto como se Michael tivesse perfurado um buraco em mim. Mesmo sabendo que ele diria isso, um pedacinho ressentido de mim sente como se ele estivesse me dizendo que esta cidade pequena no meio do nada importa mais do que eu.

Mas grande parte de mim sabe que é exatamente isso que Michael está me dizendo, lógico que sim. Porque ir embora me transformou e ficar aqui transformou ele, e as pessoas dele estão aqui, assim como as minhas estão em Nova York.

Talvez Oak Falls não seja um lugar que sempre tenha tido espaço para nenhum de nós, mas ele ficou assim mesmo. Michael criou espaço. Ele fincou os pés e se agarrou e decidiu que isso era o bastante. Que o esforço valia a pena.

— Então, quer dizer que… — Engulo em seco, mas não consigo me livrar do nó na garganta agora. — Que seja o que for isso…

Michael se inclina para a frente, tirando o peso das mãos.

— Não precisa de um nome.

— Mas está acabando, né?

Sei a resposta para isso também, mas tenho que dizer assim mesmo. Tenho que escutá-lo dizer.

— Sim — responde Michael.

Sinto uma vontade louca de sugerir um relacionamento à distância. Sugerir algum tipo de acordo. Quem liga se só passaram duas semanas.

Mas engulo em seco. Eu sei, lá no fundo, que nós dois precisamos de mais liberdade do que isso. Que precisamos deixar isso existir e terminar de um modo que podemos escolher, em vez de arriscar que isso se desintegre aos poucos conforme nos afastamos.

Estendo a mão e Michael levanta a dele e eu a seguro firmemente, como se ao apertar com força o bastante eu pudesse me redimir por cada ano em que estive em outro lugar. Ele aperta de volta.

A pergunta me escapa antes que eu possa impedir.

— Você já pensou que talvez exista outra versão de tudo? Alguma versão da realidade em que as coisas foram diferentes?

Michael olha para nossos dedos entrelaçados.

— Tipo um universo paralelo? — pergunta ele.

— É. Tipo isso.

Ele fica em silêncio por um tempo. Eu o observo — contando seus cílios, analisando as gotas de água reluzindo nos óculos.

— Você lembra da sra. Siriani? — pergunta ele por fim.

Não reajo.

— Nossa professora de física? Sim, lógico.

Michael engole em seco.

— Eu li um artigo que ela deixou na sala dos professores uma vez. Era um monte de coisa esquisita sobre quântica que não entendi de fato, mas... estava dizendo que existe uma teoria do universo. Diz que toda vez que tomamos uma decisão, a realidade se parte, ramificando-se como os galhos de uma árvore.

Eu me aproximo dele até que nossos braços estejam se tocando. Até que eu possa apoiar a cabeça no ombro dele.

— Então, nesta versão da vida — diz Michael —, nós seguimos um galho, o galho que surgiu a partir da decisão que tomamos. Mas talvez exista outra vida em que seguimos outro galho. Um que surgiria se tivéssemos feito a escolha oposta. Quem sabe talvez existam realidades infinitas, e alguma versão diferente de nós viva em cada uma delas.

As Cataratas estão dançando mais uma vez diante dos meus olhos.

— Achei um papo quântico meio esquisito.

Ele solta uma risada brusca — eu a sinto nos ossos.

— É. Então... talvez, em alguma outra realidade, eu fui embora. Talvez, em alguma outra realidade, você ficou.

Minha mente volta para Jovem Darby me encarando na meia-luz da livraria, cheio de medo e esperança e vulnerabilidade.

Talvez.

Talvez não seja que nada tenha mudado. Talvez tudo tenha mudado. Em outro caminho. Para aquela versão minha.

Michael solta os dedos até deixar apenas nossas mãos se apoiarem juntas com conforto.

Mas ainda parece um estágio anterior a partir.

— Sabe — diz ele —, tive um sonho meio estranho ontem à noite.

— Que tipo de sonho?

— Estávamos de volta na escola, na sua festa de aniversário de 17 anos.

Perco o fôlego.

— Mas não brigamos. Acho que eu sabia que deveríamos brigar, no sonho. Mas foi tipo como se eu estivesse nos observando, e nós não brigamos. Em vez disso, você se assumiu para mim. E eu me assumi para você. — Michael inspira. Segura o fôlego. — Como se, em vez de nos afastarmos, nós tivéssemos nos aproximado.

Sinto que meu coração parou. Estou completamente imóvel.

— É mesmo?

— É. Não sei direito, está meio confuso agora.

Levanto a cabeça do ombro dele e o encaro, mas Michael está espremendo os olhos em direção à névoa das Cataratas.

— Eu acho... — Ele hesita. — Acho que me apaixonei por você. E você se apaixonou por mim.

— E então? — Estou com medo de respirar. Como se pudesse destruir algo. — O que aconteceu?

Michael balança a cabeça.

— Não sei. Eu acordei. — Ele olha para mim e um sorriso torto repuxa sua boca. — Foi meio esquisito.

— É. — Uma bolha se expande no meu peito. O nó na garganta está se dissolvendo lentamente. Posso respirar de novo. — É, meio esquisito.

— Quando você vai embora? — pergunta Michael baixinho.

— Em breve, acho. — É mais fácil falar agora. — Talvez amanhã. Quero garantir que vai dar tudo certo com a mudança antes de ir.

Ele assente.

— Você já contou para sua mãe?

Uma leve onda de ansiedade me atravessa.

— Ainda não. Mas… acho que ela vai ficar bem.

Michael olha de relance para mim e sorri.

— Ah, ela está sempre bem. Vai ficar ainda melhor agora que não precisa mais olhar para os pinguins da Jeannie.

Solto uma risada, mas meio que quero chorar ao mesmo tempo.

— Eu venho visitar mais. Talvez até consiga fazer meus amigos de Nova York virem para cá um dia. Você ia gostar deles.

— Vou visitar Nova York — diz Michael. — Durante as férias.

Não sei se ele está falando sério. Acho que sim. Não sei se vai acontecer de verdade, mas acho que ele realmente deseja isso.

— Posso te ligar de vez em quando? — Minha garganta está se fechando de novo. Eu aperto a mão dele. — Ainda podemos conversar?

Michael se inclina e gentilmente me dá um beijo na testa. E isso é resposta o bastante.

CAPÍTULO TRINTA

1º DE SETEMBRO

A casa está silenciosa quando eu volto. Parece tão estranho agora. Cada um dos móveis é uma ilha num mar de caixas, e as paredes de algum jeito estão muito mais *óbvias* sem nenhuma das artes emolduradas com as quais estou acostumado.

— Mãe.

Mesmo com o carpete e as caixas, minha voz ainda ecoa, espalhando-se pelas paredes vazias e a estante de livros.

Sem resposta. Vou até a cozinha. O copo de café de papel da Grãos Mágicos está sobre a bancada. Eu me inclino e olho pela janela, por cima da pia. Minha mãe está sentada no gramado do quintal, encarando o balanço de pneu, o sr. Ranzinza ao seu lado.

Saio pela porta dos fundos.

— Oi.

Ela se sobressalta, enxugando os olhos.

— Oi, querido.

Minha mãe se vira e olha para mim, seu rosto parece meio avermelhado. A serra do porão está na grama à sua frente.

Espera aí. Ela estava chorando?

Não me lembro da última vez que vi minha mãe chorar. Ela é estoica demais. Ou alegre demais. Ou… alguma coisa demais.

— O que foi? — pergunto.

— Ah. — Ela gesticula. — Estou bem. Só pensei em finalmente tentar cortar esse balanço de pneu, mas parece que não consigo fazer isso sozinha.

Olho para a serra. E então de volta para o balanço. A culpa se contorce dentro de mim, porque falei para ela que faria isso e ele ainda está ali, um dia antes da mudança, e o balanço ainda está pendurado naquele galho.

— Desculpa, mãe, nós podemos… Eu posso ajudar. Com certeza podemos tirar ele daí.

— Eu sei. — Ela se levanta, limpando o short. — Só achei que poderia fazer isso sozinha e te poupar do trabalho, mas aí ficou difícil demais segurar o balanço e cortar a corda ao mesmo tempo.

— Fica tranquila. — Não tenho ideia de por que minha mãe está tão chateada com isso. — Estou aqui. Podemos fazer isso agora.

— Ah, isso não é só por causa do balanço. — Ela enxuga os olhos de novo. — Só comecei a pensar em todas as lembranças que tenho de você nesse balanço, e do seu tio Darby nesse balanço, e fiquei meio triste por um momento.

Fico surpreso.

— O que o tio Darby tem a ver com o balanço?

— Costumava ser o balanço dele. Quando era mais novo. O seu avô colocou aqui depois que ele nasceu.

Ela nunca me contou nada disso. O que não é tão surpreendente, imagino. Minha mãe nunca falou muito do meu tio. Sempre presumi que isso a deixava triste. Ele existia principalmente como aquela foto sobre a cômoda — o tio Darby com o uniforme da aeronáutica, para sempre com 20 e poucos anos. As únicas coisas que sei sobre ele é que era cinco anos mais novo do que minha mãe e que morreu em algum tipo de acidente de helicóptero. E então ela me deu esse nome em homenagem a ele, porque nasci pouco depois da morte do meu tio.

Olho de volta para o balanço de pneu. Não é à toa que parece tão velho.

— Sinto muito.

Ela suspira.

— Tudo bem. Estou pronta para seguir em frente, e já estou há algum tempo, é só… triste ainda.

— Sei como é — comento. Porque entendo. Finalmente. Como se pode amar um lugar e ter certeza de estar pronto para deixá-lo.

— Mãe, eu vou voltar para Nova York.

Ela funga e olha para mim.

— É isso que você quer?

Não é desafiador. Ela não está tentando me fazer sentir culpado. Só está perguntando. Só querendo ter certeza.

Faço que sim.

— É. Mas... mas, se você precisar de mim aqui, eu não vou.

Ela solta o ar, bufando.

— Darby, eu estou ótima. Vou me mudar para um apartamento! Não vou ter que limpar as calhas ou cortar balanços de pneu. E tenho pessoas. Não estou solitária nem sozinha, se é com isso que você está preocupado.

É. Mas acho que ela tem razão. Minha mente volta para a festa no terraço e todas as pessoas que compareceram pela minha mãe. Ela pode não se entender com os pinguins do quintal da Jeannie, mas tenho a sensação de que se eu não estivesse aqui e ela realmente não conseguisse cortar esse balanço sozinha, minha mãe teria pedido a ajuda da Jeannie. Ou ligado para algum dos amigos professores. Ou, nossa, talvez ela teria chamado Michael. O que ainda é meio esquisito de se pensar, mas eu deveria me acostumar com isso.

— Acho que minhas pessoas estão em Nova York — digo.

O que soa meio brega, mas é verdade. E estou sendo sincero.

Ela sorri e estende a mão, entrelaçando os dedos nos meus.

— Bom, eu tenho aquele segundo quarto no apartamento. É sempre seu, quando quiser.

Minha garganta se aperta.

— Eu vou voltar e visitar mais vezes.

— Que bom. Você deveria mesmo. Estou bem aqui sozinha, mas ainda sinto saudade. Assim como o Ranzinza.

Nós dois olhamos para o bassê, que está cochilando sob o sol, as longas orelhas espalhadas sobre a grama. Não parece que ele vai sentir nem um pouco a minha falta.

— Você tem para onde ir em Nova York? — pergunta ela.

Isso me faz sorrir. Posso ter 30 anos agora, mas minha mãe sempre será minha mãe.

— Tenho. Sabe a Olivia e a Joan?

Ela faz um biquinho, pensando.

— Sim. Suas amigas gays.

— Todos os meus amigos são gays, mãe.

Ela franze a testa.

— Isso não é verdade. Tem aquele amigo, o cara do video game, ele é hétero.

— Vou me mudar para o quarto que costumava ser do ex--namorado dele.

Minha mãe levanta as sobrancelhas.

— Você precisa me ligar com mais frequência, Darby. Não consigo mais me lembrar quais dos seus amigos são gays agora e quem eles estão namorando.

Abro a aboca para dizer que meus amigos são todos queer há muito tempo e nenhum dos relacionamentos é novo, mas mudo de ideia. Porque ela tem razão. Preciso mesmo ligar mais vezes.

— Tá bom, então… Olivia e Joan precisam de alguém para dividir apartamento, então vou morar com elas.

— Bom. — Minha mãe assente em aprovação. — Quando você acha que vai embora?

Solto o ar devagar.

— Depois que o pessoal da mudança vier. Amanhã.

— Bom, a TV ainda está na tomada — diz ela. — Depois que você fizer as malas, podemos assistir um pouco de *Assassinatos em Marble Arch*.

— Com certeza. — Gentilmente desentrelaço os dedos dos dela, me abaixo e pego a serra. — Mas acho que é melhor a gente cortar isso antes.

Minha mãe inspira, vejo os ombros dela subirem. E então concorda.

— Está na hora.

Só demora alguns minutos para cortar fora o balanço com minha mãe segurando firme o pneu e eu serrando a corda. A corda é tão seca e velha que solta poeira e pedacinhos minúsculos voam para todo lado antes de finalmente se partir, deslizando para fora do galho tão rápido que nós dois pulamos para trás. O pneu atinge o solo com um baque e a corda aterrissa numa pilha em cima dele.

É necessária a força de nós dois para deixar o pneu em pé e rolar para fora do quintal e pela entrada da garagem até a rua.

— Vou ligar e agendar para virem buscar — diz minha mãe. — Não tem problema deixar aqui até lá. — Ela hesita. — Quem sabe alguém passe, pegue e leve para as crianças.

Olho para a borracha seca e rachada, lentamente se desfazendo ao redor do sulco feito pela corda.

— Quem sabe.

* * *

JOAN CHU

Fiquei sabendo que você tá voltando.

OLIVIA HENRY

Mal posso esperar para dividirmos apartamento!!!

IAN ROBB

Ótimo. Meu FOMO vai para as alturas.

OLIVIA HENRY

Você pode largar de ser hipster e se mudar para o Queens, Ian. Só uma ideia.

JOAN CHU

Precisa de indicações de emprego, Darby? Posso perguntar por aí.

IAN ROBB

É, eu também! Me avisa, Darb.

EU

Obrigado, pessoal. Vou dar um jeito. Tipo, não tenho ideia do que quero fazer. Mas vai ficar tudo bem. Contanto que eu esteja com vocês.

JOAN CHU

Pode crer! Nós não vamos a lugar nenhum. Somos uma família. Você tá preso com a gente, meu mano.

CAPÍTULO TRINTA E UM

2 DE SETEMBRO

Não consigo decidir se é impressionante ou só enlouquecedor a velocidade com que os transportadores arrumam tudo dentro do caminhão. Claro, quase tudo já está em caixas, mas mesmo assim. Eles carregam os colchões e as camas como se não pesassem nada. Juntam os móveis como se fosse uma tarefa feita num piscar de olhos. Para arrumar as minhas coisas no carro alugado, eu levo o mesmo tempo que o pessoal da mudança leva para encher o caminhão inteiro. Minha mãe me ajuda a carregar as caixas e bolsas, e nós enfiamos tudo de volta na parte de trás até que esteja tão abarrotado de novo que só haja espaço para mim no banco do motorista.

— Pare se ficar cansado — aconselha minha mãe, enquanto fecho o porta-malas.

— Vou parar.

— E me liga quando chegar lá.

Sorrio.

— Vou ligar, mãe.

Os transportadores estão fechando o caminhão. Minha mãe se afasta para falar de logística com eles, sobre onde ela vai encontrá-los, onde deveriam estacionar no condomínio.

O sr. Ranzinza vem gingando até mim, a língua pendendo para fora da boca. Eu me abaixo e estendo a mão. Ele esfrega a testa nela.

— Obrigado por passar tempo comigo, velho amigo — digo.

O bassê me dirige um olhar taciturno. Ou talvez sejam apenas todas as rugas na testa.

Por fim, o pessoal da mudança sobe no caminhão e vai embora, com o motor roncando em direção ao condomínio. Minha mãe me envolve em mais um abraço e então tenta convencer o sr. Ranzinza a ir para a varanda, longe do carro alugado. Ele olha de mim para ela. Então minha mãe se abaixa e o segura com um grunhido, cambaleando pela entrada da garagem, onde o jipe está esperando — cheio de obras de arte e canecas feias de aniversário e mais algumas coisas frágeis.

Entro no carro alugado e enfio a chave na ignição, mas, por um momento, não consigo girar. Só fico sentado olhando para a casa. É só um imóvel e faz muito tempo que não parecia um lar, mas ainda assim... Uma pontada me atravessa quando penso em outra família se mudando para lá. Outras pessoas redecorando a cozinha antiquada da minha mãe. Outro jovem enchendo meu quarto com suas coisas.

Vai ser muito esquisito na próxima vez que eu visitar minha mãe. Imagino se vou sequer passar por essa casa de novo, ou se vai ser mais fácil desapegar se eu não passar e só evitar esta rua.

Solto o ar lentamente, até o nó no meu estômago se desfazer e meus ombros relaxarem.

Existe uma teoria do universo. Diz que toda vez que tomamos uma decisão, a realidade se parte, ramificando-se como os galhos de uma árvore.

Giro a chave. O motor do carro alugado acorda rugindo.

Nesta versão da vida, nós seguimos um galho, o galho que surgiu a partir da decisão que tomamos.

Dou ré pela entrada da garagem até a rua. Perto da garagem, minha mãe levanta a pata do sr. Ranzinza e acena para mim. O bassê não parece muito feliz. Isso me faz sorrir.

Talvez exista outra vida em que seguimos outro galho. O galho que surgiria se tivéssemos feito a escolha oposta.

Sigo pela rua com o carro, observando minha mãe e o sr. Ranzinza diminuindo no retrovisor. Observando o exército de pinguins de Jeannie Young sumir atrás de mim.

Talvez existam realidades infinitas, e alguma versão diferente de nós viva em cada uma delas.

Abro as janelas, deixando o ar quente assobiar nos meus ouvidos e bagunçar meu cabelo. Inspiro profundamente — o cheiro de grama e terra e talvez algo mais frio e revigorante. O outono está logo ali. Decido não seguir pela Rua Principal e, em vez disso, faço a curva em direção às ruas secundárias.

Talvez, em alguma outra realidade, eu fui embora. Talvez, em alguma outra realidade, você ficou.

Sigo o círculo da Avenida West, e a casa de fazenda branca de Michael surge à vista sob o amplo céu azul. As cadeiras de jardim estão vazias na varanda. A caminhonete de Michael está no final da entrada da garagem, estacionada atrás do velho Corolla de Amanda.

Por um breve instante, algo repuxa dentro de mim. Penso em fazer uma parada.

E então o momento se esvai. Passo dirigindo pela casa, acelerando. Eu a deixo desaparecer no retrovisor e viro em direção à rodovia do condado. Uma bolha se expande aos poucos no meu peito.

Existe uma teoria do universo.

Chego à rodovia e o vento ruge, golpeando meus ouvidos. A bolha no meu peito parece estar me elevando — como se eu estivesse muito leve, voando ao vento que passa pelo carro. A vista pela janela muda para terras de fazenda, um verde sem fim que só é interrompido por alguns pomares de árvores e um ou outro silo. Acima, o céu é plano, azul e extenso, salpicado com chumaços de nuvens brancas. Deixo meu olhar perambular por tudo, marcando a ferro o cenário na minha mente, para guardar e voltar a ele de vez em quando, nos momentos em que Nova York se tornar demais.

Toda vez que tomamos uma decisão, a realidade se parte, ramificando-se como os galhos de uma árvore.

Fecho as janelas e pego o celular, encontrando o número de Olivia e colocando no viva-voz.

Enquanto toca, imagino como seria o universo se eu tivesse parado na casa de Michael no momento em que considerei aquilo. Imagino como seria se eu parasse agora mesmo no acostamento e fizesse uma pausa, sentando lá fora e observando esse campo por uma hora. Imagino como será minha vida quando eu desempacotar tudo no apartamento de Olivia e Joan. Quando eu devolver o carro alugado. Quando eu adormecer com o barulho de uma cidade grande.

Pela primeira vez em muito tempo, sinto que estou me movimentando na direção da possibilidade. Na direção de algo que escolhi.

Na direção de tantas escolhas que ainda precisam ser feitas.

Olivia finalmente atende.

— Darby?

Existe uma teoria do universo...

— Oi, Olivia — digo. — Estou indo para casa.

AGRADECIMENTOS

A Patricia Nelson, que continua sendo a melhor agente: seu entusiasmo inabalável por este livro e sua incansável defesa dele me encorajaram a assumir riscos e seguir em frente, e serei eternamente grato por isso.

Obrigado a Sylvan Creekmore por acreditar nesta história e em minha capacidade de contá-la.

Ao meu editor, Peter. Darby e eu tivemos tanta sorte ao acabarmos nas suas mãos. Suas observações atenciosas e entusiasmo sem limites deixaram este livro mil vezes melhor, e eu pelo menos 50% mais calmo.

Obrigado a todos na Avon e William Morrow: as diretoras editoriais Tessa Woodward e May Chen, a editora Liate Stehlik e a editora adjunta Jennifer Hart por acreditarem neste livro; a equipe de design e a artista Jessica Cruickshank pela capa deslumbrante; meu editor de texto, David Hough; Laura Brady e toda a equipe de produção; a incrível equipe de marketing e publicidade, especialmente DJ, Deanna e Jes; e todos nas equipes de vendas e da biblioteca.

Um agradecimento especial a Deanna Day pela ajuda singular ao pensar na logística da viagem no tempo comigo e por procurar o que é, de fato, a referência mais nichada da Marvel que se possa imaginar.

Muito obrigado a Emma Alban e Jen Ferguson por lerem e ouvirem.

E, por fim, obrigado à Livraria Harry W. Schwartz, estabelecimento independente que um dia existiu em minha cidade natal, por me dar meu primeiro livro queer, antes mesmo de eu saber que precisava dele.

Este livro foi impresso pela Vozes, em 2025, para a Harlequin.
O papel do miolo é o Avena 70g/m²,
e o da capa é o cartão 250g/m².